櫛木理宇

骨と肉

Hone
to
Niku

双葉社

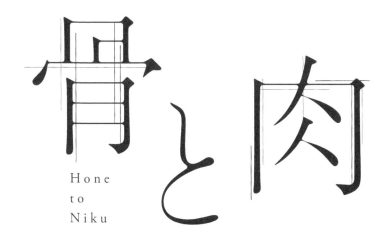

骨と肉

装画　小山義人
装幀　國枝達也

こつ‐にく【骨肉】『名』
①骨と肉。肉体。
②親子、兄弟など血縁関係にある者。肉親。やから。

プロローグ

死体を見つけたのは、林で遊んでいた三人の少年だ。

夏休み最後の日だった。さかんに吠える犬の声を、年少の子が聞きとがめたのが発端であった。

「近くにレオがいる」

レオは、地元では有名な犬だった。

田舎町には珍しい洋館の飼い犬だからではない。脱走癖があるせいだ。痩せているせいか、はたまた首輪が緩いのか、しょっちゅう自力で首輪をはずしては、柵を越えて逃げてしまう。

そのレオが、林の奥で狂ったように吠えていた。

レオの吠え声を、年少の子は本能的に「怖い」と感じた。きびすを返し、年かさの二人を呼びに走った。

「ねえ来てよ。レオが、レオが」

「なんだぁ？」

年かさの一人はラジコンのヘリコプターで遊び、もう一人は昆虫採集に忙しかった。

「いいから来て」

年少の子が急きたてる。しぶしぶ年かさの少年らは遊びをやめ、レオの声がする方向へ向かった。蜂の唸る花群れを過ぎ、丈高い雑草をかき分けた。

朝から、ひどく蒸し暑い日だった。

予報では台風が近いらしい。喉から肺まで通る息が重い。むっとくるような湿気が、雨の近さを予感させる。

おかしい、と最初に気づいたのは、先頭を行く少年だった。

嗅いだことのない悪臭が、ぷんと鼻を突く。

「まずい」と彼は察した。しかし歩みは止まらなかった。好奇心のせいだ。見ずにはいられなかった。

レオはやはり吠えつづけている。

やがて、先頭の少年が足を止めた。ほかの二人もそれにならった。

膝よりも高く伸びた草むらの隙間に、白が覗いていた。

紫がかったその白には、さらに濃い紫の斑点があった。ぞっとするような色合いだ。大小とりどりの、本能的に嫌悪をもよおさせる斑点だった。

紫がかった白の正体は、女であった。

正確には女の肌だ。

若い女に見えた。裸だ。下着一枚着けていない。そして、あきらかに死んでいた。

濁った眼球がうつろに虚空を睨んでいる。右の白目と剝きだした歯茎に、それぞれ大きな蠅がとまっていた。

少年たちの前で、蠅は悠然と前足を擦りあわせた。

先頭の少年が、ようやく顔をそむける。その背に年少の子がしがみつく。

最後尾の少年だけは、動かなかった。視線を引き剝がせずにいた。食い入るように女を凝視していた。

レオの吠え声と、蟬の鳴き声が重なる。不快なユニゾンがあたり一帯に響き、少年たちの鼓膜を震わせる。
ぎらぎらと照る太陽が、音もなく彼らを見下ろしていた。

第一章

1

〝チャンとエン〟の名で知られるブンカー兄弟は、十九世紀生まれの有名な結合双生児である。

彼らは胸部と腹部のはざまで繋がっていた。肝臓を共有していたため、当時の医療技術では分離させることが困難であった。

むろん一卵性双生児だが、気質はかなり異なっていた。

チャンは女好きで、大酒飲みで、香辛料たっぷりの東洋料理が好きだった。エンは下戸で、薄味の野菜料理をたしなんだ。またチャンが連発する卑猥な冗談は、物静かで学者肌なエンをしばしば恥じ入らせた。

伝記作家によれば、「彼らはよちよち歩きの頃から死ぬ日まで、場の公私を問わず、絶えず喧嘩していた」という。

二人は亡くなる前の晩も「時間どおりベッドに入りたい」「おれはまだ眠くない」と争い、がみがみと口喧嘩をした。

2

二〇〇〇年　八月三十一日（水）　晴天

今日、ぼくは人を殺した。

でもぼくが悪いのではないと思う。

父が悪い。父が車のキイを置きっぱなしにしていたせいだ。

車がなければ女を撥ねることなんて不可能だったし、気を失った女をトランクに積んだり、連れ去ったりもできなかった。車がオートマで、無免許のぼくでも運転できたこともよくなかった。ともかく、一番いけないのは父だ。

無差別に襲ったわけではなかった。

名前も素性もわからないけれど、毎朝のように駅で見かけた相手だ。

服装や髪型からして、たぶん学生だろう。大学生だと思う。浪人生かもしれないし専門学生かもしれないが、とにかくしょっちゅう見る顔だった。

べつに、殺したいと思って見ていたわけじゃない。それどころか、仲良くなりたいと考えていた。

あのひとに似ていたからだ。

顔立ちそのものでなく、雰囲気やたたずまいが似ていた。

でも仲良くなれないことも、わかっていた。

ぼくは女の子が苦手だ。なにを話していいかわからないし、楽しませるすべを知らない。やさしくもできない。一緒にいたって、気まずいだけだ。

でも兄貴はそうじゃない。ずるい。

ぼくと違って、兄貴は女の子が苦手じゃない。彼女を作るし、女友達を作る。デートしたり、二人で映画に行ったりする。

兄貴はそういうやつだ。いつもぼくを置いてきぼりにする、小ずるいやつだ。

あいつは誰とでもうまくやる。他人に弱みを見せない。平気じゃなくても平気なふりができる。赤い穴倉に入ったこともない。それでいて、ぼくにすまないなどとは、ちっとも考えやしない。

ぼくと兄貴は「そっくりだ」とよく言われる。

でもぼくは全然そうは思わない。まったく似ていないと思う。

似てると言われるとイラつくし、胸のあたりがざわざわするし、ときにはムカつきすぎて頭痛がしてくる。ぼくは、兄貴が苦手だ。

だからぼくは星座占いだの、骨相学だのは信じない。

星座が同じだったら、同じ性格なのか？　同じ骨相で、同じ血液型だったら同じ運命をたどるのか？　馬鹿馬鹿しい。そんなことあるわけがない。

とはいえ生年月日占いや、四柱推命なら信用してやってもいい。ぼくは二十四日の零時台生まれで、兄貴は前日の二十三時台生まれだからだ。

あとは、筆跡学なんかもいいだろう。ぼくと兄貴の筆跡は違う。あいつの字は大雑把で粗い。けれどぼくの字は、細くてちいさくて丁寧だ。

ほかには服の趣味や、好きな色も違う。聴く音楽や読む漫画も違う。言葉のイントネーションも違う。ぼくはすこし訛っているけど、あいつはそうではない。

そんな感じで、ぼくらはかなり違う人間だ。

違う人間にできあがった。ぼくらはお互い違う行動を取り、違う選択をし、違う道を歩む。そういうふうに育った。

なにより違うのは、あのひとへの態度だ。

兄貴は、あのひとのことをあまり気にしない。嫌いなわけではないようだ。しかしぼくのように、いちいち彼女の反応をうかがったり、顔いろを見たりしない。あのひとに注目されたくて空回ったり、変なテンションになったりして、あとで一人恥じ入ることもない。そういうところもずるい。

ぼくだけが彼女に好かれたくて、常にもやもやいらいらしている。苦しいのはぼくだけで、兄貴は苦しくないのだ。ずるい。

不公平は是正しなくてはならない。だからあのひとの代わりにできる、あのひとに似た女を、ぼくがほしがるのもしかたないことだ。

ともかくぼくは、やりとげた。目を付けていた女を殺した。

ぼくは車で山道を走り、林を突っ切り、行けるところまで行って停めた。

夜だった。あたりには誰もいなかった。聞こえるのは鳥の声だけだった。ぼくはトランクを開けた。

さらった女は、体をくの字にしたまま涙を流していた。涙と鼻水で顔じゅうがぐしょぐしょだった。

猿ぐつわを解いてやると、女はぼくに悪態をついた。罵り、泣き、それから命乞いした。うるさかったし、不愉快だった。だからぼくは女をトランクから引きずりだし、まず拳で

(以下二十二行、黒塗りにて抹消)

いまになってぼくは、女の眼を思いだす。

あの眼にずっと見つめていてほしかった。でも女は首を振り、いやいやをした。顔をそむけたばかりか、その上、まぶたをぎゅっと閉じた。

眼がよかったのに。あの眼がすごく、彼女に似ていたから狙ったのに。

苛々した。すごく苛々した。だからぼくは、女のまぶたを切りとった。そうすればもう閉じられない。ぼくの顔を、ぼくの手を、ぼく自身を見ずにいられない。

柔らかそうだった上唇と耳たぶも、爪切りで切りとった。女はそのたび

(以下四行、黒塗りにて抹消)

帰りの運転は、行きよりスムーズだった。

ぼくはけっこう運転がうまいようだ。法定速度をちゃんと守って走ったし、白バイやパトカーに目を付けられることもなかった。しごく順調だった。

女から切りとったまぶたと上唇と耳たぶは、持ち帰った。

当然だ。そうでなければ切った意味がない。ひとまずセロハンテープで、このノートに貼っておくことにしよう。

防腐剤かなにか、ほどこしておくべきだろうか? でも防腐剤って、どこに売っているんだろう。昆虫採集キットに付いてくるあれでもいいんだろうか。一応、あとで注射しておこう。ついでに

(以下二行、黒塗りにて抹消)

このノートは、兄貴に見つからないよう注意しないといけない。

ほんとうに兄貴には苛々させられる。こんなにも気が合わないのは、一緒に育たなかったせいだろうか。兄貴には、甘やかされたやつ特有の

(以下四行、黒塗りにて抹消)

ともかくぼくの殺人は、最初にしてはうまくいったと思う。うまく殺せた。うまく死体を捨ててこれた。女とぼくは知り合いでもなんでもないし、警察がぼくの存在にたどりつくはずもない。手がかりも残してこなかった。手袋だって、最初から最後までちゃんとはめていた。この殺人で、ぼくはまたひとつ証明できたはずだ。ぼくと兄貴が、まったく別種の人間だってことを。

3

「だからそれは、うちの一存で決められることじゃないって」

固定電話の子機を手に、武瑠《たける》は荒らげそうになる声を必死に抑えた。まだ朝の七時だ。仕事でもないのに、こんな時刻から怒鳴り声を上げたくない。

――最近、母と話すといつもこうだ。

もとより愚痴っぽい人ではあった。しかし七十の坂を越えて、さらに加速した。「近所の人が」「親戚が」「こないだ来た宅配業者が」と、母はあらゆる相手を愚痴の餌にし、出口のない繰り言を垂れ流す。

そうして今日の話題は、祖母であった。

近ごろとみに認知症の症状が進んだ、父方祖母についてである。

「ばあちゃんを施設に入れたいのはわかったよ。でも、三鷹《みたか》の叔父さんたちとも相談しなきゃいけないだろ」

「ふん。いいのよ、あんな人たち」

母が鼻息を噴く。「何十年も〝うちは次男です。長男はそちら〟で逃げてきたんだからね」語尾が恨みがましく曇る。

「いつもそうだったじゃない。『うちは次男ですから、お任せします』の一点張り。なんでもかんでも、しれっとこっちに押しかぶせて」

「気持ちはわかるよ。けど、親父はとっくに死んでるんだしさ」

武瑠は利き手で顔を擦った。無意識に眉を抜きかけ、はっと手を止める。

――親父が事故死して、早《はや》や二十七年だ。

父の死を機に、武瑠は母の旧姓〝八島《やしま》〟になった。当時はまだ小学生だった。以来、叔父一家とは一定の距離をとりつつ付き合ってきた。

「とにかく無断はまずいって。警備会社の〝高齢者見守りプラン〟に入る入らないでも、結局は大揉めしたじゃないか。叔母さんの『お任せします』は、全然あてにならないんだからさ。絶対あとで、ちくちく嫌味を言うに決まってる」

「そうそう、あれが困るのよ」

母がさらに声を張りあげる。

「わたしだってべつに、積極的にかかわりたいわけじゃないのよ。あんたも知ってのとおり、お義母《かあ》さんはああいう人だしね。けど、相続のこともあるじゃない。なんだかんだ言ったって、うちは三鷹より近くに住んでるんだし……」

「待てって。相続のことはまた別問題だろ」

思わずため息をつく。またも眉に手が伸びたとき、手もとで着信音が鳴った。

千葉県警本部支給の携帯電話である。

「すまない母さん。仕事だ」

強引に告げて切る。武瑠は子機を置き、鳴りつづける携帯電話に応答した。

「八島です。おはようございます」

「おう、おれだ」

捜査一課強行犯第四係長、平《たいら》警部補であった。

「臼原《うすばる》の殺し、うちの班が出張ることになったぞ。そのつもりで準備しとけ」

「了解です」

殺人事件があったことは、すでにネットニュースと新聞で知っていた。

臼の原と書いて〝うすばる〟と読む臼原市は、総人口八万人を超え、面積は約二百平方キロメートルの中核市である。明治の世から、絶えず近隣町村の編入と合併を繰りかえしてきた結果だ。かく言う武瑠の故郷、魚喰《うおばみ》町も、臼原市へとうに吸収合併されてしまった。

武瑠は電話を切ると、

「琴子《ことこ》。捜査本部《チヨウバ》が立った」

シンクに向かう妻に声をかけた。

「今晩はたぶん帰ってこれるだろうが、明日以降はわからない。でも、できるだけ電話するよ」

無理だろうな、と思いつつ言った。いざ捜査がはじまってしまえば、電話どころではなくなる。自分の飯や風呂もままならない生活が、最低二箇月はつづく。

「大丈夫」

蛇口の水を止め、琴子が振りかえる。

「わたしのことは気にしないで。――大丈夫、もう新婚じゃないもの。昔みたいに、夕飯を用意してじっと待ったりしない」

色白の丸顔に、細い下がり眉と垂れ目。主張の薄いちいさな鼻と口。痩せた体軀とも相まって、琴子はいつも不安げに、寄る辺なさそうに映る。

「わたしのことより、あなたは大丈夫なの」

「え？」

「まだ本調子じゃないんでしょう。平さんに頼んで、書類仕事にまわしてもらったほうがいいんじゃない」

「それは、……いや」

武瑠は言葉を呑み、かぶりを振った。

「おれが決めることじゃあない。上の指示に従うさ」

「そう」

琴子の声音は平板だった。本気で心配しているのか、おざなりに声をかけただけなのか、その口調からは推しはかれない。

「髭を剃ってくるよ」

小声で告げ、武瑠はきびすを返した。

鏡の前で、まずは眉のかたちを確認する。顔の下半分にシェービングジェルを塗り、顎にシェイバーを当てる。半分ほど剃ったところで、低くひとりごちた。

確かに母は困りものだ。だが。

――だが琴子からすれば、おれも五十歩百歩の難物なんだろうな。

武瑠と琴子はともに三十八歳。結婚して十三年目である。

武瑠は警察官。琴子はフリーの校正者。間に子どもはない。そろそろ作ろうかと話し合ったこともなければ、不妊治療を受けたこともない。なにひとつ手を打たぬまま、この歳までずるずると過ごしてきた。

——もし子どもがいれば、おれたちの関係も違っていただろうか。

そう考えかけ、武瑠は「馬鹿な」と打ち消した。子を夫婦のかすがいに、いや緩衝材にする親を、彼は心から軽蔑していた。

刑事になってからというもの、悲劇は数えきれぬほど見てきた。家事と弟妹の育児を背負い、学校にも行けない少女。父親の暴力で失明した少年。借金取りに体で媚びる女児。顔を腫らして、真夜中に父親の酒を買いに走る男児。

育てられないなら産むな、と思ってきた。子どもは親の持ちものじゃない、べつの人格と人生を抱えた一人の人間なんだぞ、と憤ってきた。

——憤ってきたくせに、な。

自嘲を落とし、武瑠はタオルで顎を拭いた。シャツのボタンを留めながら、リビングへと戻る。

「今晩は、夕飯を用意しておくね」

「ああ」

「なにが食べたい？」

「魚よりは肉かな。それと、いまのうちに野菜を摂っておきたい。捜査がはじまれば、コンビニ飯ばかりだからな」

答えつつ、武瑠はテーブルに伏せたスマートフォンを確認した。

着信が二件入っている。表示された名に、武瑠は思わず目を見張った。

——ガンジ。

うなじに、ざわりと鳥肌が立つのがわかった。

ガンジ。犬飼顧示《いぬかいがんじ》だ。

数年ぶりに見る名だった。

だが郷愁の念は湧かなかった。それどころか、うなじの鳥肌が引かない。血圧が急に上がったせいか、こめかみがずきずき疼きだす。

急いで武瑠はネクタイを締め、ジャケットを羽織った。

時計代わりに点けたテレビでは、新顔の女子アナが天気予報を読みあげている。時刻は七時十八分。いつも出る時刻より十分以上早い。

「琴子。母さんから電話があっても、出なくていいからな」

通勤バッグを手に、武瑠は念押しした。

「もし間違えて出ちまっても、『夫に一任している』とだけ言え。母さんがなにを言っても聞き流してくれ」

「え、でも」琴子が追いすがる。

聞こえなかったふりで、武瑠はさえぎった。

「本調子じゃないのは、きみも同じだろ。おじいさんの四十九日が明けたばかりじゃないか。……いいから、うちのことにはかまうな」

武瑠はリビングを出た。

沓脱で革靴を突っかける。官舎ではないメゾネットのアパートを、一歩出る。

晩夏特有の湿った空気が、むわっと顔に吹きつけた。

頭上に広がる灰白色の空は、いまにも落ちてきそうに重苦しい。空もブロック塀もアスファルトも、その向こうに立ち並ぶビル群も、すべてが味気ない灰いろだった。

ふっと息を吐き、武瑠は歩きだした。

4

八島武瑠が所属する千葉県警刑事部捜査一課強行犯第四係は、部長刑事が六人、巡査が六人の十二人編成である。

武瑠は前者、つまり巡査部長の階級だ。

第四係が臼原署の三階に着くと、講堂の入り口には『臼原女子大学院生殺人・死体遺棄事件特別捜査本部』の看板がすでに掲げてあった。

――〝特別〟捜査本部か。

墨痕淋漓《ぼっこんりんり》とした書体に、武瑠は気を引きしめた。

容易に解決しそうにない殺人が発生すれば、警察は捜査本部を立ちあげる。中でも重大事件、特異事件、大量殺人、凶悪事件などに冠されるのが、この〝特別〟の二文字であった。

――今回の事件は〝凶悪〟のカテゴリだろうな。

捜査会議は、予定どおりスムーズにひらかれた。

臼原署署長の挨拶ののち、さっそく死体検案書の報告がはじまる。

「えー、外因死の原因となったと見られる刺創は、右大腿部における長さ二十四センチ、深さ十二センチ、幅三ミリの創です。鋭利な刃物で大腿動脈を裂いており、現時点で死因は失血死と推定されます」

演台に立つ臼原署刑事課長が、マイクを通して読みあげる。

「腹部はみぞおちから下腹部までを、十文字に裂かれていました。傷の長さは十九センチ、深さ十・五センチ。創口《きずぐち》からは小腸および大腸が二十二センチはみ出し……」

眼前の大スクリーンには、現場の写真が映しだされていた。

殺害および死体遺棄現場となった空き地である。灯りを落とした講堂に、薄汚れたブルーシートと、無残に広げられた被害者の白い四肢が浮かびあがる。

武瑠は手もとの資料に目を落とした。

暗いが、読めないことはない。さいわい武瑠は、体質的にも夜目が利く。

――マル害は地元在住の大学院生、砂村《すなむら》ありさ。

死体検案書によれば身長一五八センチ、体重四十七キロ。融合理工学府の数学情報科学専攻、満二十四歳である。

第一発見者は、小学生の男児三名だった。夏休みの最終日に林で遊んでいたところ、吠えつく犬の声で死体に気づいたという。

砂村ありさは強姦され、刺殺されていた。

発見されたときは、布切れひとつ着けぬ無残な姿であった。

左頭部に切創六ヶ所、右頭部に十一ヶ所、右頬に二ヶ所、左頸部に八ヶ所。頭部から乳房、腹部、陰部、大腿部にいたるまで七十二ヶ所の刺創。人体の表面積の五分の四にわたる創である。

また臍を中心に、腹部が大きく十字に切り裂かれていた。

膣と肛門には著しい裂傷が見られた。

さらに両まぶたと耳たぶ、上唇が鋭利な刃で切り取られていた。

切創と刺創の八割、まぶたと唇の傷には、生体反応があった。つまり彼女は生きたまま滅多刺しにされ、切り刻まれたのである。ただし腹部の十文字傷だけは、明確に死後のものであった。

発見された当時、周囲に身元を示す所持品はなかった。だがあたり一帯の捜索により、沢に落ちていた女性用バッグを消防隊員が発見した。財布には、健康保険証と学生証が入っていた。

遺体を確認したのは、臼原署の連絡により千葉市から駆けつけた両親だ。ほくろや傷跡などから本人と断定され、速攻で特捜本部が設置された。

──そうして、現在の会議にいたる。

武瑠は資料にプリントされた、生前の被害者を眺めた。

粒子の粗い写真ながら、整った容貌だとわかる。ぱっと目を惹く派手さはないが、小づくりな目鼻がバランスよく輪郭におさまっている。肌が白く、丸顔。ストレートの黒髪を、右サイドでかるく分けていた。

顔を上げ、武瑠はスクリーンの遺体画像を見やった。

途端、こめかみがずくんと疼いた。なぜだろう、と思った。

──なぜだろう。既視感がある。

こじゃれた言いかたをするならデジャヴ、というやつか。武瑠は内心で首をひねった。ともかくこの凄惨な死体に、どこか見覚えがある。

──だがどこでだったか、思いだせない。

「死亡推定時刻は八月三十一日の午前一時から三時の間。成傷物体は、刃渡り十八センチの牛刀と判定されました。まぶたと唇を切除したのは、爪切りの刃と推定されます。薬物その他の中毒物質については検査中です。ならびに現場周辺で採取された、微物等も分析中──……」

刑事課長の声がつづいている。

演台のすぐ横には、俗に言う〝雛壇〟が設置されていた。特捜本部を指揮する幹部のお歴々が着く席である。

臼原署からは刑事課だけでなく、生活安全課や交通課を含む六十人強の捜査員がかき集められた。ここに捜一《ソウイチ》第四係を足して、約七十人規模の特捜本部だ。

「では捜査班の編成は、のちほど発表します。従来どおり、地取り、敷鑑、遺留品の三班に分けることとします。以上です」

刑事課長のその言葉で、会議が終わった。

資料を手に腰を浮かせたところで、「八島」と平係長に声をかけられた。

「どうだ、いけそうか？」

「なにがですか」

武瑠は即座に問いかえした。

係長が気まずそうに咳払いする。

「あー、まあ、無理するなよ。なんならデスクにまわしてもいいんだからな」

デスクとは、捜査本部の書類仕事を受けもつ係だ。予備班とも言われる。警察はお役所ゆえ、殺人捜査をしながらも『捜査報告書』だの『指紋等確認通知書』だの、膨大な書類を片付けていかねばならない。

――むろんデスクも重要な役目だ。しかし。

「大丈夫です。問題ありません」

武瑠は断言した。

「そうか？」

「はい」きっぱり答え、武瑠は講堂を出た。

自動販売機のコーヒーで一服して戻ると、班の編成は終わっていた。

武瑠は敷鑑班であった。相棒は臼原署の、定年近いベテラン捜査員と決まった。名は芹沢《せりざわ》。武瑠と同じ巡査部長である。

「よろしくお願いします」

「こっちこそよろしく」

やはり気を遣われたな、と武瑠は察した。本来なら若手の巡査と組まされるはずが、ベテランを当てがわれた。

危ぶまれているのだ。あれから、まだ三箇月しか経っていない。あんなこと、、、、があったあとで、いきなりの前線復帰は無謀ではないか――と。

「じゃあ、行くぞ」

武瑠の胸中も知らず、芹沢が無造作に言う。

署を出る前に、武瑠はスマートフォンを確認した。着信が溜まっている。電話アプリに三件だ。

その三件ともが、〝ガンジ〟からであった。

5

武瑠と芹沢は、まずは大学院へと向かった。

「砂村くんは、優秀な院生でした」

数学情報科学科の講師だという男は、四十代なかばに見えた。突然の凶報に、悲しみより戸惑いをあらわにしていた。

「人に恨まれるような子じゃありません。真面目だし、世話好きでね。今年からTAをやってもらってました。面倒みがいいんで、B4の子らにも人気でしたよ」

TAはTeaching Assistantの略で、B4は今年研究室に入った学部四年生を指すらしい。つまり彼女は、研究室に入ったばかりで不慣れな学部生たちを、補助する役目だったのだ。

「補助とは、具体的にどんなことをするんです？」

「出欠を管理したり、論文の指導をしたり、研究の雑事についてわかりづらい点を教えたり、ですかね。ＴＡをやる学生はたいてい優秀ですが、優秀すぎて高圧的な子も間々いるんです。その点、やさしい砂村くんは引っぱりだこでした」

「なるほど、ありがとうございます」

合点して武瑠はうなずいた。

彼自身は、高校を卒業してすぐに警察学校へ入った。華やかなキャンパスライフとも、秀才だらけの研究室とも無縁な人生だ。だが不満はなかった。中学生の頃から、武瑠は警察官を目指していた。

「そのＴＡをやる上で、砂村さんになにかトラブルはありませんでしたか？」

「やる上で、ですか？」講師の目に警戒のいろがよぎった。

「すみません、ちょっと意味が……」

「たとえば人気が集まりすぎた砂村さんにほかのＴＡが嫉妬したとか、逆に砂村さんを学生同士が取りあった、などの揉めごとです」

「うーん。それは、いや」

講師の舌があからさまに鈍る。

「なんです？　なにか心当たりでも？」

芹沢がやんわり横から覗きこむ。講師は慌てたように手を振って、

「いやその、数学科には女性がすくないんで、勘違いするやつがたまにいるんです。それだけですよ」と言った。

「勘違いとは？」

「いや、ほら、あれです。理系は男子校の出身者が多いのでね。大学でも四年間女っけなしなんてざらですし、異性に免疫がないまま、砂村くんみたいなTAに当たるとね。あー、なんというか……わかるでしょう」

「わかります」

芹沢はうなずき、微笑んだ。

「彼女のやさしさを、異性の好意と誤解する学生がいたんですね？」

「はあ……、まあ、そういうことです」

講師の肩が、目に見えて落ちる。

「その学生の名前を教えていただけますか」

武瑠は手帳を出し、ペンをかまえた。

「そんな、やめてください。とっくに終わったことです。本人だって反省して、『二度としない』って約束したんですから」

「ほう。なにを二度としないんです？」

「あー、それはですね。うーん……」

うつむいて、講師は黙りこんでしまった。

そんな彼をなだめ、すかし、ときにすこしばかり脅して、武瑠たちは学生の名をようやく吐かせた。

講師の言によれば、彼は砂村ありさを尾行してアパートを突きとめたらしい。そればかりかポストに脅迫文を投函し、SNSのダイレクトメッセージを使って、己の性器画像まで送りつけたという。

「本人いわく『怖がらせたかっただけ』だそうです。『自分を頼ってくるよう仕向けたかった。

もっと砂村さんと親しくなりたかった』と……」

講師はいまや、冷や汗を垂らしていた。

「でも砂村くんが学生課に相談したと知り、その子は焦ってすぐにぼろを出したんです。そんなもんですよ。学部生なんてね、しょせんナリがでかいだけの子どもなんです。どうか大ごとにせず、勘弁してやってください」


そのストーカー学部生は、残念ながら休学中であった。

武瑠たちは彼の聴取を後まわしにし、学校教育学専攻の研究室へ向かった。砂村ありさの〝一番の親友〟に会うためであった。

風間《かざま》と名のる女子院生は、目を真っ赤に泣き腫らしていた。

彼女は何度も「信じられない」と繰りかえした。

「信じられないです。こんなの、現実と思えない……。自分のまわりで事件があっただけでも信じられないのに、そ、その被害者が、ありさだなんて……。悪い夢みたいです。すっごいリアルな、覚めない悪夢をずっと見てるみたい……」

彼女は目がしらと鼻を、絶えずティッシュで押さえていた。

「研究室で、砂村さんはトラブルに遭ったと聞きましたが」

平板な口調で武瑠は尋ねた。

「トラブル……？」

「TAをしていて学部生に好意を持たれ、付きまとわれたそうですね」

「ああ」風間が首肯する。

「でもあれは、解決済みです。向こうの子が謝って、休学して……。いまは茨城の実家にいるはずです。二度と近づかせないって、親御さんが約束してくれました」

「その学部生のほかに、砂村さんの身辺で揉めごとはありませんでしたか?」

「ありません」

風間はかぶりを振った。

「ありさは、人と喧嘩するような子じゃありませんでした」

「だとしても、さきほどの件がいい証拠です。揉めたくなくても揉めざるを得ないことは、人間ならば多々あります。そうでしょう? 男女関係なら、なおさらだ」

武瑠はわざと口調に含みを持たせた。

風間が気色ばむ前に、

「あのですね。わたくしどもはけっして、砂村さんを責めてはいません」

芹沢が穏やかに割りこんだ。

「彼女の落ち度を探しているのではない。むしろ逆です。われわれ警察は、被害者の絶対的な味方です。味方だからこそ、彼女を殺した男を見つけ、報いを受けさせたい」

「報い……」

風間が繰りかえす。芹沢は深くうなずいた。

「ええ。やつが犯した罪に相当するだけの、重い報いをね。——風間さん、わたしどものためじゃありません。砂村さんのために、お話ししてくれませんか」

うまいな、と武瑠は感じ入った。

横で聞いている武瑠でもふらっと来そうなほど、芹沢の口調には真実味があった。ベテラン捜査員の技ありというやつだ。

——それにこの口調、誰かさんを思いだす。

気づけば、風間は両手を胸の前でしっかり組んでいた。まんまと芹沢の説得力にやられたらしい。両の目は、わずかに潤んでいた。

「……わかりました。なにか思いだしたら、ご連絡します」

「そうしてください」

芹沢が柔和に微笑む。

「いまは、わたしも混乱しているので……。すみません」

「いいんですよ。当然です」

芹沢から、風間はおとなしく名刺を受けとった。そしてティッシュを取りだし、ひかえめに洟をかんだ。


三人目の聞き込みに向かう前に、大学院構内の自動販売機へ立ち寄った。

雨はやんでいたが、むっとくる湿気は居座ったままだ。

武瑠はエスプレッソを、芹沢はブレンドコーヒーを選んだ。

「いやあ、最近の自販機コーヒーはいけるな。署で飲むコーヒーより、よっぽど美味いじゃないか」

芹沢が目じりに笑い皺を刻む。その横顔をなんとはなしに眺めていると、芹沢が振りかえった。

「なんだね？」

「あ、いえ」武瑠は首を振ってから、

「失礼かもしれませんが――。仲人をしてくれた先輩に、どこか似ておいでだ、と思いまして」

と正直に言った。

「ご存じでしょうか。刑事部の出で、いまは通指《つうし》二課の今道《いまみち》室長です」

「ああ、ミチさんな」芹沢が顎を撫でる。

「そうかね、似てるかな？　向こうのほうがずっと背が高いし、おれより四つか五つ若いはずだが」

「見た目というか、雰囲気が似ているなと。さっきの、風間さんへの語り口もそうですし……」

「ああ、そっちか」

声を上げて芹沢は笑った。

「そりゃ似てるさ。あの人のやりかたはさんざん参考にしたからな。そうかあ、きみはミチさんに仲人をさせたか」

愉快そうに言ってから、「そういや知ってるか？　この事件、第一臨場したのはミチさんらしいぞ」と顔を寄せる。

「えっ？　そうなんですか」

「ああ。あの人はいま、暇を持てあましとるだろう。ちょうど現場近くの交番《ハコ》で茶を飲んでいたら、緊急無線が入ったそうだ。しかも居合わせた巡査が新米のペーペーで『室長、一緒に現場保存に来てください』と泣きつかれたらしい」

「じゃあミチさん、臼原管内まで出向いてたんですか。元気だなあ」

「奥さんに『運動不足だ、歩け』と言われているそうだ。煙草はやめたし、ありゃ生意気に長生きするつもりだぞ」

「ははは」

芹沢と声を合わせ、武瑠は笑った。ここにいない今道を肴にする是非はともかく、相棒との距離がぐっと縮まった気がした。

「さてと。うまいことリフレッシュできたし、そろそろ行くか」

芹沢が紙コップをゴミ箱へ放る。

うなずいて、武瑠も彼にならった。


二人が次に会ったのは、被害者といっときルームシェアしていた女子学生だった。

「シェアしてたのは、ええと、今年の二月から四月の末までです。ゴールデンウイーク前に問題が解決したので、砂村さんがアパートを見つけて引っ越していきました」

「その解決したという問題について、お話ししてもらえますか？」

武瑠は尋ねながらも、「例のストーカー学部生だろう」と見当を付けていた。

しかし違った。彼女は口ごもりつつ、

「恋人と揉めたから別れたい、って言ってました。だから家賃折半を条件に、砂村さんをしばらくかくまったんです」

と答えた。

「砂村さんが後輩にストーキングされたの、知ってます？　それが原因で、恋人と喧嘩したんですよ。『ありさが気のあるそぶりをしたんじゃないか』『勘違いされるような隙があったんだ』なんて、ぎゃあぎゃあ責められたって……。だから『うちならオートロックだし、家賃半分でどう？』とわたしから誘いました」

恋人がいたとは初耳だ。武瑠は尋ねた。

「それで、砂村さんは無事に別れられたんですか？」

「そのはずです。何度か別れ話をして、やっと納得してもらったと聞いてます」

「お相手の名はわかりますか？」

女子学生は首肯し、答えた。

意外な名であった。さきほど会ったばかりの〝ありさの一番の親友〟こと風間だ。武瑠は芹沢と目を見交わした。

――あの涙は、ただの悲嘆の涙じゃなかったのか。

――いやそもそも、本物の涙だったか？

砂村ありさは強姦され、刺殺された。体液こそ検出されなかったものの、避妊具のゼリー成分が検出されている。

刺創の深さからいっても、犯人が女性である可能性はごく低い。

――しかし、殺しを依頼することならできる。

インターネットの発達により、近ごろは市民の犯罪へのハードルが低くなっている。誹謗中傷、ネットを介した詐欺、売買春、脅迫などが主だが、犯罪の依頼も増加中である。わずかな金で、素人が傷害や殺人を請け負うのだ。

――砂村ありさの頭部と腰部には打撲痕、腟には挫傷が認められた。

車で撥ねたとおぼしき打撲痕であった。つまり犯人は、彼女をわざと車で撥ねてから拉致したらしい。

――仮に依頼された殺人だとしても、犯人は殺しそのものを楽しんだ。

武瑠は女子学生に礼を告げ、大学院をあとにした。

6

「会社《カイシャ》に用事がありまして」と申告し、武瑠は芹沢といったん別れた。

そして〝カイシャ〟こと、いつも通っている県警本部へ向かった。

地域部通信指令第二課の地域安全対策室は、二階のもっとも奥まった位置にひっそりと存在している。別名を〝象の墓場〟。定年間際の口うるさいロートルや、仕事のできぬゴンゾウどもが放りこまれる部屋である。

「刑事部捜査一課、八島巡査部長、入ります！」

わざと大声で言い、武瑠はドアを勢いよく開けた。

今道弥平《いまみちやへい》警部補は奥のデスクで指を組み、窓の外を眺めていた。武瑠の声にびくっとし、慌てて椅子ごと向きなおる。

「え、八島？　なんだおい。なにかあったか？」

「いいえ、ただのご機嫌うかがいです」

言いながらドアを閉めた。

地域安全対策室は、書類用キャビネットと事務机が並ぶだけの殺風景な部屋だった。事務机は室長用デスクのほかは四つあり、寄せられてひとつの島を成している。しかしいま、室内に座しているのは今道だけだ。

「ミチさん。臼原管轄区域の殺しに第一臨場されたそうですね」

回転椅子を引き寄せ、武瑠は今道の横に座った。

「よく知ってるな。ああそうか、チョウバ入りしたか」

「今朝からです。遺体をじかに目にしたミチさんのご意見をうかがいたく、こんな半端な時間にお邪魔いたしました」

「おれなんかの意見を聞いてどうする」今道が苦笑した。

「参考にしたいなら、担当検視官のとこへ行けよ」

「いいえ、資料は読みました。そうじゃなく、生《ナマ》の意見をお聞きしたいんです」

数秒、視線が絡みあった。

「……たいした話はできんぞ」と今道は前置きした。

そうして嘆息した。

「ひどいもんだったよ」と。

「人さまが二十数年大事に育てたお嬢さんに、よくあんなことができるもんだ。そう思ったら、不覚にもせつなくなっちまってな。さっさと臼原署にバトンタッチして帰ってきたわけさ」

思ったほど芹沢に似てないな――と一瞬、武瑠は場違いなことを考えた。

こうして見ると今道のほうがずっと若い。五十代にしては長身だし、体軀もがっしりしている。しかし全体的な印象が老けているというか、妙に枯れているのだ。若い頃から白髪まじりだった髪はいまや真っ白で、しばらく会わずにいると老けたイメージばかりが上書きされてしまう。

今道は額を撫でて、

「そういや、検視官がふざけたことを言ってやがった。『プロファイルしてやろう。この犯人は、女が大嫌いで大好きだ。つまり世の九割の男が容疑者だ』だとさ。悪い冗談だ」

「最近は女嫌いの男、〝インセル〟とやらが増えているそうですね」

武瑠は相槌を打った。

「匿名掲示板やSNSの発達で、同じような思考の持ち主が寄り集まり、尖鋭化していく。いつの世も同じです。不景気が長引いて社会が閉塞すると、市民は往々にしてヘイトやレイシズムでガス抜きをはかる」

「そこは同感だ。だがな、大半のインセル野郎はあそこまでやりゃしない」

今道が渋面のまま言う。

「八割は、せいぜいネット越しにいやがらせする程度だ。残りのうち一割強も、すれ違いざまに体をぶつける、痴漢する、体液をかける、男性器を見せつける程度で満足する。残りの一割が実際にストーキングや強姦をし、さらにその中の一割弱が殺人を犯す。だがあそこまでの残虐性を見せる野郎は、殺人犯でもまれだ」

「確かにそうです」

武瑠は同意してから、

「ミチさんはマル害の遺体から、犯人の憎悪を感じましたか」と尋ねた。

「感じた」

即答だった。

「その憎悪は個人的なものでしたか。それとも、女性一般に対する憎悪ですか」

「さすがにそこまでは断言できんよ」

今道は首を横に振った。

「おれは千里眼じゃあない。とはいえ、女性一般に対するヘイトの末路だったとしても、驚きはしないな。個人的な怨恨でないとすれば――そうだな、代償行為という可能性もある」

「代償……」

武瑠は繰りかえしてから、「身代わりですか」と訊いた。

「ああ。ほんとうに殺したい相手を殺せないケースだな。この場合は容姿が似た、もしくは属性が同じ女性がターゲットになる。こういうのは厄介なんだ。身代わりをいくら殺そうが、〝本命〟への憎悪は消えやせんからな。殺意が解消されず、二度三度と犯行を繰りかえす恐れがある」

「連続殺人化する、ということですか?」

「いやいや、待て。そう前のめりになるな。いまのはあくまで仮説だ」

制するように、今道が手を振った。

「自分で言っといてなんだが、そんなのは滅多にあるケースじゃない。おまえのいまの上司は
——ええと、平だったな？」

「そうです。平係長です」

「平のやつなら、おれがいま言ったようなことはすべて承知さ。あいつの指示どおり動いてりゃ大丈夫だ。安心して付いていけ」

「はい」武瑠は首肯した。

「ところで、奥さんは元気か？」

今道がさらりと問う。

一瞬、武瑠は虚を衝かれた。

「あ……ええ、元気です」

「いまも在宅で校正業をしてるんだよな？　こう言っちゃアレだが、コロナ禍でも問題なかったラッキーな業種のひとつじゃないか？」

「それは、はい。確かにそうですね」

武瑠は作り笑いを浮かべた。

今道に他意がないことはわかっていた。彼は武瑠たちの仲人なのだから、妻について尋ねないほうがおかしい。むしろ気を遣って、あたりさわりのない話題を選んでくれたはずだ。

——第一、ガンジからの着信を、ミチさんは知るよしもない。

犬飼願示。

武瑠にとっては父方の従兄にあたる。同時に、琴子の母方従兄でもある男だ。

武瑠の父親と、願示の父親が兄弟。

そして願示の母と琴子の母が姉妹、という関係である。

つまり武瑠と琴子に直接の血縁関係はない。間に願示たちがいたからこそ出会えたと言っていい。

――そのガンジから、いまさら電話とはな。

なんの用だろう。祖母のことだろうか、と武瑠はいぶかしんだ。

武瑠の祖母は、願示にとっても祖母である。認知症が進んだと聞いて心配になったのか。気持ちはありがたいが、鬱陶しさのほうが先に立った。

――いきなり現れて、引っかきまわさないでほしい。

おれたちを、いや、琴子を。

そんな内心を押し隠し、武瑠は今道に作り笑いを向けた。

「とはいえミチさん、在宅業もそれはそれで大変なようですよ。原稿は主に、宅配便で受けとるんですがね……」

張りあげた声が、われながら空々しかった。


今道と別れ、本部庁舎を出たところでスマートフォンを覗く。

またも〝ガンジ〟から着信が入っていた。

留守電のメッセージまで残っている。武瑠はあえて無視し、琴子宛てにＬＩＮＥのメッセージを打った。

――夜の捜査会議が済んだら帰る。九時前には帰れると思う。

スマートフォンをしまい、顔を上げた。眼前には夕暮れが広がっていた。きびすを返す。端にオレンジを残した空に背を向ける。

視界が、一瞬で青に染まった。

逢魔がとき特有の、紺を帯びた青だ。その青に世界が呑みこまれつつある。道なりに立ち並ぶ街灯のあかりだけが、点々とうつろに白い。

――ガキの頃、夜はもっと暗いものだった。

すくなくとも、当時の彼はそう感じていた。

追憶の中の夜は、いつでも漆黒の暗闇だ。

武瑠が生まれ育った魚喰町は、田舎だった。街灯の数もこれほど多くなかった。電柱の防犯灯は電球がひどく弱いか、球切ればかり起こしていた。

魚喰町での暮らしを思うと、眼裏《まなうら》に浮かぶのは夏の風景ばかりだ。

じっとしていても汗ばむ蒸し暑さ。ブルースクリーンを張ったような、雲ひとつない晴天。昼は目がくらむほど明るく、夜は真の闇だった。

蟬の声。鼻を突く草いきれ。防災無線スピーカーから鳴り響く、ラジオ体操の曲。耳をつんざくハウリング。

日焼けした従兄の細い手足。樟脳の香り。眠ろうと目を閉じた瞬間、耳もとで唸る蚊の羽音。

――あの頃の夏には、いつも願示がいた。

東京に住む叔父夫婦が、夏休みのたび、願示を魚喰町に預けたからだ。

都会志向の叔母はそれをいやがった。しかし叔父が是非にと望んだ。夏休みくらい、兄弟を一緒にさせてやらねば可哀想だ、と言って。

――そうして願示に十日ほど遅れ、琴子もやって来た。

琴子にとっては短い夏休みだった。お盆を中心とした一週間だけ、琴子は従兄の犬飼兄弟に会う名目で、魚喰町で夏を過ごせた。

武瑠が小学一年生から六年生まで、彼らは毎年一緒だった。犬飼兄弟と、武瑠たち兄弟と、琴子。その五人で過ごした夏だ。

いまだすこしも薄れぬ、鮮烈な思い出であった。

「ただいま」

声をかけ、リビングに入った。

「おかえりなさい」

琴子がソファから腰を浮かす。武瑠は「立たなくていい」と制して、キッチンを指した。「メシは、冷蔵庫の中だよな?」

冷蔵庫を開けると、ラップをかけた夕飯が皿ごと冷えていた。

「そっちの小鉢はあったためないでね」

「これか? 酢の物だな」

「そう、山芋とおくらの梅酢和え。リクエストどおり野菜だし、精も付くでしょう」

琴子が微笑む。思わず武瑠は目を細めた。

妻の笑みの向こうに、従兄たちの懐かしい顔がふっと浮かんだせいだ。

――ブルちゃん。

そんな呼び名までもが、鼓膜の奥でよみがえる。

小学生のとき、彼は友達にブルと呼ばれていた。武瑠を音読みしての、単純きわまりない渾名だ。そこにちゃん付けして「ブルちゃん」と呼ぶのは、琴子と従兄たちだけだった。

――最近の琴子は「ねえ」「ちょっと」としかおれを呼ばないが。

レンジが短くメロディを鳴らす。

取りだした皿を、武瑠はテーブルに置いた。

茄子と豚肉のカレー風味炒め、酢の物、生姜の炊き込み飯、焼き味噌の冷や汁と並ぶ。お供はアルコールでなく、ミネラルウォーターのペットボトルだ。

琴子は七時前に済ませたという。

テレビを前に、武瑠は一人で食べはじめた。

孤食を、べつだん味気ないとは思わない。明日からはコンビニ飯を数分で胃に詰めこむ日々がはじまるのだ。それを思えば、優雅と言えるほど贅沢な夕飯だった。

テレビ画面がビールのCMに切り替わる。

炭酸が弾ける効果音とともに、若手俳優が缶をぐっと傾けた。ごくごくと、美味そうに喉仏を上下させる。

思わず武瑠は目をそらした。

——そういえば、親父の歳に近づいてきたな。

急にまざまざと実感した。箸を握った己の手の皮膚に、加齢を感じた。そうだ、おれはすでに追いついてしまった。

——飲酒運転で事故死した、父親の歳に。

「そういえば桃を冷やしておいたの。剝こうか?」

「……あ、ああ。もらうよ」

琴子の声に、武瑠は反射的に答えた。

助かった、と思った。声をかけてもらえねば、また不快な考えに沈みこむところだった。最近はそんなことの繰りかえしだ。

リモコンを握り、彼は衛星放送にチャンネルを変えた。

風呂を済ませたのち、武瑠はスマートフォンとミネラルウォーターを手に、寝室へ向かった。ドアをきっちり閉め、着信履歴を確認する。

今日一日で着信が六件だった。すべて〝ガンジ〟からである。

折りかえすべきか迷った。だが結局、武瑠がタップしたのは、東京に住む弟の番号だった。

「兄貴？　どうした？」

弟の知秋《ちあき》はすぐに応答した。

「いや、どうしてるかと思ってな。母さん、おまえのほうにも電話したか？」

「ああ、ばあちゃんの件ね。何度かあったよ」

「そうか。忙しいのにすまんな。ところで、彼女とはどうなんだ？」

「あー……、それなんだけどさ」

知秋はすこし口ごもってから、「じつは、別れた」と言った。

「なに？」武瑠は眉をひそめた。

つい先日、知秋から「そろそろ恋人を母に紹介する」と聞かされたばかりだ。相手は会社の同僚だと聞くし、順調だとばかり思っていた。

「まさにその、ばあちゃんのアレだよ。『うちの祖母が調子悪くてさ。一人にしとくのが心配だ』って同居を匂わせたら、急に冷たくなって……」

「馬鹿」

武瑠は呆れた。

いまどき、夫側の親族と住みたがる女性はすくない。健康な姑でさえマイナス条件だというのに、認知症の祖母などお断りに決まっている。

「チアキ、おまえ自分をいくつだと思ってる。今年で三十六だぞ。そろそろ結婚を真面目に考えろよ」

「いや、不真面目なつもりはなかったんだ」

知秋はしょげかえっていた。武瑠はつづく言葉を呑んだ。弟にこんな声を出されたら、なにも言えなくなる。

——泣き虫のチビだったチアキを、いやでも思いだしてしまう。

いまでこそ武瑠より体格のいい知秋だが、あの頃は可愛かった。武瑠と従兄たちのあとばかり追いかけ、仲間外れにされまいと必死だった。

「でもさあ、兄貴。母さんや叔母さんにばあちゃんを任せておけないよ。うちの女連中は知ってのとおり、仲が悪いなんてもんじゃないから」

「それは……まあ、そうだな」

武瑠は顎を撫でた。残念ながらそこは否定できない。

俗に〝嫁姑は犬猿の仲〟と言われる。そのとおりに昔から、嫁二人は祖母に対して当たりがきつかった。祖父の遺産相続で揉めたのがとどめだった。以来、祖母の家に足を向けるのは、おばあちゃん子の知秋くらいである。

「兄貴はいいよな。安心安定の公務員だし、初恋の琴ちゃんと結婚できた勝ち組だ。なあ兄貴。琴ちゃんならきっと、ばあちゃんを……」

「やめろ」

ぴしゃりと武瑠はさえぎった。

「何度も言ってるだろう。うちの事情に琴子は巻きこまない。あいつに、介護をさせる気はない」

抑えたつもりだが、語気に力がこもった。

「……わかったよ。ごめん」

「謝るくらいなら言うな」

おれよりも恋人に謝れ。頭を下げて復縁してもらえよ――。そう弟に言い聞かせ、武瑠は通話を切った。

スマートフォンを見下ろす。手の中でもてあそぶ。

〝ガンジ〟にかけるべきか、それとも無視するべきか、しばし逡巡した。電話アプリは立ちあがったままだ。

だが、結局はやめた。

スマートフォンを充電器に置き、武瑠はベッドに寝転がった。

7

朝の捜査会議は、予定どおり九時からはじまった。

「えー、中毒物質についての分析結果が出ました。結果は白です。睡眠薬、覚醒剤、毒物、アルコールなどは、遺体からいっさい検出されませんでした」

演台で刑事課長が、マイクを通して読みあげる。

「なお科捜研が、被害者の水没したスマートフォンのデータを復元中です。被害者名義のノートパソコンと併せ、SNSやメールの履歴を調べていく予定です」

武瑠の肩を、横から誰かがつついた。芹沢だった。耳に口を寄せ、低くささやいてくる。

「八島、おまえSNSにはくわしいか?」

「くわしいってほどじゃないですね。そこそこです」

「そこそこならいいさ。おれはさっぱりだ。じゃ、そっち方面は頼るからな」

一方的に頼られてしまった。

会議後の打ち合わせの結果、武瑠たちは砂村ありさをストーキングした男子学部生を洗うと決まった。

「学部生本人は、茨城の実家で静養中だそうだ。越境して事情聴取する前に、マル対の人となりを固めておきたいな」と芹沢。

「休学直前、マル対は理学部の四年生でした。学内外のサークルに在籍した形跡はなく、親しい友人はなし。彼女もなし。交友関係は広くなさそうですから、まずは寮の仲間から当たってみますか」

うなずきあい、二人は臼原署を出た。


大学の学生寮は鉄筋造りの五階建てで、オフホワイトの壁にネイビーの窓枠という洒落た外観だった。

くだんの学部生と二年同室だったという寮生は、三階の端に住んでいた。

「ああ、あいつですか？　一緒に住むぶんにはべつに問題ないやつでしたよ。静かだし、散らかしたり汚したりもなかったし」

そう言って肩をすくめる。砂村ありさとは面識がなかったそうで、

「こんな近場で殺人事件なんてびっくりです。ドラマみたいっすよね。知ってる景色がテレビに映ってて、なんか変な感じ」

と、あっけらかんとしていた。武瑠は尋ねた。

「彼はサークルなどに入らず、大学内に友人もいなかったそうですね。ふだんはなにをされていましたか?」

「ふだん? 研究室と寮の往復じゃないかな。それ以外のときは、ほぼ部屋にいましたよ。あっち側があいつのテリトリーでした」

部屋はアコーディオンカーテンで真ん中から区切られており、向こう側は見えなかった。現在の入居者は、いまは留守だという。

「自分のベッドで、たいがいスマホいじってましたよ。ソシャゲとSNSが趣味、って感じでしたね」

「ということは、ネットを介した友達が多かった?」

「えー、どうだろ。ネットのああいうのって、友達と言えるんですかね。複アカいっぱい持って、確かに熱心ではあったけど」

「複アカ……?」芹沢が首をかしげる。

武瑠は「あとで説明します」と目で合図して、

「砂村ありささんのことは、彼から聞かされていませんでしたか?」

と訊いた。

「被害者の人ね。あいつ、一時期は女神さまみたいに崇めてましたよ」

「一時期は、ですか」

「そう、ほんの一時期。でもある日、急に掌かえして『糞《くそ》アマ』『気を持たせやがって、ビッチ!』と悪態つきはじめたんで、ああ振られたなって察しました。まあ最初から、うまくいくなんて一ミリも思ってなかったけど」

「ほう、なぜです?」

「そりゃ、男友達すらいないやつに彼女は無理っしょー」

寮生は笑った。

『ありがとう』と『ごめん』が言えなくても許されるのは、超が付く爆イケだけっすよ。まあ本人は『家庭環境のせいだ』って言いわけしてたけど」

「家庭環境ね。よろしくなかったんですか？」

「本人いわくね」

武瑠の問いに、寮生は肩をすくめた。

「『親が弟ばかり可愛がって、ぼくは無視されてた』って、いつもぐちぐち言ってましたよ。『勉強もスポーツもぼくのほうができたのに、親は弟ばっかり』ってね。弟、弟ってぼやくときだけ、やたらおしゃべりでした。でもいまは実家でがっつり休めてんだから、被害妄想入ってたんかなぁ」

寮を出ると、武瑠の県警支給の携帯電話に着信が入っていた。平係長からだ。

「係長、八島です」

「おう。おまえ、いまどこだ？」

「大学の学生寮ですが」

「では予定の聞き込みを終え次第、帰署しろ。新たなホトケさんが見つかった」

「は？」

「手口からして、あきらかに同一犯だ。その点を踏まえて捜査班を再編成するから、心がまえしとけ。間違いなく地取り班が増員される。ことによっちゃ、県警《うち》からもう一班投入もあり得るな」

「ちょ、ちょっと待ってください」

まくしたてる係長に、慌てて武瑠は口を挟んだ。

「同一犯による新たなホトケ――？　ということは、犯人は二人いっぺんにさらって殺したんですか？　一夜に二人殺して、それぞれべつの場所に死体を遺棄した？　その二人目が、本日付けで見つかった？」

では複数犯による犯行ですね、と武瑠は言いかけた。

どれほど屈強だろうと、二人の女性を一人で御せる男はそうそういない。犯人側はすくなくとも二人以上、おそらく三、四人だろう。

しかし平係長は「いや」と渋い声を出した。

「いや違う。第一のマル害とは死亡時刻に大きなずれがあり、最後に目撃された時間も異なる。同一犯だと仮定した上で言うが、やつは第一のマル害を殺して遺棄した翌日に、新たな女性をさらったと思われる」

「馬鹿な」

武瑠は息を呑んだ。

「そんな馬鹿な。翌日の犯行……？」

「ああ。これほどハイペースな犯行にゃ、滅多にお目にかかれんよな」

係長の声には、苦渋が滲んでいた。

「単独犯か複数犯かはまだ不明だが、こいつはどうやら連続殺人だ。――つづきは、おまえが帰署してから話そう」

8

新たな被害者は、前回より約十八キロ離れた空き家の庭で発見された。同じく臼原署の管轄区域ではあるものの、約三十年前は〝村〟だった地所だ。

高い塀で囲われた空き家は、持ち主夫妻が亡くなってから八年ほど無人であった。相続した長男がたまに様子を覗き、草刈りに来るほかは訪れる者もなかった。

第一発見者は隣家の主婦だった。

異臭に気づき、物干し用の踏み台を使って覗いたところ、遺体の白い脚が見えたのだという。

「マネキン人形だと思って通報したんです。以前にゴミの不法投棄が相次いだので、てっきり今回もそれだと……」

顔を青くして主婦は語った。

今回の被害者も刺殺されており、全裸だった。しかし素性はすぐに知れた。衣服やバッグの中身が、庭じゅうに散乱していたせいだ。

財布の中には運転免許証があり、遺体の容貌および特徴と一致した。また警察署で遺体を確認した両親も、

「娘に間違いない」

と、むせび泣きながら認めた。

被害者は真山朝香《まやまあさか》、二十六歳。千葉市の不動産事務所で営業事務員をしていた。身長一六四センチ、体重五十三キロ。礼儀正しく愛想もよく、彼女目当てに訪れる男性客が絶えなかったという。

――似ている。

真山朝香の生前の顔写真を見て、武瑠はつぶやいた。

砂村ありさとよく似ている。

むろん双子というほどの相似ではない。身長も五センチ以上違う。しかし、全体の印象がひどく似かよっていた。

二人とも色白で丸顔。ストレートの黒髪を右サイドで分けている。清楚で品がよく、知的な雰囲気だ。従姉妹《いとこ》と言われれば、きっと誰もが信じるだろう。

――そんな二人が、たった二日のうちに殺され、遺棄された。

殺害の手口もほぼ同じだ。全身に無数の刺創があり、まぶたと上唇は爪切りとおぼしき凶器で切りとられていた。

しかし、一方で相違点もあった。

真山朝香は耳たぶの片方を嚙み切られていた。また切り裂かれた喉の創口に、陰茎をねじ込んだらしき跡があった。創口の奥には精液が付着していた。

「DNA型サンプルが採取できたぞ。科捜研がさっそく精査中だ」

平係長が意気ごんだ。

「死体損壊のこまかい情報は、マスコミに流しちゃいない。同一犯と見て間違いないだろう。しかし第一の犯行では避妊ゴムを着け、遺留品にも気を付けていたのにな。急転直下、今回は体液を残しやがった」

「それだけ興奮していたんでしょう」

武瑠はひかえめに相槌を打った。

殺人に限らず、すべての犯人は犯行に慣れる。より強い刺激を求めるようになる。そして回数を重ねるうち慢心し、手口は杜撰になっていく。

――だが、急すぎる。

通常の連続殺人犯は、成功体験を積みながら、犯行の間隔を徐々に狭めていくものだ。第一の犯行から、二十四時間以内に次の犯行という例ははじめてであった。

「たった二日のうちに犯行がエスカレートし、異常性まで増している。犯人はそうとうにヤバいやつだな。一刻も早くDNA型を特定し、止めなきゃならん」

芹沢が苦りきった顔で言う。

「いきなり捨てばちになったのも怖いですね」武瑠は同意した。

「体液を残した上、所持品も散乱させたまま放置です。被害者の身元を隠す気が、まるで感じられない」

「警察の手が迫る前からこれだぜ。どうなってやがる」

「自分の妄想に、追いつめられているのかもしれません」

己の中で培った妄想に急かされ、犯行に走る殺人者はすくなくない。「連続殺人犯の多くに、幼少時から空想癖があった」とする統計データもある。むろん穏当な空想ではなく、他人を傷つけ、解体する等の妄想だ。

「もしかしたらこれは、第一と第二のコロシじゃないのかもな」

武瑠はつぶやいた。

「……第五、第六あたりの犯行なのかも」

平係長が一瞬目を見ひらく。次いで、低く唸る。

「他県ですでに三、四人殺《バラ》してからの犯行、ってことか」

「その線も、考慮すべきと思います。前回のマル砂殺《すな》しは、越境して初の犯行だった可能性がある。だから一応気を付けて、避妊ゴムを着けるなどしたんです。しかしマル真《ま》殺しでは、油断と慣れのほうが先立ったのかもしれません」

　砂村ありさの符丁はマル砂、真山朝香の符丁はマル真とすでに決められていた。

　係長が腕組みして、

「連続殺人犯というのは、人種や年齢、容姿が似かよった相手を襲うことが多いらしいな？」と訊いた。

「ええ。三十人以上を殺したテッド・バンディは、黒髪をセンター分けにした白人美女を主に狙いました。死体の皮膚でランプシェードやベストを作ったエド・ゲインは亡き母に似た女性を、被害者を煮て食ったジェフリー・ダーマーはハンサムな黒人男性ばかりをターゲットにしました」

「……ともあれ、ＤＮＡ型鑑定を急がせたいな」

　平係長が天井を仰ぐ。

「この犯人が前科《マエ》なしのまっさらとは思えん。いや、思いたくない。過去のデータベースに、必ず登録されているはずだ」

「海外ドラマみたいに、ものの数時間で鑑定結果が出りゃいいんですがね」

「まったくだ」

　現実のＤＮＡ型鑑定は、どんなに急ごうと数日はかかる。その間に、新たな被害者が出るのが恐ろしかった。

　緊急捜査会議がひらかれたのは、約一時間後だ。

「同一犯の可能性を考慮した上で、捜査班を再編成した」

　捜査主任官が、演台から怒鳴るように言う。

平係長の予想どおり、やはり地取り要員が大幅に増やされた。また近隣の署にも応援を頼み、百人超の態勢で臨むことが決まった。

武瑠と芹沢は、引きつづき敷鑑二班として動くよう命じられた。

「二班は例のストーカー学部生と並行して、マル砂とマル真の繋がりを洗え。共通する交友関係や趣味などの接点がないか、しらみつぶしに当たるんだ。科捜研の物理係には、マル害たちのスマホの解析を急がせる」

「了解です」

係長に一礼し、武瑠は芹沢のもとへ戻った。

「共通する交友関係か。やはりSNSを洗う必要が出てきたな」

芹沢が顎を撫でた。

「いまどきの若いやつは、なんでもSNS、SNSだ。そうだろう?」

「ですね。いまの十代から二十代は、直接の電話なんて滅多にしません」

「おっさんは世の移り変わりに付いていけんよ。やっとの思いでメールを覚えたってのに、今度は『メールなんて古い。うちらインスタしか使わないしー』と来やがる。まったく……」

「おーい、ちょっと待て!」

臼原署の捜一係長が講堂に駆け込んできた。

まだ持ち場に散っていなかった捜査員たちが、いっせいに目を向ける。

「新情報だ。マル砂とマル真の接点が見つかったぞ!　たったいま、モバイルＳｕｉｃａの履歴で判明した。二人の通勤通学ルートは同一らしく、平日は毎朝同じ時刻にＪＲ内房線に乗っていた。同じ電車に乗っていたとみられる区間は、四駅だ」

特捜本部がざわついた。

一拍置いて、あちこちから声が上がる。

「では犯人も、同じ電車に乗っていた可能性が？」

「駅構内でマル害たちを見初めやがったか」

「明朝から、その四駅に張り込み《シキテン》を――……」

一気に勢いづく捜査員たちを横目に、武瑠は資料として配られた真山朝香の写真に目を落としていた。

真山朝香は笑顔だった。バストアップの構図である。カメラに顔を向け、屈託なく微笑んでいる。その顔に、真山朝香本人の死相が重なった。砂村ありさの無残な遺体も、同じく二重写しになった。

両のまぶた、上唇、耳たぶを失くした死に顔。鋭利な刃による殺意で、凌辱の限りを尽くされた遺体――。

――やはりおれは、知っている。

あらためて武瑠は確信した。

彼女たちの遺体に、殺害方法に、覚えがある。確かに知っている。

「例のストーカー学部生を茨城まで追うのは、いったん保留か。やつは大学近くの寮に住んでいた。電車通学じゃなかった」

すぐ横にいるはずの、芹沢の声が遠い。

「いや違うか、やつはマル砂を尾けまわしていた。彼女の行動範囲を探るうちに、駅でマル真をも見初めた可能性は否めん。……おい、八島？」

呼びかけられ、はっとした。

「どうした」

「ああ、いえ、すみません。すこしぼうっとして」

急いで首を振り、笑顔を作った。

「寝不足か？」

「いえ……すみませんでした。行きましょう」

武瑠は芹沢をうながし、特捜本部を出た。

廊下に出る。エレベータの扉がちょうど閉まるところだった。待つのもまだるっこしく、階段へ向かう。

下りの一段目へ足を踏みだしかけたとき、武瑠の内ポケットでスマートフォンが震えた。着信のバイブだ。

その刹那。

――ブルちゃん。

海馬の奥で、なぜか少年の声がよみがえった。願示の声だった。

武瑠の全身に、ぶわっと鳥肌が立った。

記憶が津波のように立ちあがり、押し寄せる。願示の声。笑顔。ひどく鮮明な記憶だった。昨日のことのように思いだせた。

願示。ガンちゃん。ふだんは東京に住んでいた従兄。

そう、願示は都会の子だった。武瑠たちのような田舎者とは違い、垢ぬけた色白の美少年だった。そしてあいつが住んでいたのは、東京の――。

武瑠の靴底が空《くう》を切った。

階段をとらえそこなった足が、体が、宙に浮く。手すりにすがろうと手を伸ばしたが、遅かった。視界が大きく傾く。

――東京の、三鷹市。

落下する武瑠の脳裏を、地名と事件名が駆け抜けた。

――三鷹市女性連続刺殺・死体遺棄事件。

ああそうだ、おれの記憶を刺激したのはこれだ。確かにデジャヴを感じた。覚えがあった。あの三鷹の事件だったんだ――。

しかし言葉にならなかった。武瑠は階段から、声もなく転がり落ちた。

9

目覚めたときは、病室のベッドだった。

白い天井。白い壁。まわりが薄手の白いカーテンで囲われている。

カーテンの内側には、琴子がいた。ベッドの横でパイプ椅子に座り、祈るように指を組んでいた。

「……え。あ、おれは――?」

「起きちゃ駄目」

琴子がやんわりと、武瑠の肩を押さえる。

「あなた、臼原署の階段のてっぺんから落ちたんだよ。覚えてない?」

「階段から……」

鸚鵡返《おうむがえ》しにした瞬間、はっと武瑠は覚醒した。

一気に羞恥がこみあげた。顔から火が出そうだった。殺人事件の捜査中、署内の階段から落ちて救急搬送されたなど、恥以外のなにものでもない。

「ここは市民病院。臼原署の芹沢さんが、救急車を呼んでくれたの。落ちたあなたが譫言《うわごと》を繰りかえしていたから、頭を打ったと思ったのね。救急車の中でもずっと譫妄《せんもう》状態だったそうだし、正しい判断だと思う」

「芹沢さんが……。それで、きみは？」

「平係長から連絡をもらって、駆けつけたのが一時間前」

琴子は微笑んだ。

「脳波にとくに異常はないって。腰や背中にいっぱい青痣ができたし、右足をひどく捻挫したけどね。でも鎮痛剤が効いてるから、痛みはまだないでしょう？」

「……電話」

武瑠はうつろに言った。ゆっくりと琴子に首を向ける。

「電話……。係長に、電話しないと。スマホはどこだ」

「駄目だってば。寝ていなきゃ」

「いや、電話が先だ。電話したら寝る」

武瑠は頑固に言い張った。

「スマホはどこだ。すぐ済ませるから……頼む」

約十分後、武瑠は車椅子に乗り、フロアの真ん中にある談話室まで移動していた。病室内は、スマホでの通話禁止なのだ。

テレビを観ている患者たちの邪魔にならぬよう、なるべく端で係長の電話番号をタップした。

「……八島か？」

係長の声は不安げに曇っていた。謝罪より先に、武瑠は早口で告げた。

「係長。『三鷹市女性連続刺殺・死体遺棄事件』です」

「なに？」

訊きかえす係長に、

「やっと、思いだせました」

あえぐように武瑠は告げた。

「二十年以上前、東京の三鷹市で起こった未解決の女性連続殺人です。若い女性が、わずか一年のうちに三人殺されました。被害者は、全員が色白の丸顔で二十代。ストレートの黒髪を右サイドで分けていました。――そして」

つばを呑みこんだ。

「そして……両のまぶたと上唇を、切りとられていました」

「待て、八島」係長が制止する。

「三鷹市連続女性刺殺……？　ああ、確かに昔、そんな事件があったっけな。若い女性たちが切り刻まれた、連続殺人だ」

「でしょう。その事件が――」

「まあ落ちつけ。ちょっと待てって。……該《ガイ》事件は、ほんとうにおまえの言うような手口だったか？」

係長が怪訝そうに言う。片目を細めた顔が、目に浮かぶようだった。

「三鷹事件において、まぶたの切除云々は、おれの記憶にないぞ」

「マスコミには、伏せられたんです」

武瑠は言い張った。疲労と眠気が、急激に押し寄せつつあった。

「犯人にしか知り得ない情報、すなわち自白の決め手となる〝秘密の暴露〟を狙ったんでしょう。報じられなければ、こっちは警視庁管内の事件詳細など知り得ません。記憶になくて、当然です」

「ではなぜ、おまえは詳細を知っている？」

「叔父一家が……三鷹市に、いるからです」

舌がもつれた。投与された鎮痛剤のせいか、ひどい倦怠感が襲っていた。

「人の口に、戸は立てられません。三件とも、遺体を発見したのは地元住民でした。発見数日後には、被害者がどこをどう損壊されたか、住民はみな知っていました……」

額の汗を、手の甲で拭う。

「おれは高校生でした。すでに進路を警察官《サツカン》と決めていました。だから従兄と電話で話したとき、該事件が話題に出たんです。『早く刑事になって、解決してくれよ』と言われました。犯行現場が家から近いし、おっかないから、と……。でも三件目でぷっつり犯行が止んで、事件は、未解決のまま――」

「わかった。八島、わかったから」

平係長が止めた。

「わかったからもう休め。おまえ、呂律がまわってないぞ」

「それは、鎮痛剤が」

鎮痛剤が効いているせいです。そう言いたかった。しかし唇も舌も、痺れたように重かった。

「係長、お願いです。……どうか三鷹事件との関連を、主任官に伝えてください」

「わかったって。おい、そこはどこだ？」

「病院の、ええと、談話室です」

「そうか。もうベッドに戻れ。戻って寝ろ。おれが悪かった。やっぱり復帰が早すぎたな。おまえに無理をさせすぎた」

「そんな、ことは」

そんなことはないです、やれます——。武瑠は送話口に向かって叫んだ。すくなくとも叫ぼうとした。

しかし意識はそこで、ふたたびぶつりと途切れた。


次に目を覚ましたとき、武瑠はまた病室のベッドだった。

どうやら車椅子に座ったまま気絶し、看護師の手で運びこまれたらしい。

前回目覚めたときと同じく、琴子はベッドのかたわらにいた。

「……平さんから伝言。『しばらく休養したほうがいい』って」

琴子が細い声で告げる。

「捻挫もね、ただの捻挫じゃなくて、右靭帯に部分断裂があるらしいの。皮下出血と腫れがあって、聞き込みのため歩きまわるのは無理だって」

「靭帯に、断裂……？」

武瑠は呻いた。琴子の手が、そっと彼の肩を擦る。

「部分断裂。でも大丈夫、問題なく治るそうよ。平さんが『いい機会だから一、二箇月ほど休職するよう、奥さんからも勧めてやってくれ』って……」

「……そうか」

武瑠は天井の模様を見つめた。反論する気は、もはや失せていた。

自分の言葉を、平係長が主任官に伝えてくれたかもわからない。電話をかけなおす気力はなかった。徒労感ばかりがあった。

「どうする、休職する？」

「ああ。……そうしようかな」

力なく、武瑠は答えた。

「誰かおせっかいなやつが、必要な書類を持ってきてくれるだろう。すまないが、きみ、代わりに受けとっといてくれ……」

言いながら、武瑠はまぶたを閉じた。

ゆっくりと襲いくる睡魔に、逆らわず身をゆだねる。ほんの数秒で、意識は深く暗いところへ墜落していった。


目覚めると、夜だった。

大きな窓から見える外界は、濃紺の夜闇に包まれていた。琴子の姿はない。

自分が大部屋にいると、そのときはじめて武瑠は気づいた。同室の患者のいびきが、多重奏で高低とりどりに響いてくる。

武瑠は右足をかばいながら、そっとベッドを降りた。

ほかの患者を起こさぬよう、車椅子で静かに病室を出る。その手にはスマートフォンがあった。官品ではない、個人名義のスマートフォンだ。

無人の談話室に車椅子を停め、液晶をタップした。

予想どおり着信が溜まっていた。母から一件。同僚からそれぞれ一件ずつ。そして〝ガンジ〟から五件。

――つい三箇月前も、おれはあやうく、なりかけた。

その翌々週、琴子の祖父が亡くなった。さらに追い打ちをかけるように、祖母の介護問題が持ちあがった。そんなさなかの、従兄からの連絡だ。言い知れぬ不吉なものを感じた。

時刻は午後十時十三分。

深呼吸してから、武瑠は〝ガンジ〟の番号を選択した。通話マークのボタンをタップする。呼び出し音が鳴りはじめる。

四度目のコールで、従兄が応答した。

「……もしもし?」

その瞬間、武瑠は真夏の草いきれを嗅いだ気がした。

どの夏も暑かった。目が痛むほど、陽光がきつかった。空には入道雲が立ちのぼっていた。駄菓子屋で毎日買って食べた、棒アイスの安っぽい甘みまで思いだせる。

よどんだ堀割の水。こぐたび軋んだ自転車のペダル。己の花の重みで、首を垂れた向日葵《ひまわり》。

ロケット花火。蟬の声。夏祭り。虫かごのかぶと虫。畑に鈴なりのトマト。ショートパンツから伸びた、琴子の白く細い足――。

あの頃の武瑠は、お調子者の悪ガキだった。

願示は如才ない美少年で、その弟の尋也《ひろや》はおとなしく無口だった。

そんな彼らのあとを、幼い知秋が追いまわした。琴子は最後尾だった。知秋が転ばないか、泣かないかと、いつだって気を揉んでいた。

「もしもし。ブルちゃんか?」

「――ああ」

懐かしい願示の声に、武瑠はうなずいた。鼻の奥がつんとした。

「おれだよ。……で、用事はなんなんだ?」

第二章

1

アドルフとオーギュストは一卵性双生児の兄弟だった。

兄のアドルフがはじめて捕まったのは十四歳のときだ。木材を盗んだ罪である。十六歳には、二件の刑事事件で起訴された。その後の人生でも、彼は強盗の見張りや、つまらない窃盗で幾度も投獄された。

弟のオーギュストも、十四歳のとき鉄材を盗んで捕まった。

その後もオーギュストは家宅侵入や夜盗を繰りかえした。三十八年の人生のうち、彼は十七年十箇月間を刑務所で暮らしている。二十歳からの十八年のうち、自由だった期間はわずか二年に満たない。

一方、兄アドルフの拘禁期間は、弟オーギュストより数年短い。

しかし弟が兄より悪質とは言いきれない。オーギュストが投獄されている間、アドルフは弟の愛人を寝取ったばかりか、その愛人とともに窃盗で逮捕された。

2

二〇〇一年　三月二十一日（火）　晴天　小潮の月

ぼくは一卵性双生児だ。双子の兄がいる。

いわば、もう一人の自分がいるようなものだ。

なのに最近、さらなる〝分身〟を感じる。体の内側に新たなぼくが生まれ、育ちつつあるのがわかる。

片方のぼくは、こんなどろどろと汚い、罪深い自分を恥じている。絶対にあのひとに知られたくないと願っている。

だがもう片方のぼくは正反対だ。汚れた己を誇っている。汚れを自覚すればするほど昂ぶり、その興奮さえ糧になる。あのひとにほんとうのぼくを知ってもらいたくて、うずうずする。

ぼくのすべてを知ったら、あのひとはどんな顔をするだろう。

ぼくを怖がるだろうか？　それとも見なおすか？　考えれば考えるほど、恐怖と期待で鳥肌が立つ。


それはそうと、今日、二人目を殺した。

ほんとうは一人目のあと、すぐにでも二人目をやりたかった。でも情けないことに、ビビってしまった。警察がいつ逮捕しに来るかと、毎日びくびくしていた。

でも半年以上経ったし、もう大丈夫だろうと思った。

警察はぼくが思ったとおり、いや、思った以上に無能だ。自動車ナンバー読取システムも防犯カメラも、設置場所さえわかっていればなんのことはない。

その証拠に、ぼくを撮った防犯カメラ画像が、いまだにニュースその他に出ることはない。ナンバープレートが割れたという噂もなければ、ぼくの家に警察がやってくることもなかった。

母さんの職場には、刑事が二人聞き込みに来たらしい。でも通りいっぺんの質問だけで、すぐ帰っていったそうだ。無能のきわみだ。税金泥棒の公僕だ。やつらは

(以下三行、黒塗りにて抹消)

二人目の女について書こう。

やはり駅で目を付けた相手だった。いつもスーツだったから、きっと会社員だろう。でも一人目と同じくらいの年齢で、同じくらいぼくのタイプだった。

できれば一人目と二人目を、連続でさらいたかった。いまでも後悔している。なぜすぐにやれなかったのかと、自分の臆病さが恨めしくてたまらない。

兄貴だったらどうしただろう。ぼくは考える。

もし兄貴だったら、躊躇なく二人目をさらっただろうか。七箇月近く待つような無様な真似はせず、欲望のまま動いただろうか。

まさかな、とは思う。

あんなやつに、だいそれたことはできやしない。度胸がないし、赤い穴倉に入れられたこともない。

兄貴は平凡ないい子ちゃんだ。流行りのスポーツをし、流行りの音楽を聴き、流行りのめしを食うために行列に並ぶような、つまらないやつだ。

でも心の隅で「もしや」と思ってしまう。

もしや兄貴ならやりとげたのではないか、と。

忌々しいが、ぼくとあいつは同じ細胞でできている。同じ遺伝子を持ち、同じ胎内で育った二人だ。あいつのほうが、生まれた時刻がちょっぴり早いだけだ。

昔は双子の早く生まれたほうを、弟にする風習があったそうだ。だがうちの父は「先に生まれたほうが兄に決まっている」と言い、兄貴を長男に、ぼくを次男にした。

そういえば「長男はモテない」なんて話をたまに聞く。

長男は責任が重いぶん、結婚相手として忌避されやすいのだと。

でも実際にまわりを見てみると、長男ほど彼女持ちが多い気がする。末っ子は「マイペース」「甘えん坊」なんて言われ、それこそ忌避されがちだ。

ぼくはそんなに、めちゃくちゃ女性にモテたいとは思わない。セックスにもそれほど重きを置いていない。

そりゃあできればそれに越したことはないし、機会があればする。現に、一人目の女には
(以下五行、黒塗りにて抹消)

しかし基本的には、特定の人と精神的に愛し合えればいい。

精神的な愛は、肉体的愛情より上だと思う。射精なんて、しょせん排泄だ。よその女で満たせるし、むしろよそで解消すべきと思う。

解消と発散は、どうしたって必要だ。あまり抑圧しすぎると暴発するからだ。今回のぼくがそうだった。一人目から二人目まで、間を開けすぎたせいもあるだろう。

前回の反省点を踏まえ、今回はいろいろ改善するつもりだった。なのにいざ彼女を前にしたら、ぼくは興奮しすぎてしまい、ナイフを
(以下十九行、黒塗りにて抹消)

だから、ヘマだらけだった。

一番よくなかったのは、体液を残してしまったことだ。ぼくは二人目の耳たぶを、昂ぶりのあまり嚙み切った。その上、喉を裂いて
(以下六行、黒塗りにて抹消)

唾液と精液を現場に残してしまった。

ということは、ぼくが容疑者に浮上した場合、逃れ得る可能性は激減した。

今後は捜査線上に浮かばぬよう、いっそう注意して動かねばならない。いくら警察が無能でも、さすがに危険だ。馬鹿なことをした。自分で自分に腹が立つ。

でもひとつだけ、僥倖がある。

それはぼくが一卵性双生児だということだ。ＤＮＡ型では、ぼくと兄貴はまったく同じ人間なのだ。同じ遺伝子情報を持つ同一の人間だ。

さいわい一人目の犯行のときも、二人目のときも、兄貴はデートで家を空けていた。

ぼくのアリバイは誰も証明してくれない。だけど兄貴だって、証言できるのは彼女だけだ。兄貴を好きな、兄貴をかばって当たりまえの女だ。証言の信憑性は、けっして高くない。

むろんぼくの不利は動くまい。けれどももし容疑がかかったなら、ぼくは兄貴に罪をなすりつけるつもりだ。どんな手を使ってでも、疑惑の矛先を兄貴にねじ曲げ、罪を回避してやる。

むしろ今後は、兄貴の予定を積極的に確認しながら動くとしよう。

考えただけでも、がぜん楽しみだ。

3

「今夜は、ミチさんとメシを食ってくるよ」

ソファに座る琴子に、武瑠は声をかけた。

「今道さん？」琴子が目を見張る。

「うわ、その名前聞くのひさしぶり」

「せっかくの休みだし、仲人と親睦を深めてくるさ。あの人はたいして飲まないから、相手してもらうのにちょうどいい」

休職して四日目の午後であった。

痛めた右足は、ギプスでがちがちに固めてある。ヒール付きのギプスなため、家の中では松葉づえを使わずに踵を突いて歩いていた。さいわいメゾネットなので、階下に気を遣う必要はない。

第三の事件は、いまだ起こっていなかった。毎朝覚悟して朝刊をひらくが、続報はないままだ。

「今道さんか、いいなあ」

歌うように琴子が言った。「わたしも付いていっちゃおうかな」

「えっ」

一瞬、武瑠はひやりとした。顔いろまで変わったかもしれない。

「冗談よ。本気にしないで」

「え、あ、いや」

覿面《てきめん》に口ごもった武瑠に、琴子が苦笑する。

「そんなに怯えないでよ。男同士の付き合いを邪魔なんてしない。好きなだけ、女房の愚痴を吐きだしてきて」

「なに言ってんだ。きみこそ、昼も夜もおれがいて鬱陶しいだろう」

武瑠はぎこちなく軽口を返した。

「今夜は好きなもんを思いきり飲み食いすりゃあいい。出前でもファストフードでも、自由にしてくれ」

「そうね。ひさしぶりにマックとか、ピザもいいかも」

琴子が考えこむ。妻へあいまいな笑みを向け、武瑠はリビングを出た。

――危ないところだった。

ほっと胸を撫でおろす。

今道と食事する、というのは嘘だ。食事まではほんとうだが、約束の相手は犬飼願示である。

「付いていっちゃおうかな」と言われたとき、不覚にも声が洩れた。仕事柄、ポーカーフェイスに慣れているはずがこのざまだ。

――やはり〝ガンジ〟が絡むと、平静ではいられない。

願示と会うことを、琴子には知られたくなかった。いや違う。正確には「会わせたくない」だ。琴子と願示に、接近してほしくない。

――三十八にもなって、まるでガキだな。

自嘲してから、武瑠は慎重に一段ずつ階段をのぼった。

居酒屋『季与八《きよはち》』は、歓楽街のはずれに建っている。

店員に案内された個室の戸は、茶室タイプのにじり口である。松葉づえを預け、武瑠は靴を脱いでもぐりこんだ。戸が閉まる音を背中で聞き、顔を上げる。

そこに、懐かしい従兄の笑みがあった。

「──ひさしぶり。ブルちゃん」

「その呼び名はやめろよ」

上体を起こし、武瑠は苦笑した。

「いいおっさんが、ちゃん付けはさすがに恥ずかしい。タケルでいいよ」

「そうだな。じゃあおれもガンジと呼んでくれ。今後〝ガンちゃん〟〝ブルちゃん〟は封印だ。……ところで、いい店だな」

願示が個室の中を見まわす。

「ああ、情報屋と会うとき重宝するんだ」

このタイプの個室は『季与八』の店内に四部屋ある。広さは三畳ほどで、掘りごたつタイプの長テーブルが据えられている。エアコンと空気清浄機のおかげで息苦しさはないが、にじり口を閉めてしまえば、小窓すらない完全な密室である。

ギプスをもてあましつつ、武瑠はなんとか腰を落ちつけた。

「ところで、こずえさんは──」

元気か、と言いかけて武瑠は言葉を呑んだ。失言だった。願示が元妻のこずえと離婚して、早《は》や五年になる。

「こ、琥太郎《こたろう》は、元気か?」慌てて言いなおした。

「元気だ」

メニューをひらいて願示が答える。

「だが最近は、小遣いなしじゃ会ってもくれんよ。もう中三だからな、生意気ざかりってやつさ」

「中三？　もうそんな歳か。こないだまで小学生だったのに」

「よその子は、成長が早く感じるよな」

願示が鷹揚に肩をすくめる。

――こいつ、あいかわらずいい男だな。

従兄を眺め、武瑠はひそかに唸った。

照明が頬に落とす睫毛の影。高い鼻梁。目じりに刻まれた笑い皺にさえ、男の色香が漂う。中年になったいまでも、妬けるほどの美男子だ。

願示という珍しい名は、曾祖父の〝巌治郎《がんじろう》〟から取ったらしい。

叔父はそのまま巌治と付けたがった。しかし叔母が「そんないかつい名前はいや」と猛反対し、妥協の末に願示と名付けられたという。

「生《なま》でいいか？」

メニューを見て問う願示に、「おれは烏龍茶」と武瑠は答えた。

「どうした、休肝日か？」

「いや。やめたんだ」

「体でも悪くしたか？　あんなに呑兵衛だったのに」

「健康志向になったのさ」

武瑠は笑った。そういえば願示と会ったのは、武瑠と琴子の結婚披露宴以来だ。つまり十二年会わなかったことになる。

あの頃の武瑠はよく飲んだ。また、強いのが自慢でもあった。

「おれだって、ひかえなきゃとは思ってるんだ」

願示が嘆息する。

「ほどほどでやめられないなら、酒は毒でしかないからな。すっぱり断てたなんて、タケルはすごい。お世辞じゃなく尊敬するよ」

「そりゃどうも。ひとまず、もつ煮と枝豆でいいか？」

武瑠は備え付けのタブレットを手に取った。〝生ビールの中ジョッキ1、烏龍茶1、枝豆1、もつ煮2〞と打ちこみ、注文ボタンをタップする。

中ジョッキと烏龍茶は、一分と経たず届いた。

乾杯を済ませ、お互いジョッキとグラスを傾ける。

「……で、どうした？」

武瑠は問うた。

「あれほど何度も連絡を寄越すなんて、珍しいじゃないか。言っておくが、ばあちゃんの施設入りの件なら――」

「いや」願示が否定した。

「違うよ。ばあちゃんの件じゃない」

「じゃあなんだ」

「それは……」

言いかけてやめ、願示はいま一度ジョッキを傾けた。テーブルに肘を突き、意を決したように言う。

「尋也《ひろや》のことだ」

「ヒロ？　ヒロがどうした」

武瑠は眉根を寄せた。

「二十三回忌か？　やっぱりやることにしたのか。でも、まだまだ先の話だろう」

「違う」

いま一度、願示が首を振った。

ヒロこと犬飼尋也は、願示の双子の弟だ。かつ武瑠の幼馴染みであり、従兄でもあった。過去形だ。もはや永遠に歳をとらず、会うこともかなわぬ従兄。

——なぜなら十八歳の夏に、尋也は溺れ死んだ。

「魚喰で……いや臼原で、連続殺人が起こっているらしいな？　ネットのニュースで見たよ」

願示が抑揚なく言う。

「覚えているか、タケル。二十年ほど前、おれの実家周辺で、女性がつづけざまに三人殺されたことを」

武瑠は内心でぎくりとした。

だが顔には出さずに済んだ。なぜそんな話をする、とも問わなかった。無言で、願示の言葉のつづきを待った。

「『三鷹市女性連続刺殺・死体遺棄事件』だ。覚えてるか？」

「ああ」

烏龍茶を飲んだばかりなのに、喉が一瞬にして干上がっていた。グラスを取り、ゆっくりと舌を湿す。

「臼原市で起こった連続女性殺人事件も、あれと同じ手口なんだろう？　驚いたよ。若い女性が滅多刺しにされ、まぶたや唇を切りとられ——」

「おい」

武瑠は願示をさえぎった。

「おまえ、どこからその情報《ネタ》をもらった」

唸るような声が出た。遺体損壊についての詳細は、マスコミに公開していない。

「すまんが、それは言えない」

願示が無表情に言う。

武瑠は上目で彼を睨みつけた。

つい二年前まで、願示は大手新聞社の記者だった。本来なら下っ端が務めるサツまわりを、八年間務めた変わり種だ。いまでこそ独立してフリーだが、各県警とパイプを持ちつづけていてもおかしくない。

「週刊誌の編集長に、従弟からネタを引きだせと言われたか？　それとも個人名義でルポ本でも出したいのか？　言っておくが、おれはこの怪我で特捜《トクソウ》本部からはずされた。特ダネ目当てなら、ほかを当たっ——」

「タケル、これを見てくれ」

願示がテーブルにファイルを置いた。

「原本は、ノートだった。これはそのノートのコピーを綴じたものだ」

静かだが、有無を言わせぬ声音だ。

気圧され、武瑠は黙った。視線をテーブルに落とす。そのへんの文具屋で売っているような、プラスティック製の青いファイルだった。

「ノートそのものは、おれが二十一年前に燃やした。正確には二十一年前の夏だ」

「にじゅう……」

復唱しかけた武瑠の声が、消えた。

——二十一年前の、夏。

三鷹連続殺人で三人目が殺された年だ。そして尋也が、川で溺れ死んだ夏でもある。

「おい、まさかヒロも、あの事件の被害者だったってのか？　だがヒロは……」

ヒロはほかのマル害たちと違って、男だぞ。それにあいつの死は事故だった。ほかの被害者との接点だってないはずだ。

そう反駁しようとした武瑠に、またも願示が首を振る。

「被害者じゃない」

「え？」

「尋也は事件の被害者じゃない。――あいつなんだ」

武瑠の目を見据えたまま、

「あいつが、尋也が犯人だった」

願示はきっぱりと言った。

「その証拠であるノートを、おれはあいつの死後に見つけた。そして、誰にも見せず燃やした。燃やしたはずなのに……まだ、コピーがあったんだ」

「おい、待て」

武瑠は慌てて手で制した。

「待ってくれ、ガンジ。おまえ、さっきからなにを言ってる？　あのヒロが犯人だと……？　なにを馬鹿な」

馬鹿なことを、と荒らげかけた声に、ノックの音が重なった。

店員が料理を運んできたらしい。にじり口の木戸が開いた。若い女性店員が注文を復唱しながら、枝豆、もつ煮、取り皿と順に差しだしてくる。

木戸が閉まった。願示がふうと息をついて、

「……まずは、食おうか」

割り箸を割った。

「せっかくのもつ煮だ、話の前に食っちまおう。ノートのコピーを見たあとじゃ、食欲は失せるだろうからな」

「なにを大げさな」

武瑠は鼻で笑った。すくなくとも笑おうとした。

「そのコピーとやらが、ほんとうにそこにあるとして……、ヒロが生前に書いたものなんだろ？　おれは捜査一課の刑事だぞ。たかが高校生が書いたノートに、食欲をなくすほどビビるかよ」

わざと挑発的な口調を装った。冷静な仮面を保つので精いっぱいだった。いきなりわけのわからぬことを言いだした従兄に、畏怖に近い脅威すら覚えていた。

願示が「そうか」と短く言う。

「そうか。タケルが平気ならいいんだ。……では、見てくれ。ところどころ黒塗りで消されているが、内容は問題なくわかるはずだ」

向かいから願示が差しだすファイルを、武瑠は受けとった。

手にした瞬間、なぜか腕が粟立った。

見ていいのか？　と自問が頭をかすめる。おれはこれを見るべきなのか？　と。

だがもはや、突きかえすという選択肢はなかった。

ファイルをひらく。俗に言うレバー式だった。二穴パンチで穴をあけずに、金具レバーだけで用紙を綴じるファイルである。

一枚目は、書籍もしくは週刊誌からとおぼしきコピーだった。チャンとエンなる結合双生児の記事である。ななめ読みして、武瑠は二枚目をひらいた。

二枚目からは手書きの字が並んでいた。ノートの罫線に沿って、横書きでぎっちり詰まっている。神経質そうな筆跡だった。

『二〇〇〇年　八月三十一日（水）　晴天』

どうやら日記らしい。

居酒屋特有の仄暗い照明のもと、武瑠は目をすがめてつづきを読んだ。

『今日、ぼくは人を殺した。

でもぼくが悪いのではないと思う。

父が悪い。父が車のキイを置きっぱなしにしていたせいだ。

車がなければ女を撥ねることなんて不可能だったし、気を失った女をトランクに積んだり、連れ去ったりもできなかった』

——これがヒロの手記？

小説ではないのか？　武瑠は首をかしげた。

尋也が小説家を目指していたかどうか、武瑠は知らない。だが東京に越してから、志を変えた可能性は十二分にある。

たかがノートに、大騒ぎする従兄が理解できなかった。まがりなりにも顕示は文章のプロだ。まさか、そんなにも真に迫った小説だというのか。疑念を押しころし、武瑠はつづきを読んだ。

『ぼくと違って、兄貴は女の子が苦手じゃない。彼女を作るし、女友達を作る。デートしたり、二人で映画に行ったりする』

この『兄貴』は、当然願示のことだろう。武瑠はほろ苦い気分になった。

——そうだ。おれと尋也は、願示にコンプレックスを感じていた。

毎年夏休みにやってくる、お洒落で垢ぬけた願示。そのなめらかな標準語で、田舎者のおれたちを恥じ入らせた願示。

——コンプレックスは、おれよりも尋也のほうが強かったはずだ。

同じ顔、同じ遺伝子を持ち、本来ならば願示そっくりに育つはずだった尋也。

『ぼくは車で山道を走り、林を突っ切り、行けるところまで行って停めた。夜だった。あたりには誰もいなかった。聞こえるのは鳥の声だけだった。ぼくはトランクを開けた。

さらった女は、体をくの字にしたまま涙を流していた。涙と鼻水で顔じゅうがぐしょぐしょだった。

猿ぐつわを解いてやると、女はぼくに悪態をついた。罵り、泣き、それから命乞いした。うるさかったし、不愉快だった。だからぼくは女をトランクから引きずりだし、まず拳で』

つづく数行は、油性マジックで塗ったらしく真っ黒に潰されている。さらにページをめくったところで、武瑠はぎくりと手を止めた。

睫毛の生えたまぶたが、無造作にセロハンテープで留めてあった。

むろん本物ではない。しかし現物のノートには、本物の肉片がテープで留めてあったとおぼしい。陰影といい皮膚の肌理《きめ》といい、どう見ても作りものではなかった。現役捜査員の武瑠だからこそわかる、人体特有の質感があった。

ページをめくる。

コレクションはまだまだあった。わずかな皮膚付きの陰毛。耳たぶらしき肉片。同じく上唇と思われる肉片。

どれも同様に、セロハンテープで貼られていた。昆虫標本のような無造作さだ。ものによっては乾いて縮み、皺くちゃに萎びたかけらと成りはてている。

なんとも言えぬ、なまなましさだった。稚拙な文字のすぐ横に残酷が存在していた。異様さが、臭い立つようだった。

『女から切りとったまぶたと上唇と耳たぶは、持ち帰った。

当然だ。そうでなければ切った意味がない。

ひとまずセロハンテープで、このノートに貼っておくことにしよう。

防腐剤かなにか、ほどこしておくべきだろうか？　でも防腐剤って、どこに売っているんだろう。昆虫採集キットに付いてくるあれでもいいんだろうか。一応、あとで注射しておこう』

武瑠はファイルから顔を上げた。

テーブルを挟んだ向かいでは、願示が指を組んでうつむいている。

『ともかくぼくの殺人は、最初にしてはうまくいったと思う。

うまく殺せた。うまく死体を捨ててこれた。女とぼくは知り合いでもなんでもないし、警察がぼくの存在にたどりつくはずもない。

手がかりも残してこなかった。手袋だって、最初から最後までちゃんとはめていた。

この殺人で、ぼくはまたひとつ証明できたはずだ。

ぼくと兄貴が、まったく別種の人間だってことを』

「――ガ、」

絞りだした声が、喉に絡んだ。

「ガンジ。これは、このファイルは――……」

「だから、言っただろう」

願示は呻いた。

「三鷹事件の犯人は、尋也だったんだ。おれは四十九日のあと、あいつの部屋を片付けようとして、犯行ノートを見つけた。そして誰にも見せることなく、河原で燃やした。一生おれだけの胸におさめ、墓まで持っていくつもりだった。まさかコピーがあるなんて知らなかったんだ。ブルちゃ――いや、タケル」

彼は目を上げ、決然と言った。

「間違いない。いま臼原市で女を殺しているやつは、弟の模倣犯だ」

4

――そういえば、尋也の名前の由来はなんだっけ?

願示の顔を見かえしながら、なぜか武瑠はそんなことを考えていた。

父方の曾祖父、巌治郎にちなんで名付けられた願示。「強くあれ」と武の字を冠された武瑠。「知的たれ」と、やさしい響きを重んじられた知秋。

母や叔父から、飽きるほど聞かされたエピソードだ。

だがいまはじめて気づいた。尋也の名の由来を聞かされた覚えがない。願示と尋也。一卵性双生児には珍しい、相似性のない名付けである。

――なのに、いまのいままで不思議にすら思わなかった。

「タケル？」

呼びかけられ、はっと武瑠はわれに返った。

目をしばたたく。眼前に、気づかわしげな従兄の顔があった。

「大丈夫か？」

「ああ……いや、悪い。あまりに突飛な話で……付いていけなかった」

武瑠は気を取りなおし、ファイルへと目を落とした。

「ひとまず、順番に聞かせてくれ。ここにあったまぶたや耳たぶは、実物だったんだよな？　おまえが燃やしたノートのほうには、現物がテープで留められていた？」

「そうだ」

「では肉片の実物を、おまえは見たのか？」

「ああ、見た」

見た上で、燃やした――。願示は目を伏せて認めた。

「要するにおれは、殺人事件の証拠を隠滅したわけさ。……卑怯だと思うか？　そりゃそうだよな。軽蔑して当然だ」

自嘲するように言う。

「昔から、タケルは警察官になりたいと言っていたっけ。そのとおり、おまえは正義感が強かった。もしタケルがおれの立場だったら、燃やさなかっただろう。ノートを警察に届けて、真実をあらわにしたはずだ。……だが、おれには無理だった」

組んだ指の間に、願示は顔を埋めた。

「おれは、自分が可愛かった。将来を潰されたくなかった。親や親族が世間に後ろ指さされるのも怖かった。おれにできたのは、せめてもの埋め合わせに、社会の木鐸たらんと、記者を目指すことくらいだった。だがそれも、志なかばで終わった。……おれは駄目な男だ。くだらん半生だった」

「いや」

押しだすように武瑠は言った。しかし、「いや」のあとがつづかなかった。

言葉を探しながら、彼は烏龍茶のグラスを掴んだ。

「なあガンジ、おれはまだ半信半疑だ。ヒロは——あいつは、内気だった。おとなしいやつだった。本気であのヒロに、人殺しができたと思うか?」

グラスの半分以上を、一気に飲みほした。

「内向的だったヒロが、日記に心情を綴っただろうことは理解できる。だがここに書いてあるディテールは、事実に即しているのか? たとえば叔父さんがキイを放置していたことや、勝手に車が使えたことは」

「事実だ」

願示が首を縦に振る。

「彼女や女友達がいたおれを、尋也が敵視していたこともほんとうだ。あの頃、面と向かって言われたよ。『おまえばっかりずるい』とな。尋也は、おれを嫌っていた。一方的に劣等感を抱き、敵意を向けていた」

「それは、知っている」

武瑠はうなずいた。

「魚喰に住んでいた頃からだ。あいつは親もとから引き離され、田舎で一人だった。おまえは夏休みにだけ来て、ヒロとの格差を見せつけた。『なぜ兄貴ばっかり。不公平だ』とあいつが恨んだって当然だろう」

武瑠自身も彼をうらやんでいたことは、さすがに言えなかった。

願示はうつむき、言った。

「……上京してからの尋也は、生きづらそうだった。うちの家族にも土地柄にも馴染めず、訛りも抜けなかった。あいつはそれを『ハンデ』と言っていた。『同じ双子なのに、なぜ自分にだけハンデがあるんだ、おまえばかりうまくやって、友達や彼女がいてずるい』とおれに食ってかかった」

戸惑ったよ、と願示は声を落とした。

「おれはそれまで、夏休みに会うときのおとなしい尋也しか知らなかったからな。……だがおれたちと住みはじめてから、あいつは変わった」

「どう、変わったんだ」

「つねに苛々していたよ。とげとげしくて、不機嫌で、荒れていた。思春期や反抗期ということを差し引いても、不快な態度だった。いまだから言うが——おれは、尋也が苦手だった」

願示が顔をしかめる。

「すまん。故人をこんなふうに言うなんて、よくないよな。だがこれが本音だ。一緒に住みはじめてしばらくは、ぎくしゃくして当然と思っていた。慣れた環境から引き離され、尋也も不安なんだと自分に言い聞かせていた。でも、違った。あいつは日に日におかしくなっていった」

願示はまぶたを上げた。薄茶の瞳が武瑠を射る。

「タケル、教えてくれ。魚喰で暮らしていたときのあいつは——尋也は、どんなやつだった？」

「どう、って」

武瑠はひるんだ。無意識にすこし身を引く。脳裏に、またも夏の風景がよみがえる。鼻さきに草いきれが香った。

「どうって……。おまえも、知ってのとおりだよ」

——犬飼尋也。

武瑠にすれば、願示と同じく従兄である。

しかし従兄というより、当時は幼馴染みという感覚のほうが強かった。

武瑠の生家からほど近い、父方祖母の家に尋也は住んでいた。一歳下にもかかわらず、武瑠は尋也を「ヒロ」と呼んだ。尋也は「ブルちゃん」とちゃん付けだった。

——気の弱い、臆病なやつだった。

弟の知秋も泣き虫ではあった。夜ともなれば、お化けや暗闇を怖がった。しかしお日さまの下では〝糞生意気なチビ〟でしかなかった。

尋也は、それとはタイプが違った。

ひたすらに陰気だった。感情を溜めこんで溜めこんで、ある日いきなり切れるところがあった。

教師たちには「扱いづらい子」と評されていた。

「……ガンジがぶっちゃけたなら、おれも正直に言おう」

武瑠はため息をつき、ファイルを閉じた。

テーブルで冷えつつある料理が、やけに遠かった。肉片のコピーを見た衝撃とは、また違った意味で食欲が失せていた。

「ヒロは、一緒にいて楽しいやつじゃなかった。はっきり言ってしまえば、暗かった。友達がいなかった。ヒロをかまうのは、血縁のおれたちくらいだった。……でも、無理もないだろ。ヒロの生育環境は特殊だった。明るく陽気に育たなくて当然だ」

そう、犬飼家の双子は幼少時に引き離された。

願示は両親とともに三鷹市で育った。一方の尋也は、魚喰町に住まう祖母に預けられた。

祖母の家は、だだっ広い平屋だった。庭にそびえる梛《なぎ》の木が陽光をさえぎり、つねに薄暗い日本家屋である。

銀鼠いろの瓦屋根。土壁と漆喰。高い黒板塀。庭には土蔵が二つ並んでいた。一つは骨董の収蔵用で、一つは趣味人だった祖父が暗室代わりに使ったものだ。

建てた当時は贅をこらした屋敷だったのだろう。だが武瑠が物心ついた頃は、お化け屋敷同然だった。障子紙は黄ばみ、畳はけば立っていた。花鳥が描かれた各室の襖には染みが浮き、天井板にいたっては雨漏りで黴《かび》だらけだった。

武瑠の両親は、何度も祖母に「リフォームしないか」と持ちかけた。しかし祖母はけっして首を縦に振らなかった。

「――療養のため、だよな?」

武瑠は願示に尋ねた。

「ヒロだけが魚喰に住まわされたのは、空気のきれいな田舎で、静養させるためだったんだよな?」

「おれも、そう聞いている」

願示がうなずいた。

「〝例の事故〟があった日のことを、ガンジは覚えてるのか？」

「全然だ。……親から何度も聞かされたせいで、知った気になっているだけだ」

くだんの事故は、犬飼家の双子が三歳のとき起こった。

願示と尋也はともに保育園に通っていた。だがその日は、尋也だけが熱を出した。連絡をもらった彼らの母、翠《みどり》は仕事を早退し、自家用車で迎えに行った。

「長男は、あとで夫に迎えに来させます」と翠は言ったらしい。そして尋也をチャイルドシートに乗せ、自宅に向かって走った。

事故に遭ったのは、その帰途でだ。

赤信号で停車中、時速七十キロの4WDにノーブレーキで追突されたのである。

翠の軽自動車は弾きだされてスピンし、電柱に正面衝突した。フロントガラスが大破した。尋也はチャイルドシートごと外へ投げだされた。

運よく翠は、肋骨と腕を折っただけで済んだ。しかし尋也は重傷だった。おまけに手術の予後が悪く、合併症で長期入院する羽目となった。

「合併症のせいで、尋也は肺を悪くした」

低く願示は言った。

「だから空気のいい田舎で、ある程度の歳まで静養させることにした――と、何度か父に説明された」

「だよな。おれも親からそう聞かされている」

不幸な事故のせいで、尋也は魚喰町で育つこととなった。義務教育を終えるまでの十二年間、三歳から十五歳までをだ。

「『わたしが入院してる間に、勝手に決められてしまった』。母さんは、いつもそう怒っていたよ」

願示がシャツの胸ポケットに手をやる。

取りだしたのは、キャンプで使うような銀のスキットルだ。

何年も何年も、母は飽きることなく親父をなじった。『あなたとお義兄さんで勝手にいいようにした。わたしの意見なんかちっとも聞かずに、尋也を取りあげてしまった。あの子も願示と同じく、わたしの子だったのに』と」

――わたしの子だったのに。

過去形だな、と武瑠は思った。

どこにいようが、尋也が翠の子であることに変わりはない。なのに、なぜそんなふうに過去形で言ったのだろう。

それに翠叔母は、滅多に魚喰町に来なかった。繰りかえし夫をなじったというわりに、尋也に冷淡だった。「仕事が忙しい」と言い張り、ろくに顔すら見せなかった。

「ガンジ、この日記は――」

尋ねかけ、武瑠は言葉を切った。願示がジョッキにスキットルを傾けていた。琥珀いろの液体が、とろとろとビールジョッキに落ちていく。

「おい、なにしてる」

「隠し味さ」

「なにを言ってる。中身はブランディか？　飲みたいなら、普通に注文しろよ」

「いや、こうしてビール割りにするのが乙なんだ」

茶化すように言ってから、願示はふっと声を落とした。

「……すまんな。酔わなきゃ、話しつづけるのがつらいんだ」

胸が詰まるような声音だった。

思わず武瑠は息を呑んだ。無意識に、手でグラスを探す。烏龍茶をぐっと呷り、一滴残らず飲みほしてから、タブレットを引き寄せた。

「おれは、同じのをもう一杯頼むぞ。おまえはどうする?」

「氷なしのハイボールにしてくれ。こいつは、すぐ空いちまいそうだ」

願示が爪でジョッキを弾いた。

二杯目の烏龍茶とハイボールが届くまで、二人とも無言だった。

武瑠はしきりに枝豆ばかり食べ、願示はぐいぐいとビールを呷った。

店には悪いが、もつ煮にはどうにも箸が伸びない。あの肉々しい歯ざわりを、いまは味わいたくなかった。

二杯目が届いたのを機に、武瑠は「なあ」と口をひらいた。

「この犯行日記の中にあった〝あのひと〟とは誰だ?」

押しだすように、武瑠は言った。声がかすれ、喉にひっかかる。

願示が言いづらそうに答えた。

「……タケルの想像どおり、なんじゃないか」

「琴子、か?」

「だと思う」

「そうか……」

武瑠は呻いた。不思議と、すとんと腑に落ちるものがあった。

――あの頃のおれたちにとって、〝夏に都会から来る二人〟は、特別だった。

願示、そして琴子である。

知秋が言ったとおり、武瑠の初恋の相手は琴子だ。だがあの頃の武瑠に「将来、琴ちゃんと結婚できるぞ」と言っても信じはしなかっただろう。なぜって当時の琴子は、誰が見たって。

——誰がどう見たって、願示を好きだった。

「原本のノートは、ヒロの四十九日が済んだあと、あいつの部屋から見つけた。おまえはさっき、そう言ったな？」

武瑠は問うた。

「言った」願示が認める。

「四十九日法要が済んだ数日後、尋也の学習机から見つけたんだ。二重底の隠し抽斗ってやつさ。鍵は一段目の抽斗の底に、テープで留めてあった」

「たわいないもんだな」

「しょせんは高校生さ。隠し金庫や、レンタル倉庫は契約できない。使えるのはせいぜいコインロッカーだが、自宅のほうが安心と踏んだんだろう」

「このコピーは、ほんとうにおまえが取ったものじゃないんだな？」

「ああ。原本はすぐに燃やしたと言ったろう」

武瑠の問いに、願示が請けあう。

「コピーを取るメリットなんて、おれには皆無だ。デメリットならいくらでも思いつくがな。正直言って、そのファイルが現存するという事実だけでおぞましいよ」

「では生前に、ヒロ自身がコピーを取ったってことか」

「だろうよ。ほかの人間だとは思えない……というか、思いたくない」

「それはそうだ」

武瑠は首肯し、つづけた。

「これは先輩刑事の受け売りだが、連続殺人犯には往々にして奇妙な自己顕示欲があるらしい。自分の犯行を隠したい、捕まりたくないと思う反面、誇示したいとも願う。自分の犯行を誇り、成果を知らしめたいと切望するんだ。もしかしたらヒロも〝見せつける〟ことを考慮してコピーを取ったのかもな」

「見せつける……。世間一般にか？」

「さあな。対象はケースバイケースだから、なんとも言えん」

ヒロはおまえに誇示したかったのかも、という言葉は呑みこんだ。代わりに尋ねる。

「コピーのほうは、いつどこで見つけた？」

「ばあちゃんの家でだ。先月の頭だった」

吐息とともに願示は答えた。

「正確には、ばあちゃん家《ち》に残っていた尋也の部屋だ。ばあちゃんの具合がよくないと知って訪ねたとき、ふと二十年ぶりに入ってみたのさ」

空のジョッキを、願示はテーブルの端へ押しやった。

「部屋は、そっくりそのまま保存されていた。家具も畳も、厚い埃をかぶったまま手つかずだったよ」

「十二年も預かった孫だからな。思い入れがあるんだろう」

武瑠はしんみりと言った。

「思えば、ばあちゃんも気の毒な人だよ。長男は四十になる前に事故死。次男は滅多に寄りつかない。親代わりに育てた孫は、十八で溺れ死んじまった。静かな人だが、いろいろ考えるところはあったはずだ」

「だよな。ただでさえおっかない嫁たちに囲まれて、気の休まる暇も……って、いや、すまん」

願示が苦笑した。

「うちの母と、タケルん家の伯母さんを一緒にしちゃ失礼だな」

「いや」

そんなことはない――とかぶりを振ってから、武瑠は問うた。

「コピーはヒロの部屋の、どこにあったんだ?」

「本棚だ。『奇獣・珍獣図鑑』の、猿のページに挟んであった」

「ああ、じゃあやっぱりヒロ本人か。……あいつはウアカリだのマンドリルだの、気色悪い顔の猿が大嫌いだった。嫌いなくせに、そのページばかり見ていた。『気持ち悪いからこそ、見ずにいられない』と言っていた」

武瑠は願示を見やった。

「黒塗り部分には、犯行の詳細が書かれていたんだよな? 原本のほうも塗られていたのか」

「いや、原本は全文読めたよ。胸が悪くなるようなことばかり書いてあった。どの段階で黒塗りにされたかは、いまのところ不明だ」

「コピーは何部あった?」

「部屋に残されていたのは、一部だ。そのファイルに綴じたぶんだけだ」

願示はグラスを置き、

「だが、ほかにもあったはずだ。――模倣犯が出たんだからな」

と顔をしかめた。

「誰かがおれに先んじてあの部屋へ入り、コピーを見つけたとしか思えん。その時点で、コピーが何部あったかはさだかじゃない。だがすくなくとも一部を持っていかれたのは確かだ。そして……」

——そしていま、誰かが尋也の犯行をトレースしている。

「模倣犯……」

武瑠は低くつぶやいてから、

「わからん」と頭を抱えた。

「おれにはわからん。荒唐無稽すぎる。ガンジ、おまえは本気なのか。あの臆病なヒロが三人もの女性を殺しただの、それを誰かが真似て再現するだの、そんな与太を本気で信じるってのか」

「ああ。信じている」

願示はうなずき、ファイルを顎で指した。

「現に、証拠がそこにある。それにおれは尋也が人畜無害だったなんて、これっぽっちも思っちゃいない」

「なに？」

「あいつは、他人を殺せる人間だった。おれにはわかる。なぜっておれとあいつは、一卵性の双子だからな」

願示はテーブルに肘を突き、身をのりだした。

「だからこそ確信している。模倣犯は、このおれが止めるべきだ。尋也の分身であるおれにしか、つづく犯行は止められないんだ」

双眸が昏《くら》く光っていた。

「なあタケル、協力してくれないか。——このふざけた模倣犯を見つけだそう。そして、おれたちの手で捕まえようぜ」

5

居酒屋『季与八』を出ると、武瑠は松葉づえを突いて歩きだした。

願示は駅前のホテルに泊まり、明朝に帰るという。

「ホテルの部屋で話さないか」と誘われたが、断った。夜気で頭を冷やしながら、もうすこし考えたかった。

あたりはすっかり夜だった。アパートを出たときは夕方と夜のはざまに沈んでいた世界が、いまや完全に漆黒に呑まれている。

居酒屋で過ごしたのは、ほんの一、二時間だと思っていた。だが実際は三時間半も居座ったようだ。店自慢のもつ煮は、結局食えずじまいだった。

ポケットでスマートフォンが鳴った。

松葉づえのせいで、取りだす動作にしばし手こずる。琴子かな、と液晶を見た。

しかし違った。表示されていたのは意外な名であった。手近な壁にもたれ、画面の通話アイコンをスライドする。

「もしもし」

「あ、タケさん?」

願示の息子、乃木《のぎ》琥太郎《こたろう》であった。

この従甥は、昔から武瑠を「タケさん」と呼ぶ。捜査一課の刑事という存在が珍しいのか、やたらと懐いてきた。両親が離婚し、犬飼姓でなくなったあともだ。

「ごめん。いま電話大丈夫?」

「大丈夫だが、どうした」

「あいつが、タケさんに会いに行くって聞いたから」

「あいつって」武瑠は苦笑した。

同時に、琥太郎につられて明るい声が出せたことにほっとした。

「ついにおまえも、父親を〝あいつ〟呼ばわりする歳になったか。いかにも中学生だなあ。おじさんは感慨深いぞ」

「ウゼっ、やめろよ」

照れくさそうに琥太郎は言い、次いで声を低めた。

「それより親父、なんでタケさんに会いに行ったの？　あいつなにかした？　それとも取材？　ヤバい事件とか？　うちの母さんと関係ある？」

「いや、どれも違う。……ひいばあちゃんのことだ」

武瑠はあえて嘘をついた。

「お母さんから聞いてるだろ？　ひいばあちゃんは、認知症が進んでるんだ。いま大人全員で相談してるところだよ。おまえはなにも心配しなくていい」

「ふうん」

琥太郎は疑うように鼻を鳴らして、

「ま、いいや。……でもあいつの言うことは、信じないでよ」と言った。

「あいつ、もとからヤバかったけどさ、最近シャレ抜きでアレだから。アル中だし、ほんとめちゃくちゃだよ」

「おいおい、父親をそんなふうに言うなよ」

武瑠は咄嗟に諫めた。だがその脳裏を、ジョッキにスキットルを傾けた願示がよぎった。

――アル中。アルコール依存症。

いやな単語だ。

なぜって二十七年前、飲酒運転で死んだ父の圭一《けいいち》がそうだった。

父という人間を、武瑠はよく知らない。ひとつ屋根の下で暮らしていても、会話らしい会話はほとんどなかった。いまや顔の輪郭さえおぼろだ。声にいたっては、まったく思いだせない。

「それよりタケさん。最近、千葉に新しい友達ができたんだ」

琥太郎が声を弾ませる。

「遊びに行って遅くなったら、タケさん家に泊まっていい？」

「ああいいぞ。ちょうど休職中だからいつでも来い」

「え、休職してんの？　なんで？」

「階段から転げ落ちてな、捻挫しちまった」

「マジすかー。アホじゃん」

「ああ、アホなんだ。係長にも『邪魔だから来るな。休め』と言われたよ。足のギプスがちょっとウザいが、そのほかは健康体だから遠慮するな」

笑って「じゃあまた」と武瑠は通話を切った。

スマートフォンをポケットにしまう。気づけば、空腹感はきれいに消えていた。なんとはなし、まぶたを閉じる。

父の猫背が眼裏《まなうら》に浮かんだ。

家にいるときは、つねにうつむいて酒を飲んでいた父。

――お世辞にも、きれいな飲みかたではなかった。

前後不覚になるまで飲む、卑しい酒だ。酔いすぎて失禁することすらあった。小便だけでなく、ときには大便もだ。

反省したのか、いっときは禁酒していた。だがある日、禁を破ってどこかの店で飲み、愛車ごと死んだ。他人を巻きこまなかったのが不幸中のさいわいだ。もし誰か死なせていたら、武瑠の進路まで歪むところだった。

目を開けた。

黒い夜空に切れ切れの雲が刷かれている。月は薄紙を貼りつけたようだ。舞台の書き割りめいた、妙に安物くさい眺めであった。

6

ギプスをビニールで包んだ足を投げだし、武瑠はタイルの床へ座りこんだ。コックをひねる。ぬるいシャワーが降りそそぎ、上半身を濡らしていく。

帰宅したのは二十分ほど前だ。「シャワー、手伝おうか?」との琴子の申し出を断り、武瑠は一人で浴室へ向かった。

ぬるい雨が肩を打つ。歩いたおかげか、ようやく思考が整理されつつあった。琥太郎からの電話も、いい気分転換になったようだ。

さきほど願示と交わした会話を、武瑠はあらためて脳内で反芻した。

——あんな与太話を鵜呑みにするのか、おれは?

静かに自問自答する。

——あのヒロが連続殺人犯だったなんて話を、信じられるか?

しかし何度己に問うてみても、答えは同じだった。

信じられる、だ。

口では「ヒロが殺人犯？　まさか」と否定した。社会常識に照らしあわせれば、そう言うしかなかった。しかし心の奥の昏い部分は、顚示の言葉を受け入れていた。

――砂村ありさと真山朝香が、誰に似ているかやっとわかった。

若い頃の琴子だ。

琴子は昔、髪を長く伸ばしていた。ストレートのロングだ。小づくりな目鼻に、色白の丸顔。造作そのものでなく、全体の印象がそっくりだった。

――犬飼尋也。ひとつ上の従兄。

親戚の武瑠から見ても、尋也は変わった少年だった。ひどく無口で内向的だった。そして、一種異様なほどの怖がりだった。

――ヒロが美術の教科書を破ったのは、何年生のときだったろう？

「おい、なにしてんだ、ヒロ！」

驚いて止めた武瑠に、尋也は言った。

「怖い絵が、載ってるんだ」と。

その顔は蒼白だった。粘《ねば》い脂汗にじっとり濡れていた。

「怖いんだ……。見たくない。その絵から気味の悪い臭い汁が、じくじく滲んでくる気がする。汁が全体に染みて、教科書を腐らせていきそうで怖いんだ」

エドヴァルド・ムンクの『叫び』だった。超が付くほど有名な絵だ。芸術に興味のない武瑠でさえ、漫画などでパロディを目にしていた。

「どこが怖いんだよ」武瑠はわざと笑ってみせた。

「まあキモいっちゃキモい絵だけど、笑えるじゃん。ハゲだしさあ。こんな絵、ギャグだよ、ギャグ」

半分は尋也をなだめるためで、残りの半分は本気だった。

構図は橋の上だろうか、手前に描かれた男とも女とも知れぬ人物は、口をぽっかりひらいている。耳に両手を当て、体は波打つようにぐにゃりと歪んでいる。

頭上に広がる夕焼け空。暗い紺いろの川。その川もやはり、ぐにゃぐにゃと不定形だ。橋の向こうには通行人らしき二人の影があり、さらに遠くには舟が見える。

「このハゲがキモいだけだろ？　こいつさえ見なきゃいいじゃんか」

しかし尋也の意見は違った。

後ろの二人と舟こそが怖いのだ、と彼は言い張った。

「その二人もぐにゃぐにゃしてるなら、怖くない。……でも後ろの二人と舟は、普通なんだ。それが怖い。ちょっと先にあんなやつがいて、景色まで歪んでるのに、全然気にしてないんだ。怖いよ。なんで画面全部が歪んでないんだ。怖い」

――いま思うに、尋也は『整合性が取れていない』『矛盾している』と言いたかったのだろう。

髪の泡をすすぎ、武瑠はひとりごちる。

だが当時は、尋也も武瑠も幼かった。尋也には違和感をあらわす語彙がなく、武瑠には受けとめるキャパシティがなかった。

尋也の周囲に、理解ある大人がいないことも不運だった。

魚喰中学の教師たちは、俗物ばかりだった。教育への情熱はとうに失くし、ルーティンで動いていた。そして親代わりの祖母は高齢すぎた。孫の様子に気づいてやるゆとりも、知識もなかった。

――でも、他人ばかりを責められない。

おれにだって罪はある。

あの頃、ヒロに一番近かったのはおれだ。学年は違えど、あいつの唯一の話し相手だった。教科書を破るほど、壊れかけていたことも知っていた。

なのにおれは、あいつをほうっておいた。周囲の大人に相談さえしなかった。子ども特有の倫理観で、「告げ口するようでいやだ」と思っていた。

武瑠は荒々しく顔を擦った。数時間前に聞いた、願示の声がよみがえる。

――あいつは、他人を殺せる人間だった。

そうだな、と武瑠は声に出さず同意した。

ああそうだな。願示の言うとおりだ。

武瑠は十年以上、刑事部の釜の飯を食っている。だから知っている。臆病でも、人は殺せる。いや、臆病だからこそ人を殺す――というケースは確かに存在する。

この世の人間を〝殺せるやつ〟と〝殺せないやつ〟に大別するならば、尋也は間違いなく前者に属していた。それだけの、暗い激情を秘めた少年だった。

しかし武瑠は『季与八』の席ではうなずけなかった。

願示がこう言ったせいだ。

――おれにはわかる。なぜっておれとあいつは、一卵性の双子だからな。

犯罪性は遺伝などしない。そう反駁したかった。

だがその前に、願示は身を乗りだしてつづけた。

「なあタケル、協力してくれないか。――このふざけた模倣犯を見つけだそう。そして、おれたちの手で捕まえようぜ」と。

「時間だってあるじゃないか。おまえ、休職中なんだろう?」

「なぜ知っている」

武瑠はいやな顔をした。休職云々は、まだ願示に伝えていないはずだ。従兄は無造作に答えた。

「琴ちゃんから聞いたのさ」

武瑠の胸が、ずくりと痛んだ。

いつの間に、と頬の内側を嚙む。おれに隠れて、いつ連絡を取りあったんだ。そう問いたかった。だが問いつめる代わりに、

「まあ落ちつけ、ガンジ」

と武瑠は従兄を制した。

「確かにおまえたちは一卵性双生児だ。だが、まるっきり同じ人間じゃない。なんでもわかるなんて思うのは驕りだ。それに、非科学的すぎる」

「非科学的か。科学捜査を重んじる、いまどきの捜査員らしい台詞だ」

願示が薄く笑う。

武瑠はその皮肉を聞き流し、

「ああそうだ。捜査員の端くれだからこそ、おれは知っている。一卵性双生児でも指紋は異なる。静脈や虹彩だって違う。生体認証に指紋や静脈が多く使われるのは、そのためだ」

と真顔で答えた。

「最近はDNA型でも、一卵性双生児の差異を突きとめられるようになった。『双子だから考えがわかる』だの、『分身であるおれにしか止められない』だの、そんなのはただの思い込みだ。ガンジ、もっと冷静になれ」

その一方、彼は頭の隅で自問自答していた。

――おれはいま、聞こえのいい台詞を並べているだけじゃないか？

――願示に同調するのがいやで反論しているだけでは？

――琴子と陰で連絡を取ったガンジが許せないのか？　だから、ていよく彼を追いはらおうとしているのでは？

一卵性双生児だからといって、同じ人間ではない。そう告げたのは本心だ。指紋が、虹彩が、DNA型が違う。人格も思考も違う。すべて真実だ。

――しかし。

考えることがありすぎる。

尋也が連続殺人犯だったと主張する願示。琴子と願示の関係。痛む足。三箇月前の出来ごと。ノートのコピー。海馬にへばりついた、遠い夏の記憶。

情報過多だ。脳と心が揺さぶられる。感情が、思考に付いていかない。

「……とにかく、考えさせてくれ」

武瑠は喉から声を押しだした。

「いきなり、尋也が人殺しだの、模倣犯を捕まえるだの……、一気に言われても、判断しきれん。考える時間がほしい」

「もちろんだ。じっくり考えてくれ」

願示がうなずき、テーブルのファイルを指した。

「まずはそのファイルを読んでくれないか。その上で、どうするか決めてほしい。もちろん断られても、おれは恨んだりしない。約束する」

「持ち帰っていいのか」

「大丈夫だ。コピーは一部きりだが、おれの手もとにはスキャンデータがある。それに、タケルを信用しているからな」

願示の言葉を容れ、武瑠はファイルを持ち帰った。

そうして店の前で願示と別れ、現在にいたる。自宅の浴室で、ぬるいシャワーに全身を打たせている。

——結局、琴子に訊かなかったな。

コックをまわし、武瑠はシャワーを止めた。

帰宅して妻と顔を合わせても「ただいま」「ちょっと疲れた。汗を流すよ」としか言えなかった。

「願示と連絡を取っているのか」とも、「尋也の気持ちに気づいていたか」とも訊けずじまいだ。訊けば堰が切れ、やみくもに問いつめてしまいそうで怖かった。

殺人犯だろうと暴力団員だろうと、真正面から対峙できる。惨殺死体にも、はみ出た内臓にも眉ひとつ動かさぬ自信がある。

——なのに十年以上連れ添った妻に、質問ひとつできない。

曇った鏡を指で拭う。

よどんだ眼をした中年男が、そこに映っていた。手が顔に伸びた。

気づいたときには、己の眉を数本引き抜いていた。


「おやすみ」

「おやすみなさい」

妻と短い挨拶を交わし、武瑠は寝室へ直行した。

——どうせ琴子は、今夜も仕事部屋で眠るだろう。

このメゾネットアパートは、一階がリビングダイニングと水まわり、二階に夫婦の寝室、客間、琴子の部屋という間取りの３ＬＤＫである。

琴子の部屋は、廊下を挟んで寝室の向かいだ。手狭ながら本棚、パソコンデスク、ソファベッドを備えた書斎兼仕事部屋だった。

三箇月以上、彼らは寝室をともにしていない。

――とはいえ、今夜ばかりは好都合か。

隠しごとをしたい夜には最適だ。ひとりごちて、武瑠は枕に頭を預けた。

ファイルをひらく。綴じられたコピーには、やはり尋也の筆跡が並んでいた。

――十八歳の夏、ヒロは川で死んだ。

夏休み中だった。尋也が何時に家を出たかは、誰も知らない。叔父叔母と願示が目を覚ましたときは、すでに姿を消していたという。彼の靴とバックパック、自転車も見あたらなかった。

だがその時点では、誰も気にしていなかった。コンビニか、二十四時間営業のレンタルショップにでも行ったと思っていた。

犬飼家の電話が鳴ったのは、午前十時過ぎだ。警察からだった。

尋也らしき溺死体が、多摩川の下流で発見されたという報せであった。

上流の河原からは彼の靴と、財布入りのバックパックが見つかった。財布には学生証が挟んであった。

どうやら尋也は、真夜中に川で泳いで溺れたらしかった。

――自殺だったのだろうか。

武瑠は眉をひそめた。じつを言えば、当時も疑ったのだ。

尋也はインドア派だったが、運動神経そのものは悪くなかった。泳ぎも達者だった。

それに彼は田舎育ちで、自然の怖さを知っていた。川はちょっとした天候の変化で水かさを増し、流れを速める。わざわざ夜中に、一人で泳ぐとは思えなかった。

——殺人を犯した末の、覚悟の自殺だったのか？

武瑠はまぶたを閉じた。

ファイルを額に押しつけ、しばし考える。

——原本のノートは、願示が三鷹の家で発見したんだったよな。

一方、コピーは祖母の家で見つけたという。いまも手付かずのまま閉ざされた、尋也の部屋からだ。

——コピーのほうを誰かが見た、と考えるほうが自然か。

原本は四十九日明けに願示が発見し、すぐに燃やした。一方のコピーは、願示がつい先日見つけるまで祖母の家に存在しつづけた。

祖母の家は、古い日本家屋である。各部屋の出入り口は、鍵のないガラス障子だ。おまけに祖母は耳が遠い。田舎ゆえ防犯意識も薄い。

——つまり、誰でも入れる状況だった。

近隣住民だろうと、親族だろうと、尋也の元同級生だろうとだ。

ちいさく唸ったとき、階段をのぼってくる足音がした。

琴子だ。急いで武瑠はファイルを閉じ、枕の下に隠した。

だが寝室のドアが開くことはなかった。彼女の足音は、書斎兼仕事部屋の中へまっすぐ消えた。

足音が途絶えても、武瑠は同じ姿勢で数秒固まっていた。

やがて、ふうっと肺から空気を絞りだす。

——本来なら、おれが寝室を譲るべきなんだ。

ふたたびの自嘲がこみあげる。琴子をここで眠らせ、おれが客間で布団を敷いて寝るべきだ。

頭ではわかっていた。

しかし、出ていけなかった。

もし自分から出ていけば、二度と寝室に戻れないかもしれない。それが恐かった。一度出たなら、戻るには勇気が要る。

武瑠は、両掌で顔を覆った。

7

その夜、武瑠は夢を見た。

夢であり、昔の記憶だ。犬飼兄弟と八島兄弟、そして琴子の五人で、夏休みに遊んだ記憶である。

連れだって、急勾配の山道をのぼっていく。途中で目鼻の摩耗したお地蔵さまに出会った。一礼して通りすぎ、さらに歩く。鬱蒼とした木立ちを抜ける。

涼しい細流《ささなが》れの音が聞こえだした。

地元民が〝喰川《ばみがわ》〟と呼ぶ、地図にない沢である。

手近な蔓を、武瑠は握った。蔓を安全ロープ代わりに、苔むした岩肌を滑りおりる。次に願示が、知秋が、尋也が岩場に降り立った。蔓を握ってためらう琴子に、

「琴ちゃん」

手を差しのべたのは願示だった。

琴子が彼の手を取る。願示にすがるようにして降りてくる。

――まるで王子さまだ。

そう思い、武瑠は唇を噛んだ。

おれはあんなこと、照れくさくてできない。でもガンちゃんは、ごく自然にやってのける。またそれが板について、似合っている。

「クーラーボックス、ここに置くべえ！」

武瑠はもやもやを振りきるように怒鳴った。

母が用意してくれたクーラーボックスだ。肩から下ろし、沢の浅瀬に浸す。中身は缶ジュースと、タッパーウェアに詰めたカット西瓜だった。

願示と琴子は、武瑠たちの家に寝泊まりしていた。足腰が弱く、訛りのきつい祖母は、都会っ子二人の世話には不向きであった。

「なにして遊ぶ？」

「んー、笹舟でも流そっか」

群生する熊笹の葉むらを、武瑠は親指でさした。

男同士での沢遊びなら、泳ぐか潜りっこか、魚採りだ。だが琴子がいれば激しい遊びはできない。尋也も泳ぎ以外は好まない。笹舟遊びが無難な気がした。

「作りかた、知らない」

「教えてやるよ」言いながら、熊笹を一枚ちぎる。

みなが順に葉むらへ手を伸ばした。琴子が笹をちぎるときだけ、武瑠は「気をつけて」とそっと声をかけた。

「端っこがぎざぎざしてんだ。手ぇ切ると、痛いから」

それっぽっちの台詞を言うだけで、頬が火照った。

「まず笹のこっち側を折ってさ。切り込みが二つできるように裂いて。違う違う、完全に切っちゃわないように……」

願示も琴子も真剣に聞いていた。麦わら帽子のつばが、顔に濃い影を落とす。

「したっけ、先っぽを切れ込みに通して、そう」

「あ、ほんとだ。固定できた。ブルちゃんすごいね」

願示が白い歯を見せる。

「すごかねえ。おれだって昔、母さんに教えらったんだかん」

はにかんだ拍子に訛りが出た。「教えてもらったんだ、から」と慌てて言いなおす。

当時の武瑠は、ママっ子だった。マザコンとまでは言いたくない。しかし飲んだくれの父親より、だんぜん母親派なことは確かであった。

さすがに願示と琴子がいる間は、父は遠慮して外で飲んでいた。尋也の話では、深夜に祖母の家に来て泊まり、早朝に出勤しているらしい。

「兄ちゃあん、ぼくも！　ぼくのも作って！」

すぐ横で、知秋が金切り声を上げる。

「わかったわかった、貸してみ」

「ずるい。兄ちゃんばっかできて、ずるい！」

「うっせえわ」

呆れて武瑠が額を小突くと、「痛ぁい！」知秋は泣きだした。

「痛い痛い、兄ちゃんの馬鹿あ！　お母さんに言いつけっかんね！」

うんざりする武瑠の隣で、願示が苦笑する。

琴子が知秋を引き寄せ、頭を撫でてなだめる。

「兄ちゃんの馬鹿あぁ！」

「あーもう。ガンちゃん、琴ちゃん、うっさくてごめんな、チーのやつ、ここに置いていこうぜ」

「やだ。やだやだ、駄目！　置いてったら駄目！」

「ブルちゃん、意地悪言うなって」と願示。

「大丈夫、チーちゃん。お兄ちゃんはふざけただけだよ」琴子が微笑む。

木洩れ日がまぶしい。遠くでさかんにカッコウが鳴いている。夢なのに、湿った苔の匂いまで嗅ぎとれそうだ。

――夢、なのに。

浅いまどろみ特有の俯瞰視点で、武瑠は自分たちを眺めた。

仕草のひとつひとつが洗練され、大人びた願示。世話焼きな琴子。駄々っ子の知秋。琴子の前でいい恰好をしたくて、焦るばかりの自分。

――尋也は、どうだったろう。

ななめ上方から世界を見下ろし、三十八歳の武瑠はいぶかる。

おれはいま夢を見ている。夢というかたちで過去を反芻し、記憶を整理している。

――なのに、肝心の尋也が見あたらない。

「ブルちゃん。笹舟、どっから流す？」

願示の声がした。

意識が俯瞰から、少年の武瑠自身へごく自然に戻る。川面の乱反射に、思わず目を細める。

「あの岩からはどう？　誰のが一番遠くまでいくか、競争すっ……、しようぜ」

また訛りそうになって、急いで言いなおした。

願示が同意したので、大岩の上へ五人とも移動した。

武瑠のすぐ横に、琴子がしゃがむ。素肌の腕と腕とが一瞬触れる。

心臓が、どくんと跳ねるのがわかった。

鼓動が早鐘を打ちはじめる。耳のそばでひどくうるさい。琴子にも聞こえるのではと、武瑠は汗を拭った。気が気でなかった。

——蛍。

笹舟を水面に浮かべながら、心中でつぶやく。

——この沢は、夜になると蛍がきれいなんだ。

いつか一緒に見よう。そう琴子に言いたかった。

子どもだけで夜の外出など、許されるわけがない。だからこその「いつか」だ。何年先になるかわからない。それだけに、約束しておきたかった。

——いつか、二人だけで蛍を見よう。

おれしか知らない特等席があるんだ。ヒロもチアキも、もちろんほかの友達も知らない。誰にも教えてない場所だ。

琴ちゃんだけに見せてあげるよ。きみだけだ。

おれたち二人で、いつか蛍を。

——蛍を。


なんとも言えない気分で、武瑠は目を覚ました。

サイドチェストの時計を睨む。午前六時十八分。いつもより四十分も早い目覚めである。体内時計が正確な彼にしてはめずらしい。

武瑠は左足で布団を蹴り、ベッドから起きあがった。

琴子はまだ寝ているようだ。ギプスのヒールが響かぬよう、なるべく足音を殺して一階へ下りる。

まずはドアの新聞受けから朝刊を抜いた。一面と三面をざっと眺める。連続殺人事件の続報は、載っていなかった。

「……蛍、か」

コーヒーメイカーに粉をセットし、ぽつりと武瑠はつぶやいた。

何十年ぶりに思いだした記憶だ。懐かしいと同時に、どうにも面映ゆかった。

冷蔵庫をひらく。さいわい食パンがあった。パン、卵、ハム、レタス、と順に取りだしていく。

――いまだに、蛍を見せてやれてないからな。

せめてもの埋め合わせだ。つぶやいて、ふっと笑う。

ガスコンロに鉄のフライパンをかけた。煙が立ってきたら、バターを落として溶かし、六枚切りの食パンを両面焼いていく。

狐いろにトーストできたところで、パンを皿に取った。

同じフライパンで、今度はハムエッグを作る。卵の黄身をすこし潰して塩をふり、半熟のうちにとろけるチーズをのせる。

「えっ、なに？　どうしたの。お腹すいたの？」

背後から琴子の声がした。匂いで起きてきたらしい。

「たまたま早く目が覚めたんだ。きみも食うよな？」

「うん。ありがとう」

武瑠はとろけるチーズの上へちぎったレタスをのせ、トーストをさらに重ねた。フライパンに皿をかぶせる。勢いよくひっくりかえす。

簡単ながらも、オープンサンドのできあがりだ。かるく黒胡椒をふり、武瑠は琴子に声をかけた。

「コーヒーは淹れてある。あと、なにかいるものあるか?」

「オープンサンドとコーヒーで充分だけど……。あ、そうだ。ヨーグルト食べる?」

「食う」

彼のぶんのオープンサンドができあがる頃には、テーブルに湯気の立つカップと、ドライフルーツを漬けたヨーグルトが用意されていた。

「お先にいただいてます。……何年ぶりかな。あなたの手料理なんて」

「こんなもん、料理のうちに入らないさ」

照れかくしに、テレビのリモコンを手に取った。時刻はまだ七時前だ。騒々しい民放を避け、BSのニュース番組を選んだ。

琴子が皿にかがみこむようにして、オープンサンドにかじりつく。そのつむじを数秒眺め、武瑠は言った。

「琴子」

——ヒロは、おそらくおまえを。

「なに?」

琴子が顔を上げた。白い面《おもて》だった。その面に記憶の中の顔がオーバーラップし、武瑠は息を呑んだ。

「あ、いや……なんでもない」

かぶりを振った。

——事件の影響だろうな。やけに、昔のことばかり思いだす。

尋也と願示。夏休み。蛍。あれは三十年近く前のことだ。しかし、たったいまよぎったのは十六年前の記憶だった。

——願示とこずえさんの、結婚披露宴だ。

大学を卒業してすぐ、彼らは結婚した。式と披露宴には、武瑠も知秋も琴子も招待された。クリスタルのシャンデリアが輝く、きらびやかな大広間だった。入場曲はパッヘルベルのカノンだ。願示と腕を組んで現れたこずえに、武瑠は思わずはっとした。

一瞬、琴子に見えたのだ。

新婦のこずえと琴子は、雰囲気がよく似ていた。背格好も同じくらいだ。とくに、微笑んだときの口もとがそっくりだった。

——その相似を、昔は笑い話にできた。

だがいまは笑えない。『臼原女性連続殺人・死体遺棄事件』の被害者たちにも通じる相似だからだ。砂村ありさ。真山朝香。若い頃の琴子。願示の元妻であるこずえ。みな、同じタイプの女性である。

願示の言葉が、武瑠の鼓膜によみがえった。

——あいつは、他人を殺せる人間だった。

——おれにはわかる。なぜっておれとあいつは、一卵性の双子だからな。

なにを思って願示はこずえと結婚し、離婚したのだろう。彼らの結婚生活は、いったいどんなものだったのか。

濃く熱いコーヒーが、舌に苦かった。

8

時刻が九時を過ぎるのを見はからい、武瑠は平係長の携帯電話を鳴らした。

「係長。お忙しいところ失礼いたします。八島です」

「ああ、おまえか。元気か？」

挨拶もそこそこに、「どうです、捜査の進捗は」武瑠は尋ねた。

「心配するな。十一人でちゃんとまわせてるし、問題はない。こっちのことは気にせず、ゆっくり休め」

上司の声音はやさしかった。だがそのやさしさが、いまの武瑠にはつらかった。

息を吸って、問いを継ぐ。

「三鷹の事件との相似は、調べてくれましたか？」

「ああ。あのあと警視庁の特命捜査対策室《トクメイ》から連絡があってな。特捜が申し入れる前に、あちらさんはとっくに気づいてたよ」

「じゃあおれの見立ては、的はずれじゃなかったんですね」

「珍しく冴えてたな」平が同意して、

「とはいえ、これっきりにしてくれよ？　冴えるたびに怪我されちゃ、たまったもんじゃねえ」

「はは」

上司の軽口に、武瑠は追従笑《ついしょう》いで合わせた。

「で、合同捜査になるんですか？」

「まだ未定だ。上は慎重に動きたいらしい。むろん同一犯である可能性を視野に入れ、動くことにはなるがな。もし二十一年前に犯人が二十歳なら、いまは四十一歳。三十歳なら五十一歳。性犯罪者としても殺人者としても、ゆうゆう現役の年齢だ」

「ですね。長期間の沈黙が謎ではありますが」

うなずいてから、武瑠は問うた。

「DNA型鑑定はどうなりました？」

「データベースと照合したが、ヒットなしだ。とはいえ前科《マエ》なしとは言いきれん。DNAを採取されるような逮捕歴が、たまたまなかっただけかもしれん」

「マル害二名の共通点は？　新たな接点は見つかりましたか」

「いまんとこ、通勤通学ルートだけだ。そこに絞ってマエ持ち、とくに性犯罪やストーカーの前歴があるやつらをリストアップしている。おまえが追ってた男子学生も、引きつづきマル被候補の一人だ。それから痴漢野郎だな」

「痴漢？」

「ああ。真山朝香は二年ほど前、電車内で痴漢を捕まえて鉄道警察隊に突きだしていた。常習犯で執行猶予《ベントウ》持ちだったから、即実刑さ。そいつが約一年半のお務めを終え、先月出所したばかりでな。野郎、マル真をずいぶん恨んでいたそうだ」

「逆恨みの御礼参りか。あり得る線ですね」

「だろう？　ことによると、マル砂は人違いで殺されたかもしれん」

「その場合、三鷹事件との相似は偶然ということになります」

「おまえにゃ悪いが、ぶっちゃけそのほうがありがたいぜ」

平係長が笑う。

「第三の被害はまずないだろうしな。それに、警視庁のエリートどもと仲良しごっこをせずに済む」

「ははは」

武瑠はふたたびの追従笑いを洩らした。


上司との電話を切った武瑠は、次いで願示の番号を呼びだした。

「タケルか？　どうした」

「例の件だ」

つばを呑みこんでから、武瑠はつづけた。

「模倣犯を見つけるのに協力どうこうって話だよ。一晩考えたが……受けようと思う」

しばし、電話の向こうは静まっていた。

願示がやがて、探るように尋ねる。

「それは、ええと、協力するって意味か？」

「そうだ」

「おれと一緒に事件を追ってくれるんだな？　警察官としてじゃなく、あくまで私人として」

「ああ。だが休職している間だけだ。復帰し次第、抜けさせてもらう」

「充分だよ。ありがとう」

願示の声が安堵で緩む。本心からの感謝に聞こえた。武瑠の良心が、ちくりと痛んだ。

じつを言えば、彼は尋也の犯行説を信じきってはいない。一晩眠って起きてみると、願示の仮説は馬鹿げたものに思えた。

尋也の心が不安定だったのは確かだ。暗い妄想を抱き、殺意を育てるタイプの少年でもあった。

だが肝心の実行能力があったかは、おおいに疑わしい。

――間違いないのは、願示と琴子が連絡を取りあっていた事実だ。

武瑠の休職を、願示は琴子の口から知ったという。

彼に訊きたいことは山ほどあった。

琴子からどう聞かされたんだ？　ほかになにを話しあった？　夫婦の事情を相談されていたのか？　おまえはおれたちについて、なにをどれだけ把握している？

――おれは、それを探りたい。

願示が家庭持ちなら、これほどの焦りは感じなかっただろう。

しかし現在の願示は独身である。息子の琥太郎も中学生で、手のかからない歳だ。再婚を考えたとしても、なにひとつおかしくなかった。

「これから会えないか」

武瑠は言った。われながら無感情な声が出せた。

「今後について、いろいろ打ち合わせておきたい。……会って話そう」


願示が指定したのは、千葉駅前のカラオケボックスだった。

平日の昼ならば、フリータイム制で夜の八時までいられるという。完璧な防音設備付きで、かつもっとも安上がりな個室であった。

武瑠は琴子に「散歩してくる」と言って外出した。

「医者にも『動いて血行をよくしろ』と言われているしな」

などと、つい言いわけめいた台詞まで付けくわえてしまう。琴子が疑っている様子はないが、どうにも気まずかった。

カラオケボックスには午後三時半に着いた。

居酒屋のときと同じく、願示は先に部屋で待っていた。

「東京へ戻るつもりだったんだろ？　引き留めたみたいで、悪かったな」

松葉づえを壁に立てかけ、武瑠は謝った。

「いいんだ。しばらくこっちにいることにした。ウィークリーマンションを契約するつもりだ。仕事のほうも、あらかたキャンセルできたしな」

「キャンセル？　おい、フリーの身で大丈夫なのか」

武瑠はL字形ソファの端に座った。願示のななめ向かいだ。

「給料が毎月がっちり保証されてた頃とは違うんだぞ。この事件に、入れ込みすぎじゃないか？」

「入れ込んで当然だろ」

願示が即答する。

「おれの弟は人殺しだった。その模倣犯が、約二十年を経て現れたんだぜ。これ以上の一大事があるか？」

返す言葉もなく、武瑠は黙った。

願示が卓上のデンモクを手に取る。

「会話が外に洩れないよう、適当に曲を入れるぞ。ブルちゃ――タケルは、そっちのメニューを見てくれ。おれはハイボールでいい」

昼間から飲む気らしい。

武瑠はとくに反駁せず、注文用のタブレットを手に取った。ハイボール1、アイスコーヒー1と入力し、送信する。

約五分後に店員はやって来た。注文どおりのドリンクを置き、店員が扉を閉めて去ると、ようやく室内の空気が緩んだ。

おしぼりで指の間を拭きながら、願示が訊く。

「例のファイル、読んでくれたか」

「まだ途中だ」武瑠は答え、

「とはいえ、パーフェクトな模倣犯とは言えんようだな」

と付けくわえた。

「事件のディテールに、意外と差異が多い。なにより大きな違いは、事件と事件の間隔だな。三鷹の事件は、第一の事件から第二の事件まで約七箇月あいていた。しかし今回の事件は、二十四時間以内に第二の犯行にいたっている」

「おれも、そこが不思議だった」

願示はハイボールを啜って言った。

「だがヒントはある。尋也の日記だ。『ほんとうは一人目のあと、すぐにでも二人目をやりたかった』『一人目と二人目を、連続でさらいたかった』とあいつは書いていただろう」

「模倣犯はヒロの望みをかなえた――と言いたいのか？」

武瑠は語尾を撥ねあげた。

「今回の犯人は模倣するだけじゃない。ヒロが望んだとおりに、犯行を改訂していくつもりだ、と？」

「そうじゃないかと、おれは疑っている」

願示がテーブルにグラスを置いた。

「やつは尋也の反省点を踏まえた上で、より完璧な連続殺人事件をやりとげる気なんじゃないか、とな」

「いや待て、ガンジ。まだ結論を出すには早い」

武瑠は手で制した。

「たとえば目的が修正だったとしても、模倣犯がやりなおしたのは自分自身の犯行かもしれないだろう。これはあくまで仮定だが、第一の犯行は、犯人にとって落第点だった。ヒロを真似しきれなかった。だから第二の犯行で急遽ブラッシュアップすることで、前回の失点をカバーした。そんな可能性だってある」

顧示を探るため、彼の思惑にのったふりをする——はずだった。だがしゃべっているうち、武瑠は自分の口調に熱がこもってくるのを感じた。いけない、と思うのに止められない。

「だな。まだ調査のとば口で、可能性は無限だ」

うなずきつつ、顧示がチノパンツのポケットを探る。取りだしたのは、やはり持参のスキットルだった。

ハイボールのグラスに、彼がスキットルを傾ける。琥珀色の液体がねじれながら落ち、水っぽいハイボールと混ざっていく。

「タケルも飲むか?」

「いや」短く答えた。

「いや……いい。おれのことは、気にするな」

あやうくまた眉を抜きそうになり、テーブルの端を握ってこらえる。

「訊いていいか。——タケルは、どうして酒をやめたんだ」

「知りたいか?」

「無理にとは言わないが、知りたい。おれたちは、酒飲みの血筋だからな」

「ふ」

武瑠は鼻で笑って、「ま、いろいろ失敗してね」と言った。

「喧嘩か。酔って、誰か殴ったのか」

「人は殴っちゃいない」

武瑠は肩をすくめた。

「壁なら殴ったがな。……夫婦の寝室に、でかい穴をあけちまった」

「夫婦の？　じゃあ琴ちゃんと喧嘩したってことか、嘘だろう？」

願示が瞠目する。武瑠はかぶりを振った。

「とにかく、反省したんだ」

その口調は、われながら力なかった。語尾は、スピーカーから流れる演奏にかき消された。

願示が色の濃いハイボールを舐め、

「タケル」

あらたまった声音で言う。

「おまえ……、おれを、疑ってるよな？」

武瑠は内心でぎくりとした。むろん表情に出しはしない。しかし頭皮から、わずかに汗が滲むのがわかった。

願示がおしぼりでグラスの底を拭き、つづけた。

「当然だよな。『あいつは他人を殺せる人間だった。あいつとおれは一卵性の双子だからな』。……そんなふうに言われたら、ではおまえも殺せるってことじゃないか、と誰でも思うさ。一番あやしいのは、このおれだ」

――なんだ、そっちか。

武瑠はほっとした。琴子ではなく、そっちの話か、と胸を撫でおろす。あらためて頬を引き締め、口をひらく。

「じゃあこの際だし、はっきり訊くぞ。――おまえがやったのか？」

「いいや」

即答だった。

「おれにはアリバイがある。第一の事件が起こったのは、八月三十日から三十一日の深夜にかけてだよな？　おれはその日、『週刊大海《たいかい》』の編集長と朝まで飲んでいた。待ち合わせする直前のやりとりも、ＬＩＮＥの履歴に残っている」

「では第二の事件は？」

「その日は……」願示は口ごもってから、

「あまり言いたくないが、こずえと会っていた」

と言った。

「どうしても会うべき用事があったんだ。家族はアリバイの証人にならない、が定説だよな。だが元家族ならいいだろう。こずえがおれのために偽証する義理は、いまやこれっぽっちもない」

願示の口調は、いかにも苦かった。

彼ら夫婦の離婚理由を、武瑠は知らない。〝性格の不一致〟としか聞いていない。だが彼らの一粒種である琥太郎は、はっきりと願示から距離を取った。その身代わりのように、武瑠を慕ってきた。

――とはいえ琥太郎とも、ここ数年はご無沙汰だったがな。

琥太郎からの電話を願示に報告するべきか、武瑠は迷った。だが心を決める前に、

「おれは犯人じゃない」

いま一度、願示がきっぱり言った。

「犯行日記に尋也が書いていたとおりだ。おれに、人を殺せる度胸はない。この歳になればなおさらだ。失うものが多すぎる」

「それならなぜ、『自分にはわかる』なんて言いきった？」

武瑠は問うた。

「なぜ自信満々に『双子だからこそわかる』なんて言ったんだ？」

「記憶があるからだ」

「なんの？」

「ほんの子どもの頃の記憶さ。……例の事故が起こって尋也と引き離される前、おれたちは三鷹の家でともに暮らしていた。そのときの記憶があるんだ」

「それがどうした。事件となんの関係がある？」

武瑠は眉根を寄せた。またも話を見失いつつある。

「だいたいあの事故は、おまえたちが三歳のときじゃないか。たいていの人間は、五、六歳の記憶だってろくにありゃしないぞ」

「いや、おれにはある」

「妙な意地を張るなよ。それにおまえ本人が言ったんだ。『親から何度も聞かされたせいで、知った気になっているだけだ』とな」

「その日の記憶はない、という意味で言ったんだ」

かたくなに顧示は言い張った。

「知ってるか、タケル？　かの三島由紀夫には、生まれた直後の記憶があった。産湯のあたたかさや、盥《たらい》の縁の水滴まで鮮明に思いだせたらしい」

「三島由紀夫とは大きく出たな」

武瑠は苦笑した。

「おまえも三島ばりの天才だと言いたいのか」

「違う。おれは才人でもなんでもない。生まれ落ちたときの記憶もない。ただ、そういうこともあり得ると言いたいだけだ。おれが覚えているのは〝尋也〟だ」

願示の目は遠くを見据えていた。

「あの頃、尋也とおれは――おれたちは、世界に二人きりだった。お互いだけが存在する世界に住んでいた。それを、はっきり覚えているんだ」

どこかうつろな口調だった。

「うまく説明できるか、わからない。……だが、あの頃のおれたちは〝二人〟じゃなかった。〝二つの体を持つ、一人の人間〟だった。おれは、尋也の考えていることがわかった。尋也のほうもおれがわかった。同じものを見、同じことを考えていた。引き離されてからその感覚はゆっくり消え、別べつの人間になっちまったがな。いまはあのノートを通して、尋也との同調性《シンクロニシティ》を感じるだけだ」

「シンクロニシティだと？」

武瑠は顔をしかめた。

願示が適当に入れた歌は、気づけば演奏を止めていた。

「おまえ、どうかしちまったのか？　ノンフィクションライターをやめて、スピリチュアル系にでも転身する気か」

軽口のつもりだった。しかし願示は取りあわず、

「八王子《はちおうじ》の叔母――いや琴ちゃんの母親も、あの頃のおれたちを知っている。訊けば、きっと証言してくれるさ」

平たい声で言った。

「おれたちは、平均よりだいぶ発語が遅かった。というより、他人が理解できる言葉を発するのが遅かった。叔母と母方の祖母いわく、『あなたたちは、お互いだけがわかる言葉でひっきりなしにしゃべっていた。わたしらには鳥のさえずりみたいに聞こえるだけだった。けれど確かにあなたたちは、その奇妙な言語でコミュニケーションを取っていた』そうだ」

「そりゃ、叔母さんたちが大げさに言っただけさ。もしくはおまえが、記憶を勝手に膨らましていったんだ」

武瑠は打ち消した。

「なあガンジ、冷静に考えてみろよ。あのノートの存在に、おまえがショックを受けたのはわかる。だが、なにもそこまで――」

「尋也はあの日記に、〝アドルフとオーギュスト〟の例を貼っていた」

願示がさえぎった。

「ファイルに目を通したなら、タケルも読んだだろう。読んだよな?」

「え――あ、ああ。しかし」

「一卵性双生児の犯罪者に、ああいった相似性は珍しくない」

願示はつづけた。

「おれだっていろいろ調べたんだ。〝アドルフとオーギュスト〟を世に紹介したのは、ミュンヘン精神医学実験所の部長を務めたヨハネス・ランゲ教授だ。彼は一九二八年刊行の『宿命としての犯罪』で、かの双子夜盗の例を発表した」

願示はスマートフォンを胸ポケットから取りだした。

テキストデータのメモに、目を走らせながら言う。

「ランゲ教授はほかにも、犯罪性の高い一卵性双生児を著作で紹介している。たとえばアントニーとアマリー姉妹がそうだ。彼女たちは道徳的な両親のもとに生まれた。しかし、家族の中であきらかに異質だった。家出癖があり、複数の男と乱交し、父親のわからぬ子を産んだ。また二人とも、窃盗および売春斡旋で……」

「ガンジ、おれの意見も聞け」

武瑠は割って入った。

「人間にとって大事なのは、生まれや遺伝じゃない。環境だ。気の毒だが、その双子たちは経済的にも友人にも恵まれなかったんだろう。それだけだ」

「じゃあこれはどうだ？　一九七九年のアメリカで発覚した、有名な〝ジム双子〟のケースだ」

願示はスマートフォンの液晶をフリックした。

「オハイオ州に住むジム・ルイスは、四十歳を目前にしたある日、一卵性双生児の片割れを捜そうと思いたった。自分と同じく、赤ん坊のとき里子に出された片割れだ。その願いは六週間後にかなった。見つけた片割れは、同州のデイトンに住んでいた。その名をジム・スプリンガー。彼らはお互いのことをまったく知らなかった。里親もだ。にもかかわらず、同じ〝ジム〟という名を付けられていた」

隣室から、武瑠の知らない曲が響いてきた。

「二人のジムは三十九年間、一度も会ってこなかった。しかし相似点にあふれていた。彼らは同時期に、不眠症と偏頭痛を患っていた。爪を噛む癖があり、趣味は日曜大工。等しく心臓疾患を抱え、同じ身長体重で、ほぼ同じ時期に体重を増減させていた。

ともに離婚経験があり、一度目の妻の名はリンダだった。二番目の妻も同じくベティ。息子の名はジェームズ・アラン。飼い犬の名まで同じだった。元保安官補で、その後はガソリンスタンドの店員、ハンバーガーショップ勤務という職歴を歩んだ。さらに二人ともチェーンスモーカーで、吸う煙草の銘柄も同じだった。

この〝ジム双子〟のケースを知った心理学者のトム・ボーチャードは、彼らのように生き別れた双子を三十四組研究した。結果、やはり類似の……」

「待てって！」

武瑠はふたたび割って入った。

「それは……違う。稀少な例だからこそ、巷の興味を引いて、有名なケースになったんだ。似ていない双子だって、実際は山ほどいる」

「まあな。だが、やはり一卵性は特別さ」

願示は薄く笑った。

「同じ受精卵から分裂し、同じ細胞を持ってこの世に生まれるんだからな。タケル、おまえだって長い刑事生活で、一回や二回は双子の犯罪者に会ってきただろう。彼らの間に、不思議な相似を感じた経験はないか？　ただの兄弟からは感じない、奇妙な絆を感じとったことはないのか？」

「……ガンジ」

武瑠はため息をついた。

――こいつ、どこまで本気で言っているんだ。

おれを煙に巻き、精神的に混乱させたいのでは、との邪推すら湧いた。

もしや願示は知っているのだろうか。三箇月前、武瑠の身になにが起こったかを。捻挫ごときで、なぜ平係長があれほど休職を勧めたのかを。

願示はフリーの記者だ。警察の内情にくわしい情報屋を飼っていても不思議はない。

――すべて知った上で、おれをからかっているのか。

だとしたら、なんのために？　やはり琴子のことか？　いま以上におれを混乱させ、かき乱し、夫婦の仲まで引っかきまわすつもりか？

馬鹿げた考えだ。疑いすぎだ。そう理性は告げるのに、下卑た勘繰りを止められない。

むろん、殺人事件も気がかりだった。だが同じほど、願示と妻の接近が気になってたまらない。

「……やっぱり、おれにもすこしくれ」

卓上のスキットルを、武瑠は顎で指した。

願示が無言で、スキットルを武瑠のグラスへ傾ける。

武瑠はストローで、琥珀の液体とアイスコーヒーをかるく混ぜた。そのままぐっと呷る。

スキットルの中身は、やはりブランディだった。芳醇な風味がした。カクテルのカフェ・ロワイヤルのようで悪くない。

「断酒をやめたわけじゃないぞ。……一杯だけだ」

言いわけを低く洩らす。

帰宅する前に酔いを覚まそう。己にそう言い聞かせた。一杯だけだ。しかもアイスコーヒーで割ってある。大丈夫だ。

――大丈夫だ。

捜査員になって以後、武瑠の酒量は徐々に増えていた。

付き合い酒もあった。情報屋と居酒屋やバーで会うことも、家で飲むこともあった。

だが次第に、家では隠れて飲むようになった。

山のような空き缶や空き瓶は、妻の目に付かぬようこっそり捨てた。カードの利用明細は、酒代ばかりがずらりと並んだ。

われながら、いい酒ではなかった。ふだん快活を装っているぶん、武瑠は酔うと鬱々とした。気づけば父そっくりの飲んだくれになっていた。

壁を殴った日を除いては、人やものに当たったことはない。しかし彼は、己の眉毛を抜くようになった。ついには片眉のほとんどがなくなった。

鏡に映る己に愕然とした朝、武瑠はようやく決心した。酒をやめよう、やめねば——と。

それでも完全な断酒までには、丸一年かかった。

「ひさびさの酒は染みるだろ?」

「ああ」

うなずきながら、武瑠は決心した。

——願示になんの魂胆があろうと、のってやる。

こいつから目を離すわけにはいかない。隠れた企みがあろうとなかろうと、ノーマークにはできない。

「ガンジ、おれは……おまえの捜査に、協力する」

あらためて武瑠は宣言した。

「だが双子だからどうこう、生まれがどうこうの非科学的な意見は、今後も断固否定する。血脈や遺伝子は、人間の一要素に過ぎない。犯罪に関係することならなおさらだ。人の生きざまに遺伝は関係ない。おれは……」

つづく言葉は呑みこんだ。

——おれはけっして、親父のようにはならない。

犯罪性も依存症も遺伝しない。おれは、親父のような死にかたはしない。

コーヒーの後味が、やけに喉に絡んだ。

第三章

1

一卵性双生児であるジョージとチャールズの知能指数は、ともに六十台だった。計算能力もごく低かった。

しかし誰かが「×年の×月×日は？」と問うやいなや、彼らはその日が何曜日かを即答できた。また直近二百年間の復活祭《イースター》が何月何日か、延々と唱えつづけることもできた。

彼らの遊びは素数を言い合うことだった。

会話ではない。相手に六桁の素数を投げかけると、もう一方がやはり六桁の素数を言いかえすのだ。この遊びが嵩じていくと、二十桁の素数をやりとりすることさえあったという。

ただしそこまでの桁ともなると、その数がほんとうに素数なのかは誰にも判断できなかった。二十桁の素数が載った素数表など、どこにも売っていなかったからだ。

彼らは三十六歳で引き離され、別べつの施設へ入れられた。同レベルの数遊びができなくなった彼ら兄弟は、次第に数字への執着をなくした。

「能力そのものも失ってしまったように思われる」

と記録者は記している。

2

二〇〇一年　四月五日（火）　曇天

最近ぼくは、愛についてよく考える。

映画やドラマなどでは、愛はとても善《よ》きものとして描かれる。親子愛、家族愛、恋愛、友情による親愛。それらを物語のメインに据えて感動を誘う。

でも愛は、はたしてほんとうに善きものだろうか？

ぼくの考えでは、愛は祝福ではない。むしろ呪いに似ている。これは体験から得た結論だ。ぼくの愛情は、ぼくをちっとも幸福にしない。

ほかの感情や衝動と、混同しやすいところも面倒だ。性欲だったり同情だったり執着だったりと、とにかく愛ではないものを、愛と勘違いする人があとを絶たない。

たとえばぼくの身近に、いい例がいた。

その夫婦は大恋愛の末に結婚したらしい。彼らの家を訪れ、古いアルバムをめくると、頬を寄せあう若い彼らを見ることができた。

いい写真だった。ぼくから見てもお似合いの夫婦だ。

でもその写真からたった十年経っただけで、彼らは変わった。

妻は二十キロほど肥り、口をひらけば夫の文句しか言わない女になった。夫のほうは酒びたりになった。妻と会話はなく、目も合わせない。文句はすべて聞き流し、ただ背を向けて無視した。

彼は若く、愚かだった。結婚後に妻との相性の悪さに気づいた。愛と性欲を履き違えたことを、ともに暮らすまで気づけなかった。おまけに気づいてからも、離婚せずに悪あがきした。最悪だ。その点、ぼくは最初からわかっている。

性欲なんてものは、そこらの女で充分に満たせる。殺意も同じだ。

この日記を書きながら、ぼくは確信する。ぼくは正しい。ぼくがしていることは正しい。前述の夫婦は、その生き証人と言えよう。

にもかかわらず、この愛はやはり呪いに似ている。

正しいのにつらいのだから、つまり愛が善だという言説こそがまやかしなのだ。

愛など、けして善きものではない。つらい。しんどくて面倒だ。わかっている。

でもぼくは、やはりどこかで愛に対する幻想を捨てられない。

あのひとは兄貴が好きだ。そしてぼくのことなどどうでもいい。その事実を目のあたりにするたび、ぼくの胸の奥で、殺意が大きく膨れあがる。

殺意の引き金は、いつだって〝報われぬ愛〟なのだ。

（以下十一行、黒塗りにて抹消）

3

「これも読んでおいてくれるか。三鷹事件のスクラップブックだ」

カラオケボックスから出る直前、武瑠は顧示から新たなファイルを押しつけられた。前回は青だったが、今度の表紙は赤だ。

「こいつもヒロの部屋にあったのか？」

「いや、こっちはおれが作った。急ごしらえだが、ないよりましだろう」

武瑠はファイルをぱらぱらとめくった。世田谷《せたがや》の雑誌専門図書館にでも通ったのか、当時の記事のコピーが丁寧にファイリングしてある。

第一の事件、二〇〇〇年八月三十一日。被害者は槙今日子《まききょうこ》（23）。遺体の発見現場は三鷹市下総《しもうさ》。自然公園の一角。

第二の事件、二〇〇一年三月二十一日。被害者は安西文緒《あんざいふみお》（26）。遺体の発見現場は、三鷹市寺入《てらいり》に建つ空き家の敷地内。

第三の事件、二〇〇一年七月三日。被害者は高見紗江《たかみさえ》（22）。遺体の発見現場は小金井《こがねい》市の緑地保全地域の一角。

第三の事件のみ、小金井市の管轄である。とはいえ該当の緑地保全地域は、三鷹市と小金井市にまたがっていた。遺体の発見場所がぎりぎり小金井市の区域だったのだ。捜査本部は引きつづき三鷹署で、小金井署も加わるかたちの合同捜査となった。

――そしてヒロは、八月に多摩川で溺死した。

「わかった。読んでおく」

武瑠は請けあい、壁の松葉づえへ手を伸ばした。


酒気を抜いて帰宅すると、沓脱に見慣れぬ靴が二足並んでいた。

一足はナイキのスニーカー、もう一足はくたびれた革靴である。突きあたりのリビングから、にぎやかな談笑が洩れ聞こえてくる。

「おい、お客さんか？」

声をかけながら扉を開け、武瑠は目を見張った。

コの字形のソファセットに揃っていたのは、意外な顔ぶれだった。琴子の隣に琥太郎がいる。

その向かいに座るのは、地域安全対策室の今道室長だ。

ぽかんとする武瑠に、今道がアイスクリームの箱を持ちあげてみせる。

「なんだその顔は。せっかく見舞いに来てやったのに」

「おれは友達と会った帰りだよ。どうせ明日休みだし、急いで帰るのダルいから、泊めてもらおうと思って」

二年会わぬ間に、琥太郎は背が伸びていた。声変わりも済ませたようだ。だが、くしゃっと笑う顔は変わらなかった。

「タケさん、おれ泊まってっていい？」

「ああ、もちろんだ」

琥太郎にうなずきかえし、武瑠は今道の向かいに腰かけた。

「ミチさん、わざわざすみません」

小声で言いつつ、横目で琴子をうかがった。つい先日、「ミチさんと会う」と嘘をついて願示と会ったばかりだ。

冷凍庫を指し、琴子が微笑む。

「ロッキーロード、ちゃんと残しておいたから。あなたはいつもあれだもんね？」

「あ、ああ……」

正面の今道が目くばせしてきた。

どうやら空気を読んで、琴子に調子を合わせてくれたらしい。ほっとした。同時に、大先輩に気を遣わせてしまった、といやな汗が湧いた。

「よかったら今道さんも、うちで晩ご飯をどうです？」

琴子が申し出る。しかし今道は首を振った。

「ありがたいが、家で女房が待ってるからな。年寄りには、古女房のあっさりした飯が一番だ」

「そんな、謙遜するほどのお歳じゃないでしょう」

「いやいや、ほんとのことだよ。最近は肉なんか滅多に食わない。最初のひと口二口は良くても、あとの胃もたれがひどいんだ」

「おれは肉がいい！」

琥太郎が声を張りあげた。

「焼きそばでもカレーでも、いつも肉ばっか拾い食いして母さんに叱られるもん。魚なんて、寿司くらいしか食わないな。でもミチさんくらい歳とったら、おれも魚好きになるんかな？」

「こら、琥太郎」武瑠は慌てて諫めた。

しかし今道は「なるなる。絶対だ。保証するぞ」と微笑んだ。

「マジすか。想像つかねー」

顔をしかめてから、琥太郎が武瑠を振りむく。

「タケさん！ ミチさんから刑事の面白い話いっぱい聞かせてもらったよ！ タケさんはケチで全然教えてくんないけどさ、ミチさん、すっげえ優しい」

「誰がケチだ。失敬な」

武瑠は苦笑した。

「だってほんとじゃん。あー、やっぱおれ、将来は刑事になろっかなあ。いまからだとキャリア？ とかってやつになるのは無理？ 刑事とYouTuberと科学者、どれを目指すか迷うなあ」

その後も琥太郎は、ぺらぺらと一人でしゃべりまくった。そんな従甥をときおり叱りながらも、武瑠は内心で感謝していた。

琥太郎のおかげで、会話に余白ができない。琴子が今道に話しかける隙がない。隠れて顧示と会っていた気まずささえ、うまくまぎれてくれた。

今道は六時ちょっと過ぎに帰った。

彼を見送って、琴子が手を叩く。

「さて、夕飯の支度でもしようかな。コタちゃん、その間にお風呂入ってきたら？」

「え？　でもタケさんがまだじゃん。おれが一番風呂でいいの？」

「おれはこの足だからな、気にするな」

武瑠は自分のギプスを指した。

「いろいろ手間取るんで、しまい湯のほうが楽なんだ。風呂掃除のお務めまでできないのは心苦しいがな。そこは奥さまに土下座して、一回千円でやっていただいてる」

「なに言ってるの。嘘よ嘘。本気にしないで」

琴子が両手を振る。琥太郎がのけぞって笑った。

二人に合わせて笑いながら、武瑠はバッグの中の赤いファイルを思っていた。


夕飯は琥太郎のリクエストどおり、肉中心のメニューだった。

スペアリブの照り焼きに、ミートソースドリア。焼肉と温野菜のサラダ。琴子はデザートにとっておきの梨を剥き、客間のベッドに新品のシーツまで敷いた。

「――おれ、もう寝るね」

テレビの前で半目だった琥太郎が、欠伸まじりに立ちあがる。

「そうしろ」

武瑠はかるく従甥の太腿を叩き、尋ねた。

「ところで千葉《こっち》にできた友達ってのは、彼女か？」

「そんなんじゃないよ、友達。ソウルメイトってやつかな」

冗談のように言い、リビングを出ていく。遠ざかる足音を聞きながら、

「さて、おれも寝るか」

琴子に聞こえるよう、武瑠は声を張りあげた。

例のファイルを今夜じゅうに読んでしまいたかった。明日も願示と会う約束だ。情報をすべて入れた上で、整理しておかねばなるまい。

手すりにすがりながら階段をのぼる。寝室の扉を開ける。

まだ電灯の点かぬ薄暗い部屋を、彼はしばし眺めた。

いつもとなんの変わりもない寝室だ。ベッドが二つあり、その間にチェストがあり、電気スタンドがある。

そしていま、武瑠の正面には壁があった。

オフホワイトのクロスを貼った壁である。三箇月前には、あの真ん中に穴があった。武瑠自身が殴ってあけた大きな穴が——。

「ごめんなさい」

背後から声がした。

琴子だった。いつの間に——。武瑠は緩慢に振りかえった。

「ごめんなさい」

琴子の顔は、能面のように白かった。

「あれは、わたしが悪かったの。あなたに謝らなきゃって、ずっと思ってた」

「え……、なにを、言ってる?」

武瑠の喉に、問いが粘って貼りつく。

「なんで、おまえが謝る」

「だって挑発したのは、わたしだもの」

抑揚なく琴子は言った。

「あのときわたしは、わざとあなたを怒らせた。いやな気分にさせたかった。傷つけたかった。

……最低だよね」

違う、と言いたかった。

よしんばそうだったとしても、暴力に訴えたおれが悪い。なんでも自分のせいにするな、抱えこむな。そう言って、腕を伸ばしたかった。妻を抱き寄せたかった。

だが声は、舌の上で干からびていた。

手も足も、うまく動いてくれない。

琴子が顔をそむけ、階段を下りていく。

武瑠は部屋のまえから動けなかった。のろのろと利き手を上げる。己の顔に触れる。その手が、眉毛をゆっくりと数本抜いた。

4

寝室にこもった武瑠は、赤いファイルを熟読した。いまは琴子以外のことで、頭をいっぱいにしたかった。

エログロ要素が顕著な事件だったせいか、記事は大衆週刊誌のものが多かった。

ルポ本からのコピーも十数枚綴じてあった。なかなか詳細なルポ本である。タイトルは『三鷹市女性連続殺人事件――なぜ彼女たちは狙われたのか――』。

ルポ本の著者は、まぶたと上唇の切除についても触れていた。「関係者筋からのリークだ」と断った上で、遺体の損壊ぶりについて記述していた。

また彼は、犯人を〝三鷹リッパー〟と名付けてもいた。有名なイギリスの殺人鬼、切り裂きジャック《ジャック・ザ・リッパー》やヨークシャー・リッパーをもじった命名に違いない。

ファイルには、匿名掲示板のスレッドをプリントした紙も綴じてあった。

スレッドのマニアたちもまた、犯人を〝三鷹リッパー〟と呼んでいたようだ。どこまで本気なのか、〝神〟だの〝崇拝している〟だのと書き込む者までいた。

――ＩＤからして、本気の崇拝者は三、四人ってとこか。

武瑠は口の中で唸った。

スレッドの日付は二〇〇一年の秋である。むろんスマートフォンの普及前だが、Windows XPに先んじてWindows 98が発売されており、ネット人口はそれなりに多かったはずだ。

――崇拝が嵩じて、模倣犯になった可能性もあるな。

その場合、崇拝者がどうやって尋也を突きとめたかは謎だ。とはいえ逆の可能性もあった。尋也の部屋に出入りした誰かが、ネットを介して崇拝者とコンタクトを取ったのかもしれない。

指さきひとつで、世界じゅうと一瞬で繋がる時代である。そしてＳＮＳで不用意に個人情報をさらす者はあとを絶たない。ほんの子どもからいい年の大人までが、つまらぬトラブルを起こしては警察に駆けこんでくる。

――まずは、ヒロの部屋の捜索からか。

ファイルを閉じて、武瑠はつぶやいた。


目覚めてすぐ、武瑠はネットニュースと朝刊をチェックした。やはり事件の続報はなかった。

琥太郎が目を擦りながら起きてきたのは、朝の十時過ぎだ。遅い朝食を取らせ、バス停まで送りだすと、時刻はとうに正午をまわっていた。

願示とは事前の約束どおり、祖母の家で落ちあった。

祖母にはあえて来訪を知らせなかった。家人に気取られることなく出入りできるか、確認したかったからだ。

武瑠と願示は、裏手の枝折戸から敷地に入った。

枝折戸には鍵がなく、組んだ竹が割れて大きな穴まであいていた。

雑草だらけの荒れた庭を横切る。縁側へ向かう。あちこち引っかかる松葉づえは、途中から願示が持ってくれた。ギプスのヒールを使って進む。

どこからか、金属が軋るような音が聞こえた。

開閉が面倒なのか、祖母宅の雨戸は開けっぱなしだった。居間から、テレビの大きな音が響いてくる。

そっと覗くと、座椅子にもたれた祖母がテレビに見入っていた。武瑠たちの足音など聞こえないようで、振りむきもしない。

「これじゃ空き巣が——じゃない、居空きが入り放題だな」

武瑠は嘆息した。願示も苦笑する。

「貴重品はどうなってる？　貸金庫にでも預けてあるのか」

「さあな。土地の権利書は弁護士が保管してるはずだが、通帳や証券のたぐいはわからん。警備会社の見守りプランに入る、という案も出たが……」

——おまえの母親に反対されて、契約できなかった。

さすがにそうは言えず、武瑠は語尾を濁した。

祖母をそのままに、二人は縁側から入った。尋也の部屋へと向かう。

尋也が中三のなかばまで使っていた部屋は、埃が積もって黴くさかった。畳敷きの六畳間に、学習机と本棚とベッドが置いてある。本棚は児童書や図鑑、事典などで埋まっていた。

「どうした？　タケル」

「いや、やけに部屋が狭いなと……」

ぐるりと武瑠は室内を見まわした。

「部屋が狭いんじゃない。おれたちがでかくなったのさ」願示が言う。

窓はない。エアコンもテレビもゲーム機もない。土壁にガラス障子の、昭和じみた簡素な子ども部屋であった。

「というわけで、この家には誰だろうと入れる。その事実を踏まえた上で訊くが、一番頻繁に出入りしていたのは誰だった？」

「チアキだろうな」

願示の問いに、武瑠は即答した。

「あいつはおれと違ってちゃっかり者で、ばあちゃん子でもある。この家に通っちゃあ、祖母に小遣いをねだっていたようだ」

祖父のことは、武瑠も願示もよく知らない。

だが地元では名だたる素封家の生まれで、よく言えば趣味人、悪く言えば変人だったようだ。責任のない次男坊だったこともあり、一生を通して気ままに生きた。

しかし気ままますぎたがゆえか、十代でよくない病をもらった。

信州へ湯治におもむいた祖父は、旅館で下働きをする少女を見初めた。それが、若き日の祖母である。

是非にと望まれ、祖母の十重《とえ》は千葉へ嫁いだ。しかし祖母は訛りがきつかった。しゃべるたびからかわれ、次第に無口になったという。

そんな祖母を「きれいな置物」と笑いながら祖父は可愛がり、二人の息子を産ませた。武瑠の父の圭一と、願示たちの父の創二《そうじ》だ。

「チアキのやつは雨戸を一日一回開け閉めするだの、漬物石を持ちあげてやるだの、ちまちました点数稼ぎでばあちゃんから小遣いをせしめていた。要領のいいやつだよ。とうてい殺人犯って柄じゃない。ヒロに心酔した様子も、むろん皆無だ」

武瑠は肩をすくめた。

「なにより好みのタイプが琴――いや、マル害たちと正反対だ。数年前に会わせてもらった彼女も、最近『母さんに紹介したい』と言ってた女性も、巻き髪の派手派手な子だったしな。ギャル系が好きらしい」

スマホを取りだし、「ほら、この子だ」と知秋からのＬＩＮＥ履歴を見せる。

「おう美人だ。チーちゃん、やるなあ」

願示は笑って、

「べつにチーちゃんが犯人と言うつもりはないよ。だがそれでも、一度会って話を聞いてきてほしい」と言った。

「本気か」

「ああ。容疑者は誰ひとり除外したくない。どれほどあやしくなくとも、だ」

願示はベッドに腰かけ、武瑠を見上げた。

「というか、タケルは〝点数稼ぎ〟に来なかったのか？　高校を卒業するまで、すぐそこの実家に住んでたんだろう？」

「おれは滅多に来なかったよ。ヒロがいなくなってからは、なおさらだ。じいちゃんの主義で仏壇も神棚もないから、盆正月に来る用もなかったしな。それに……」

武瑠はしばし迷った。しかし結局は、正直に言った。

「おまえも知ってのとおり、うちの母はばあちゃんを好きじゃない。昔のおれはママっ子だった。母を守りたいからこそ、父が嫌いだった。親父のせいで苦労する母が歯がゆかったんだ。ばあちゃんのことも、父の実母というだけで避けてきた」

「そうか」

短く顚示は言った。顎に手をやり、考えこむ。

「では、ほかに考えられるのは……、うちの親父くらいか」

「創二叔父さんまで疑うのか」

「言ったろう。容疑者は誰ひとり除外しない。それにおれと親父は、母の目を盗んで、たまにここへ来ていたしな」

正確には〝連れてこられた〟んだが――と声を落とす。

「自主的な訪問は、ノートのコピーを見つけたときが初だ。ばあちゃんが施設に入るどうこうの話が持ちあがって、はじめて来る気になったんだ」

――ここにヒロの部屋が残っていると、知っていたのにか？

そう問いたい衝動を、武瑠はこらえた。

ガンジ、おまえは一卵性双生児の絆をしつこく主張する。同じ口で、片割れにまるで興味がなかったようなことも平気で言う。

三歳から十五歳まで弟が過ごしたこの家を、なぜ訪れようとしなかった？　弟が人殺しと知っていたのにか？　矛盾していないか？　おまえがこの事件に首を突っ込む目的は、もっとほかにあるんじゃないか？

　願示が、ふたたび武瑠を見上げた。

「親父の尋問、いや質問役は任せていいか？　事情聴取なら、やっぱりプロのおまえのほうがうまいだろう」

　武瑠は答えなかった。

　代わりに「なあガンジ」と問いかえした。

「なあ、叔父さんと叔母さんは、ほんとうにヒロの犯行を知らなかったのか？　仮に創二叔父さんが、ここでノートを見つけたとしよう。彼はそのときはじめて、息子が人殺しだと知ったと思うか？」

「さあな。親父の考えはおれにもわからん」

　願示は考えこんでから、

「だが、母は知らなかったと思う」と言った。

「根拠は？」

「ない。ただの勘だ。根拠と言えるほどの根拠はない。……希望的観測とも言うかな」

「そうか」

　あっさり武瑠は首肯した。いまそこを否定してもしょうがない。本人が「根拠なし」と認め、自覚があるならそれでいい。

「そういえば、琥太郎が昨日うちに来たぞ」

「えっ」

　願示が目を剝いた。一瞬で顔いろが変わる。

「なにしに行ったんだ」

「千葉の友達と会ったから、帰りに寄ったそうだ。うちで晩めしを食わせて、客間に泊めたよ。今朝がたバスで帰っていったところだ」

「そうか……。すまない。世話をかけたな」

頭を下げてから、願示はうかがうように武瑠を見た。

「琥太郎のやつ、なにか言っていたか？」

「なにかって？」

「いや、なにもないならいいんだ。だがあいつの言うことは、あまり真に受けないでくれ。思春期で不安定なんだ。反抗期でもあるしな」

似たもの父子だな、と武瑠はひそかに思った。

願示が千葉に来たと知った琥太郎も、電話で言っていた。「あいつの言うことは信じないで」と。さらには「アル中だし、ほんとめちゃくちゃだよ」とまでこきおろした。

——想像より、願示の飲酒問題は根深いのか？

武瑠は疑念を目にこめた。

そんな彼を知ってか知らずか、願示が本棚に手を伸ばす。

引き抜いたのは、魚喰小学校の卒業アルバムだった。

「タケル、おまえ尋也の同級生を知ってるか？　この部屋に、遊びに来るような子はいたか？」

「前にも言ったとおり、ヒロに友達らしい友達はいなかったよ。でも、そうだな。一緒に委員をした子はいたはずだ」

「顔はわかるか？」

願示がアルバムをめくる。

尋也と同じ六年一組に、武瑠は目当ての少年を見つけた。巻末には住所と電話番号が載っていた。まだまだ個人情報にうるさくなかった時代である。

「学区内だから、当然ながら近所だな。当たってみてくれ」

5

願示と別れた武瑠は、尋也と図書委員を務めた元級友を訪ねた。

面映ゆいことに、彼は武瑠が捜査一課の刑事だと知っていた。田舎は世間が狭い。親同士の噂話で、「あの家の子は役所勤めなのよ」「教師になったそうよ」等々、またたく間に広まってしまう。

あの頃、チビの痩せっぽちだった茂田井《もたい》は、別人のように太っていた。当時の面影を残すのは、かろうじてぶ厚い銀縁眼鏡だけだ。

「刑事が家に来るなんて、緊張しちゃうな」

と笑う彼に、武瑠はギプスの足を指してみせた。

「いや、足がこれでしてね。休職中なんです。とはいえ、身内に物騒なことが起こりまして」

祖母の家に居空きが入ったのだ——と、武瑠はかねて用意の嘘をついた。

祖母を早く安心させてやりたくて、休職中の身ながらできる範囲で動いている。そう説明すると、茂田井は「大変だねえ」と同情顔になった。

「従兄のヒロの部屋も荒らされましてね。もしかしたら、あなたの指紋が検出されるかもしれない。ご迷惑をかけてはと思い、うかがった次第です」

「えっ、ぼくの指紋が？」

「いえいえ、ご心配なく」

目を見張る茂田井に、武瑠は微笑んだ。

「いまは科学捜査の精度が上がっていますから、古い指紋と新しい指紋の区別はすぐつきます。それでお訊きしたいんですが、ここ数年以内で、ヒロの部屋に入ったことはありますか?」

「いやあ全然。ぼくが犬飼くん家に行ったのなんて、三十年も前だよ。正確に言えば、ええと、二十七年前か」

答えながら、彼はあからさまにほっとしていた。

「さすがに二十七年前の指紋は、古いとすぐわかるよね? まさかこの場で、ぼくの指紋を採るの?」

「いえ。新たな指紋を付けた覚えがないなら大丈夫です」

武瑠は茂田井をなだめてから、

「ヒロの部屋には、何回ほど入りました?」と訊いた。

「二回きりだよ。ええと、小六の秋だったな。図書館の壁に手製の飾りを貼ることになってね。ぼくん家は狭いから、犬飼くん家で作ったんだ。……そういえば犬飼くんって、亡くなったよね? 遅ればせながら、ご愁傷さまです」

律儀に頭を下げる。武瑠は「おそれいります」と型どおりの返礼をした。

「お葬式は、東京でやったんでしょ?」

「そうです。もう二十一年も前になります」

「海で溺れたって聞いたけど」

「いや、川でした」

「川かあ」茂田井は大仰に肩を落とした。

「犬飼くん、泳ぎがうまかったのにな。過信しちゃったか」

しんみりとまぶたを伏せる。

「ぼくら二人とも、いまで言う〝陰キャ〟だったんだよ。クラスカーストの底辺ってやつさ。でも運動が駄目でどんくさかったぼくと、犬飼くんははっきり違ってた。彼は運動神経がよくて、成績だって悪くなかった。なにより、美少年だった」

「美少年」

武瑠は思わず鸚鵡返しした。

「え、そこ反応するとこ？」

茂田井が目をしばたたく。

「ああ、すみません。身内だったせいか、いまひとつぴんと来なくて……。でも、そうですね。顔立ちは確かにきれいでした」

「そうだよ。彼は美形だった。とくにほら、夏になるたび双子の片割れが来たじゃない。あれは壮観だったなあ。美少年がツインで町を歩いてさ。すっごく目立ったよ」

「へえ」

武瑠の戸惑いをよそに、茂田井がため息をつく。

「犬飼くんはきっと、この世界で生きるには繊細すぎたんだね。そういや忘れられないエピソードがあるよ。ほら、シューベルトの『魔王』って、音楽の授業で習ったじゃない。犬飼くんがあれ聞いて〝怖い、怖い〟って震えだして、すごかったんだ。授業が中断するくらいのパニックぶりでさ」

「……ヒロには、怖いものがたくさんありましたから」

武瑠は相槌を打った。ムンクの『叫び』を怖がったのと同じだ。確かにこの世は、尋也には生きづらすぎた。

「犬飼くんを恰好いいって言ってた女子も、あれにはどん引きだったっけ。素材はよかったのに、つくづく惜しいよ。犬飼くんがあれほど繊細じゃなかったら、クラスカーストの上位も狙えた。片思いの相手ともうまくいったんじゃないかな」

「え?」武瑠は聞きとがめた。

——片思いの相手?

頰を引き締め、つとめて平静に訊く。

「ヒロのやつ、好きな子がいたんですか。はじめて知りました」

「でしょ? 意外だよね」

「相手の名前などは、お聞きになりました?」

「いや全然。さほど突っ込んだ話もしてないしね。ていうか、彼のほうから話題を振ってきたんだ。『ねえ、片思いしたことある?』って」

懐かしむように、茂田井は目を細めた。

「ぼくが『ないよ。好きな子もいない』って答えたら、『うらやましい』とため息をついてたっけ。『好きな人に好きになってもらえないことは、なによりつらい。好きな人なんて、いないほうが楽だ』なんてさ。小学生の台詞とは思えないよね。でも、彼が言うと絵になったなあ」


つづいて武瑠は、女子院生の風間を再訪した。第一の被害者こと砂村ありさの、恋人だった院生だ。

風間はさいわい武瑠を覚えていた。

「何のご用ですか? 話せることは、もう全部話しました」

うって変わって、彼女は突慳貪《つっけんどん》だった。睨んでくる視線に、敵意すら感じた。

とはいえ予想どおりであった。

自分の後釜として芹沢と組んだ後輩を、武瑠は知っていた。飴《あめ》と鞭《むち》の鞭役が得意な刑事だ。やつは風間とありさの関係を、さぞ差別的な言葉で挑発したに違いない。それを見越しての再訪だった。

「じつはわたし、この有様でしてね。休職中なんです」

武瑠はギプスを指して説明した。

「ですから現在は、プライベートで事件を追っています」

「だったらよけい、お話しする義務はないですよね？」

「かもしれません。ですがあなたは、警察の対応に不満を感じていらっしゃる」

武瑠は追いすがった。

「あなたには先日、警察官としてお会いしました。名刺もお渡しした。わたしの身分も、所属部署もすでにわかっておいでだ。その上で言います。わたしは真犯人を見つけたい。その思いはあなたも同じ、いや、それ以上のはずだ。なぜって事件解決は、あなたの恋人の名誉回復にもなります」

風間の瞳が揺れた。

「ただの殺人でなく、性が絡む殺人では、被害者に対する世間の目はあたたかいとは言えません。犯人が捕まって真相があきらかになるまで、往々にして被害者は侮辱や侮蔑を受けがちです。あなたも、さぞ悔しい思いをしているのでは？」

彼女に生じた迷いを察し、武瑠はさらに一歩踏みこんだ。

「失礼ですが、あなたがたが女性同士でお付き合いしたのはなぜです？　もしかして過去に何度か、男性にいやな目に遭わされてきた？　安心してお付き合いできるのは、同性だけだったのですか？」

「偏見です」

風間が顔を歪めた。

「どうしてあなたがたはいつも、女の意思はすべて男の影響下にある、と決めつけるんです？　すくなくともわたしは、子どもの頃から同性が恋愛対象でした。ありさだって他人の影響でそうなったわけじゃありません。……でも」

「でも？」

「でも、ありさが――。そうですね、彼女が男性から、何度か迷惑をこうむった事実は認めます」

唇を嚙み、彼女はそっぽを向いた。

「ですよね」

武瑠はうなずき、つづけた。

「ですがわたしが知りたいのは、その〝迷惑〟の具体例です。第二の事件が起こったことは、ニュースや新聞などであなたもご存じでしょう。被害者は真山朝香さんという女性会社員でした。砂村さんから、この名を聞いた覚えはないですか？」

「ありません」

そっけなく風間は応えた。

「まったく知らない人です。ありさとその人は、歳も違うし……」

「砂村さんと真山朝香さんは、毎朝の通勤通学ルートが一致していました」

かぶせるように武瑠は言った。

「警察はあなたに、なにも教えていかなかったでしょう？　無理もない。警察は公的組織で、一般人に情報は明かせません。しかしわたしはいま、私人として事件を追っています。あなたを信用して、明かしたんです」

われながら恩着せがましい物言いだ。しかし彼は経験で知っている。こうして自信たっぷりに早口でたたみかけることは、一定の効果を生む。

「彼女たちには、毎朝の電車という共通ルートがありました。そこを踏まえた上で、いま一度お訊きしたい。あなたは彼女に、駅構内、もしくは電車内での出来ごとを愚痴られたことはないですか？」

「電車で、ですか？　そんなのしょっちゅうでしたよ」

風間の目もとが引き攣れた。

「駅や電車なんて、おかしな人だらけですもの。痴漢。盗撮。女と見るや、わざとぶつかってくる人……。触ることはなくても、匂いを嗅いだり、体を押しつけてきたりもあります。毎日のように、お互い愚痴っていました」

「では質問を変えます。駅構内で砂村さんが痴漢の逮捕に協力した、などの話は聞いていませんか？」

武瑠は言いつのった。

「真山朝香さんは二年ほど前、電車内で痴漢を捕まえました。犯人は執行猶予中で、その逮捕をきっかけに実刑を食らった。そして砂村さんは、彼女と同じ電車に毎朝乗っていた。真面目で世話好きな砂村さんが、もし痴漢の犯行現場に居合わせたなら、真山さんに手を貸した可能性はゼロじゃない。そう思いませんか？」

「それは……」

風間が答えあぐねる。武瑠は問いを重ねた。

「痴漢でなくとも、通学中に彼女がトラブルに巻きこまれたことは？」

「前にも言ったはずです。ありません」

「いや、よく聞いてください。彼女自身がどうこうじゃない。〝巻きこまれたこと〟です。砂村さんが、誰かのとばっちりを食ったことはありませんか」

風間の口が「あ」とわずかにひらいた。はじめて視線が大きく泳ぐ。

言い当てたな。武瑠は確信した。

彼の言葉は風間の中のなにかを、大なり小なり掘りあてた。

だが、ここで押す気はなかった。公務ではないのだ。高圧的には出られない。

「話す気になったら、ご連絡ください」

武瑠はあらためて彼女に名刺を渡した。

「署ではなく、必ず携帯番号のほうにお願いします。——では、失礼します」


帰宅してすぐ、武瑠はウェブ会議アプリで知秋と話した。

願示には「直接会え」と言われた。しかし知秋の仕事で、どうしても都合がつかなかったのだ。

最初の数分は、「会社の業績が、円安が」という弟の愚痴をひとくさり聞いた。知秋の会社は、輸入家具を主に扱っている。最近の急激な円安は死活問題らしい。

「いまさらながら、公務員試験を受けときゃよかったと思うよ」

知秋がため息をついた。

「円だの為替だのは、自分の頑張りだけじゃどうにもならない。やっぱ民間は、負け組だなあ」

「おいおい、勝ち負けの問題じゃないだろ」

「問題だよ。このご時世、勝つか負けるかは大問題」

液晶の中で知秋が首をすくめる。

そろそろいいかと、武瑠は「そういえば」といま思いだしたふうに切りだした。

「知ってるか？　ガンジのやつがこっちに来てるんだ」

「ガンジ――？　って、あのガンちゃん？　三鷹の？」

「そのガンジだ。仕事の関係で、しばらく千葉にいるらしい」

「へえ、じゃあおれがそっちに行く用事ができたら、三人で飲もうよ。……ああ、ごめん。そういや兄貴は酒やめたんだっけ」

知秋が頭を掻いてみせる。

武瑠は答えず、ただ苦笑を返した。

「最後に従兄弟みんなで集まれたのって、いつだった？　ヒロちゃんが死んでからは、そんな雰囲気じゃなかったよね」

「そうだな。全員集合できたのは、おれの結婚披露宴が最後か」

「ヒロちゃんは、ずっと魚喰にいりゃよかったんだよ」

そのほうが長生きできた――と、こともなげに知秋は言った。

「無理して三鷹に戻さず、千葉にいさせりゃよかった。ヒロちゃんみたいな人に、環境の大きな変化は酷だよ。それに三鷹の叔母さんもあれだしなあ。ヒロちゃんは無口なばあちゃんに慣れてたから、合わなかったんじゃない？」

「それはまあ、そうかもな」

「覚えてる？　おれが小一か小二のときかな、三鷹の叔父さんと叔母さんが、うちでめっちゃ派手な夫婦喧嘩したこと」

「ああ、あれは驚いた」

「夏休みの最終日に、ガンちゃんを迎えに来たときだよ。うちの母さんが『風邪で、ガンちゃんを一日だけお義母さんに預けた』と言ったら、叔母さんが急に怒鳴りはじめたんだ。まずは『無責任な！』と母さんに怒鳴って、次はばあちゃんに怒って、しまいには『そもそもあなたが悪いのよ！』って創二叔父さんに食ってかかってさ。そっから二時間以上もノンストップで怒ってた」

「まいったよな」

武瑠は相槌を打った。

正確には、あれは喧嘩ではなかった。翠叔母が一方的に怒鳴っていただけだ。

そして武瑠が「驚いた」のは叔母の剣幕にではない。創二叔父の態度が、あまりに父そっくりだったことにだ。

彼は叔母の罵倒を完全に聞き流し、無視していた。終始無表情だった。まるで叔母など、その場にいないかのように。

「でも叔母さんも、最近はおとなしいらしいぜ」

武瑠はとりなした。

「歳のせいもあるだろうけど、昔みたいに怒鳴ったり喚きちらしたりはないらしい。その代わり、愚痴はねちねち言うそうだが」

「はは、うちと同じだ」

知秋が乾いた笑いを洩らす。

「母さんも昔はやかましかったけど、いまは静かになったよな。でもまあ、あれは呑兵衛の親父が悪いか。いま考えりゃ、あれでよく馘首《くび》にならなかったよ」

「だな。社長さんには、いまでも感謝しきりだ」

武瑠は素直に同意した。

世間には〝年を取ると、父の苦労がわかりはじめる〟なる言説がある。

しかし武瑠はいまもって、父への軽蔑を拭えずにいた。腕のいい電気工事士ながら、いつしかアルコールに依存した父。武瑠が十一歳のとき、自殺とも事故ともつかぬ死にかたをした男――。

「いまだから言うけどさ、おれ、親父のせいでいじめられたんだぜ」

知秋がさらりと言った。

虚を衝かれ、武瑠は一瞬詰まった。

「ほんとうか。なんで、そのとき言わなかった」

「そりゃいじめなんて、恥ずかしくて家族には言えないさ。……禁酒する前、親父は毎晩へべれけだった。道路で寝ちまうこともしょっちゅうだった。それを見られて、クラスでからかわれるようになったんだ」

はじめて聞く話だった。

武瑠の知る限り、知秋はいつも活発な男子たちのグループにいた。人に可愛がられるタイプだと思っていた。

「そうか……。気づいてやれなかった。すまない」

「べつに兄貴が謝ることじゃないさ」

知秋が白い歯を見せる。

「いまとなれば、いい勉強だよ。『いじめは社会の縮図』なんてよく言うだろ。そのとおり、あれで世の中ってもんを知れた気がする」

その言葉に、武瑠はどこか腑に落ちるものがあった。そうか、と思う。確かに知秋は、ある時期から急激に大人びた。そんな背景があったのか。

「ところで、チアキ」

気を取りなおして問う。

「おまえ、ばあちゃん家によく出入りしてたよな？　ヒロの部屋に、いまも入ることはあるか？」

「ヒロちゃんの部屋？　いや、最近は全然だよ。なんで？」

「いや、じつはな……」

武瑠は「居空きうんぬん」と、茂田井にも使った嘘を繰りかえした。

途端に知秋が血相を変える。

「居空きって、泥棒だろ！　おいおい、ばあちゃんに怪我は？」

「いや、ばあちゃんは家に入られたとすら気づいてない。おまえも知ってのとおり、認知症気味だしな。被害も小銭を盗られた程度だ」

すべて口からでまかせである。しかし知秋が祖母本人に確かめたところで、大きな齟齬は出るまいと踏んだ。

知秋が肩を落とした。

「居空きかあ……。魚喰みたいな田舎も、物騒になったもんだ。それもこれも不景気のせいかな。治安は世相を反映するって言うもんな」

「だな」武瑠はやんわり同意して、

「で、おまえが最後にヒロの部屋に入ったのはいつだ？」と訊いた。

「いつだろう。四、五年前かな、覚えてないよ」

「あちこち触ったか？　たとえば机とか本棚とか。ことによれば、指紋を採取するかもしれない」

「指紋？　小銭を盗られただけじゃないの？」

「それでも犯罪は犯罪だ」

武瑠は真面目な声を出してみせた。

「このご時世、老人相手の犯罪は増える一方なんだぞ。それに一度成功したら、味をしめてまた来るかもしれない。次は居空きじゃなく、強盗だったらどうする」

「そんな、脅かすなよ」

覿面に知秋がいやな顔をする。

「わかったわかった、なんだって採取すりゃいいさ。でも、おれと琴ちゃんの指紋は、兄貴の権限で別にしといてくれよ？」

「……なに？」

武瑠は聞きとがめた。

「なにって、そのくらいの特権はあるんだろ？　なにしろ現役の捜査一課……」

つづきは耳に入らなかった。

――おれと琴ちゃんの指紋、だと？

琴子の指紋が、なぜ祖母の家にある？　ここ数年は出入りさせていないはずだ。母にも祖母にも付き合うな、と琴子には再三言ってある。

――なのに、なぜ？

「おい、兄貴。兄貴って！」

知秋の声で、はっと武瑠は覚醒した。

「怒ったのか？　冗談だってば。マジで証拠を隠せって言ったわけじゃないよ。本気にすんなよなあ」

「ああ、いや……怒っちゃいない」

慌てて答えた。

「ただ、鎮痛剤のせいで、ついぼうっとするんだ。こっちこそすまん」

「あ、そっか。捻挫してるんだっけ。アプリだと肩から上しか映らないから、つい忘れちまうよ」

「だろうな」武瑠は咳払いし、

「ところで――ところでおまえ、まだばあちゃんから小遣いをもらってるんじゃないだろうな。あの家で琴子と会うってことは、そうとう頻繁に通ってるだろ？」

軽口めかして、かまをかけた。知秋が笑った。

「はは、やめろって。たまたまだよ。琴ちゃんも『トレペとか食材を届けるだけ』って言ってたしさ。おれと琴ちゃんの波長がたまたま合ってんの。あ、こういう言いかたしたら、それはそれで妬かれちゃうか？」

「馬鹿」

武瑠も笑おうとした。だが頬が強張り、引き攣った。

その後は、どう会話したのかろくに覚えていない。気づけば知秋はアプリから退室し、武瑠は一人残されていた。

ゆっくりと、片手で顔を覆う。

――琴子が、おれに黙って？

ただでさえ離れつつある妻が、よけい遠く感じられた。おれがいつも「母や祖母にかまうな」と言うからか？　それとも、もっとほかに理由があるのか？

己の思いに沈みかけ、はっとした。

――いや、待てよ。

知秋はなぜ、あそこで急に琴子の名を出した？　ほんとうに口を滑らせただけか？　妙にタイミングがよくなかったか？

――話をそらすために、わざと琴子について触れたのでは？

数秒考えこんでから、武瑠は首を振った。

いかん。どうかしている。煮詰まると、誰もかれもあやしく思えてくる。今回は身内が絡む事件のせいか、格別だ。早くも心が疲れている。

第三の事件は、いまだ起こっていない。

二十一年前の尋也は、第二と第三の犯行に約四箇月の間をあけた。しかし模倣犯がやつなりの理屈で、いつどこを〝修正〟するかは誰にもわからない。

武瑠は膝を小刻みに揺すった。その後何十分も、同じ姿勢で揺すりつづけた。

6

願示に電話したのは、午後九時過ぎのことだ。

武瑠は、今日得た情報を報告した。元図書委員の茂田井、砂村ありさの恋人だった風間、そして知秋と話した内容を、ざっと要約して告げる。

「よくやってくれた。さすがは聞き込みのプロだな」

ねぎらうように願示が言った。

「とくにチーちゃんから、いろいろ引きだせたのはありがたい。琴ちゃんが尋也の部屋に出入りした可能性も浮上した。彼女にしてみたら、あの日記は二重に気持ち悪かっただろう。殺人の記録であり、同時に彼女への歪んだラブレターでもある」

「よせよ。琴子がもし部屋に出入りしたって、あの日記を読んだとは限らない」

　武瑠はさえぎった。

「それに、あいつが模倣犯に加担するいわれなぞない。なぜ自分に似た女性たちを、琴子があえて殺させるんだ？　そんなのおかしいだろ」

「ああ、普通ならおかしい。だが琴ちゃんには昔、自傷癖があった」

　願示の言葉に、武瑠はぎくりとした。

　ひどい言いぐさだと思った。失礼だぞ、と抗議するか迷った。だが、結局はやめた。ポーカーフェイスも限界を迎えつつある。

「なあ、タケル」

　願示が言った。奇妙なほど静かな声だ。

「……おれたち一族は、どうかしてると思わないか。全員がどこか病んでいる。おれたちの親父も、母親も、尋也も、琴ちゃんもだ。一番明るく見えるチーちゃんだって、例外じゃない。みんなどこかしら歪んでいる」

「それは——おまえも、という意味か」

　武瑠は喉から声を押しだした。

「ああ」願示が同意する。

「むろん、おれもだ。……おれは小学生の頃から、大人びた子だと言われてきた。だが、違う。大人になるしかなかっただけだ。すべて仮面だ。演技だよ。いい子でいないと、家にも学校にも居場所がなかった」

　願示の口調はうつろだった。

「本来のおれは、もっと尋也と似ていたはずだ。しかし、環境が許さなかった。……過干渉でヒステリックな母。仕事に逃げこみ、ろくに帰ってこない父。父の不在を、母はおれで埋めあわせようとした。おれは母にとって息子であり、疑似夫でもあったんだ。不気味な家庭だよな」

「おまえが……」

喉に絡んだ痰を切り、武瑠は問うた。

「おまえが夏休みを魚喰で過ごすことは、叔父さんの希望だったんだよな？　ガンジ」

「ああ。母に押しきったのは父だ。父は、おれがパンク寸前なのを気づいていた。だが表立って、母の矢面に立ってくれはしなかった」

願示がくぐもった声で言う。

「でも夏の間だけでも、母から離れられるのはありがたかったよ。おれは、母が哀れだった。母の望むとおりにしてやりたかった。それでもたまに、どうしようもなく息が詰まった。夏の間にひと息つくことで、おれはまた秋に、理想の息子に戻れたんだ。たぶん母だって、それを勘付いていたはずだ」

彼は言葉を切り、

「おまえだってそうじゃないか？　タケル」

と問うた。

「おまえだって自分の母親を守るため、仮面をかぶっていたよな？　あの頃のおまえは、お調子者を演じていた。夏しか会わないおれでもわかったよ。陽気な仮面は、本来のおまえじゃない。ほんとうのおまえは……」

「やめろ」

武瑠は鋭く言った。

「やめろ。もうたくさんだ。――ともかく、琴子は関係ない。それにおれは、あの日記ほど、ヒロが琴子に恋していたとは思っちゃいない」

武瑠は断言した。

「どういう意味だ」

「意味？　そのままだよ。ヒロは確かに、琴子に好意を抱いていたさ。だが、ごく淡い想いだったはずだ。おれはおまえよりもヒロを知っている。あの日記は大げさだ。あんなふうにヒロが書いたのは、ガンジ、おまえへの対抗心ゆえじゃないのか？」

語調に、われながら悪意が滲んだ。

「誰が見たって、琴子はおまえを好きだったからな」

「はあ？　おれを？」

はは、と小馬鹿にしたように願示が笑う。

武瑠はかっとなった。「なにがおかしい！」

「おい、落ちつけよ。言い争いはやめだ」

願示が諫めた。

「琴ちゃんを疑うような言いかたをしたのは、確かに悪かった。だがな、できるだけフラットに考えたいんだ。誰も除外することなく、先入観なしにすべての可能性を考慮したい。おれたちは、つづく犯行をなんとしても止めなきゃならない。これ以上の被害者は、絶対に出してはならないんだ」

「それは……。そんなことは、わかってる」

感情を押しころし、武瑠は首肯した。怒鳴ったことが恥ずかしかった。

「おまえに言われなくても、承知している」

「だよな。それならいい」

なだめる願示の声が、しらじらしく響く。

呼吸をおさめ、武瑠はつづけた。

「それより……おれが気になっていたのは、〝なぜいまになって?〟だ。なぜ模倣犯は二十一年ものときを経て、ヒロの犯行を再現しはじめた?」

もし同一犯なら、服役、入院、または外国に行っていた等で説明はつく。しかし模倣犯となれば、話はべつだ。

「おれは、十五年以上刑事をやってきた。経験上、人間ってのはそう簡単に他人を殺せるもんじゃない。酒や薬による酩酊、頭に血がのぼっての衝動的な殺人、過剰防衛などを除けば、本能的に殺しを忌避するようにできている。人殺しという心理的ハードルを越えるには、そうとうに強い〝引き金〟が必要なんだ」

「引き金か。別名〝ストレス要因〟ってやつだな」

「それだ。離婚や失職、身内の死、等々。環境の変化にともなう多大なストレスは、殺意を爆発させるきっかけになり得る」

言いながら、武瑠は頭の片側で考えていた。

弟の犯行手記にコピーがあったと知ることも、充分なストレス要因だ、と。

——さらに願示は、離婚を経験している。

息子の琥太郎とも不仲らしい。フリーライターという立場上、コロナ禍でダメージも受けただろう。祖母の家でコピーを見つけたのが最近なら、犯行にいたる時間軸に大きな矛盾はない。

——マル害たちの〝原型〟たる女性は、こずえさんなのでは?

あの日記の〝あのひと〟が琴子だと、武瑠は思えなくなっていた。しかし口には出さず、頭で用意した言葉をつづける。

「だからまず探すべきは、祖母の家に出入りできる者。その人物と接触可能な者。かつ一、二年以内に重篤なストレスを負った者だ」

「だな。その線でいこう」

願示がすんなり同意し、

「ところで明日か明後日、また会えないか。見てほしいものがある」と言った。

「見てほしいもの？　なんだ」

「口で説明するより、見てもらったほうが早い」

いいから言え、とうながしても願示はかたくなだった。約束を取りつけ、武瑠は通話を切った。

7

翌朝起きると、留守電のメッセージが入っていた。風間からだ。

「とっくに解決した話ではありますが……。とばっちりというと、これしか思い浮かびません。一応お伝えしておきます」

去年の秋のことです――と彼女は切りだした。

「ありさのトラブルじゃなく、わたしの身に起こったことです。殴られそうになっている女の子を駅で見かけて、咄嗟にかばったんです。軽傷ですが、怪我を負ったため警察沙汰になりました。でも向こうも将来がある身ですし、示談で済ませたんです。その示談の場に、ありさに付いてきてもらいました。……相手はなぜか、わたしじゃなく、ありさをずっと睨んでいた。理由はわかりません。でもなんとなく気になって、いまだに覚えているんです。以上です」

メッセージが途切れた。

武瑠は風間の番号にかけなおした。さいわい風間はまだ家にいたようで、三コールで応答してくれた。

「示談になさったという、相手の名前を知りたいのですが」

「ちょっと、いますぐは思いだせません」風間は答えた。「示談書は実家に保管してあるもので」

「では、ご実家に連絡していただけませんか？　むろん現物でなくてかまいません。データやFAXで結構です」

「いいですけど、親も働いていますし、今日じゅうは無理かも」

「明日で結構です。ありがとうございます」

武瑠が言い終えぬうち、通話はすげなく切れた。


すこし休んでから、武瑠は図書館へ向かった。

読みたい本があったのだ。ファイルにもあったルポ本、『三鷹市女性連続殺人事件——なぜ彼女たちは狙われたのか——』である。願示がコピーした箇所だけでなく、全文を読んでみたかった。

検索用端末によれば、目当ての本は『一般‐社会病理』の棚に分類されていた。館内で読むと決め、席を探す。

カードを作るのが面倒だったせいもあるが、貸出履歴を残したくなかった。陽が射しこむテーブルで、武瑠はページをめくった。

十数ページ読んだだけで引きこまれた。

気づけば、本の世界に完全に没頭していた。

〝リッパーは孤独な男だろう〟

著者は繰りかえし、そう書いていた。

〝孤独な生い立ちで現在も独身。かつ独居に違いない〟

そう考える理由として、彼は三鷹リッパーが被害者のまぶたを切除した件に触れていた。

〝情報が事実ならば、切除は「目を閉じるな」「おれを見ろ」という意味だろう〟

〝犯人は、被害者に見られたかった。無視されたくなかった〟

〝日本の殺人者の多くはウェットで、被害者の顔をタオルで覆うなどして目を厭う。だがリッパーは逆だった。視線を渇望していた。ふだんは誰にもかえりみられぬ男だから……と考えるのは、下衆の勘繰りに過ぎるだろうか〟

武瑠は何度か、視線恐怖症の若者を取調べたことがある。

彼らはシャイで、臆病で、大半が孤独だ。そして一様に自罰的だった。

――三鷹リッパーは、逆だ。ひどく他罰的だ。

やつは孤独を攻撃性に転じさせたのか。視線を恐れながら飢えていたのか。誰にも見られぬことに怒り、その怒りを鬱々と溜めたというのか。

武瑠はさらにページを繰った。

〝リッパーの被害者は、三人とも似ていた。顔立ちだけが、だ。これもまた珍しいケースと言える〟

〝通常の性犯罪者は、小柄で非力な女性を狙う。一方こだわりの強い犯罪者は、特定の年齢層、特定の体形のみを狙う〟

〝その点、リッパーの被害者たちは、顔は似ていても体格が違った。第一の被害者は身長一五五センチで華奢だったが、第三の被害者は一六三センチで筋肉質だった。顔のみに、好みが集中していた〟

三鷹リッパーはまぶただけでなく、上唇と耳たぶも切除している。この点について、著者はこう記述する。

〝上唇と耳たぶ。女性が艶やかな紅を塗り、ピアスやイヤリングで装う部位だ〟

〝やはり女性の顔――美しく装った顔への憎悪を感じさせる〟

武瑠は、かるい吐き気を覚えた。

しかし席を立つ気は起きなかった。読むのをやめられない。

著者は、心理学博士ジョエル・ノリスの言葉を何度か引用していた。

〝ノリスは言う。「連続殺人は予防できる病気」だと。シリアルキラーの多くに共通する要素は、怪我などによる脳の損傷、薬物乱用や栄養失調からなる人体科学のアンバランス等々だ。これらはすべて疾患、つまり病気と言える。ゆえに早期発見で治療できれば殺人は防げる、というのが彼の主張である〟

館内では、学生たちが何人か勉強していた。

みな、無邪気な顔つきに見えた。陽光で頬の産毛が白く光っている。

〝連続殺人犯はたいてい空想家で、その空想は破壊性と暴力に満ちている。連続レイプ犯も同様だ。彼らは怒っており、憎んでいる。他人を、異性を、社会を、世界を憎んでいる。もしかしたら自分自身をも〟

武瑠は読みつづけた。

残りのページ数がすくない。

〝彼らは被害者意識が強く、反省心に乏しく、攻撃欲と性欲の境界があいまいだ。そして、つねに欠落感を抱いている。その欠落感を殺人で――他人への支配行為で補おうとする。その規模がちいさければ、悪質なクレーマーになる。すこし拡大すれば、モラハラやDVをはたらく家庭内暴君になる。さらに膨れあがれば、マスマーダラーやシリアルキラーになる〟

〝その心理は間違いなく異常であり、病気というならば確かに病気だろう。しかし治療や予防が可能な病かは、まだなんとも断言できない〟

8

帰宅した途端、どっと疲労が襲った。

精神的疲労と、松葉づえで長時間移動した疲労の両方だ。昼寝がしたかった。しかし寝室に入った途端、嘲笑うかのようにスマートフォンが鳴った。

母からの電話だった。

「聞いてよ武瑠。また三鷹がきゃんきゃん苦情を言ってくるのよ」

「三鷹の叔母さんから？　そんなの適当に流して切れよ」

「翠さんじゃなくて、創二さんのほうよ。『母さんにかまうな』とか、わけのわからないことを言って一方的に責めてくるの。あの人、年々おかしくなるわねえ」

その後も母の繰り言はつづいた。

祖母への愚痴。翠への不満。パート先の上司の悪口。同僚の噂話。近所のゴミ捨て場で起こったトラブル……。

ねちねちと聞かされるうち、次第にこめかみが痛んできた。

「わかったわかった」「大変だね」「適当にやんなよ」相槌を打ちながらも、気づけば眉毛を数本抜いていた。

たっぷり一時間近く付き合わされ、ようやく電話を切ったときは疲労困憊していた。ヘッドボードにぐったりもたれ、目を閉じる。こめかみの疼きが止むのを待つ。

人心地が付いたところで、スマートフォンをポケットにしまい、階下におりた。

「あれ、帰ってたの？」

琴子がソファに座ったまま顔を上げる。

「やだ、気がつかなかった。声かけてよ」

「ちょっと休みたくて、まっすぐ上に行ったんだ。でも電話が……」

武瑠は言葉を切った。琴子が、まじまじと彼を見つめている。

しかし「なんだ？」と問う前に、

「──抜いたんだ？」

琴子が己の右眉を指した。

反射的に、武瑠は同じ箇所に手をやった。確かに、眉じりに毛がない。指さきになにも当たらない。母の愚痴を聞きながら、無意識のうちに抜きすぎたらしい。

「あ、いや、これは……」

「あなた、飲んでるの？」

武瑠は息を呑んだ。

つい先日の、カラオケボックスでの記憶がよみがえった。アイスコーヒーに傾けられたスキットル。ブランディの芳醇な香り。ひさしぶりに味わった、けだるい酩酊感。

「飲んで、ない」

答えた語尾がかすれた。

そう、いまは飲んでいない。だが禁酒の誓いを破ったことは確かだった。妻に隠れて酒を飲んだ。その事実が、胸を薄暗くふさいでしまう。

「ほんとうに？　でも、わたしになにか隠してるよね」

「隠してない」

「嘘」

「嘘じゃないよ。しつこいな。きみこそ――きみこそ、おれに黙って、ばあちゃんの家に通っていただろう」

「えっ」琴子が目を見張った。

「どうして黙っていた。なぜおれに一言ことわらなかったんだ」

「だ、だって」

目に見えて、琴子の眼が泳ぐ。

「だっておばあさんは、買い物できる足がないし。あなたもチーちゃんも、仕事で忙しいじゃない。それにいちいち報告するほど、たいしたことはしてないの。ただ、うちの買い物のついでに」

「なにもするなと言ったはずだ！」

怒声が狭いリビングに響いた。

室内にしん、と静寂が落ちる。息詰まるような沈黙だった。

「……ごめんなさい」

琴子が声を落とす。

慌てて武瑠は首を振った。

「いや――いや、違うんだ。おれこそ、ごめん」

「ごめんなさい」

「謝らないでくれ。おれが悪かった。母さんの電話のせいで、苛々して……。ほんとうに、すまない」

「あなたは悪くない。それに、違うの」

彼女の語尾は震えていた。

「琴子」

「さっきのはべつに、責めたわけじゃない。あなたはいつもお仕事が大変だったし、休職中だし……。い、一杯くらい飲んだって、たいしたことじゃないよね」

ぎこちなく頬を歪め、琴子は微笑んだ。

「そうだ、今夜は一緒に飲みましょう。二人で一杯ずつ晩酌するの。酒は薬、とも言うもんね。たまになら、そんな悪いことは――」

「琴子、すまない」

ほんとうにすまない――。言うが早いか、武瑠はリビングを飛びだした。

沓脱まで駆ける。左足にスニーカーをつっかけ、そのまま外へ駆けだす。

自分への怒りで、じっとしていられなかった。自己嫌悪と後悔が押し寄せる。無我夢中で走った。

われに返ったのは、たっぷり数分後だった。

道を行く通行人の視線に気づく。娘と手を繋いだ若い母親や、散歩中らしい老人が、武瑠を遠巻きに眺めている。

そのときはじめて、松葉づえを忘れた、と武瑠は気づいた。

ギプスのヒールで地面を蹴りながら一心に走る中年男は、さぞ異様だったに違いない。羞恥で頬が火照った。

武瑠は逃げるように、すぐ横のコンビニへ入った。

さいわい客はいなかった。若い店員だけが、黙々とショウケースのホットスナックを入れ替えている。

音をたてぬよう、武瑠はヒールで床を蹴って進んだ。ハーフパンツの尻ポケットを探る。紙の感触が指に当たった。折りたたんだ千円札だ。

足は、自然と奥のドリンクコーナーに向かった。

烏龍茶を、と理性は命じた。しかし足は、ソフトドリンクの棚を素通りした。

気づけば武瑠は、ガラス越しにアルコールのロング缶を眺めていた。

レモンやグレープフルーツのイラストが入った缶だ。だが横の〝9%〟〝13%〟の文字で、ジュースではないとわかる。

扉を開け、武瑠は〝9%〟と描かれたロング缶を抜いた。

レジで支払い、イートインスペースへ向かう。

横目で店員をうかがいつつ、プルタブを引いた。ぐっと呷る。

一口目、二口目は「なんだ」と思った。なんだ。確かにアルコールの匂いはするが、ほとんどジュースじゃないか。たわいないもんだ、と。

口当たりがいいせいか、ぐいぐいいけた。武瑠は立ちあがり、空き缶を店内のゴミ箱に捨てた。

二缶目は〝13%〟を選んだ。レジで「店内の飲酒はご遠慮ください」と注意されるだろうかと身がまえた。しかし店員はなにも言わなかった。ただ商品のバーコードを読み、すんなり武瑠をイートインへ通した。

二本目も、ひどく飲みやすかった。甘いフルーツの味とともに、苦い悔恨が胃に落ちていく。

――いかん。止まらない。

先日のブランディ入りアイスコーヒーの酩酊感を、体が覚えていた。全細胞がアルコールを歓迎していた。歓喜している。

琴子にあんなふうに謝らせた己に、吐き気がした。「晩酌しましょう」などと心にもないことを言わせ、機嫌を取らせた自分に虫唾が走った。

かつて琴子は言った。不機嫌な人が怖い、と。たとえ怒りの矛先が自分でなくても、怖い。わたしがなんとかせねば、と思ってしまう。怒りや不機嫌それ自体より、己の強迫観念のほうが怖い――と。

――その琴子に、お追従を言わせてしまった。

後悔。羞恥。自己嫌悪。押し寄せる黒い感情を、甘ったるい酒があえなく溶かしていく。代わりに身を包むのは、心地よいふわふわした酔いと多幸感だ。

武瑠は結局、その店で四本の缶を空けた。

もっと飲みたかった。しかし、所持金が尽きた。

武瑠はスマホ決済を契約していない。今後もする気はなかった。自分で自分が信用できないからだ。信用など、できるはずがない。

――現に、このざまなんだからな。

彼は立ちあがり、ゴミ箱に空き缶を放った。外へ出る。投げ捨てた四本目にも、やはり〝13%〟の文字があった。

世界は夕方になりかけていた。空の端が夕焼けで赤らみ、雲の下半分を桃と橙のまだらに染めている。あと二時間もすれば、すべてが夜の漆黒に呑まれるだろう。

武瑠はヒールでタイルを蹴り、店外灰皿の横に立った。

スマートフォンを取りだす。呼びだしたのは、願示の番号だった。通話ボタンをタップする。

数回のコール音のあと、従兄の声が鼓膜を打った。

「タケル？　どうした」

「飲んでる」

短く言い、外壁に肩でもたれた。

「琴子と喧嘩して、逃げてきた。コンビニで自棄酒《やけざけ》だ。……われながら情けないよ。最悪だ。いい歳して、おれはなにをやってんだろうな」

「おいおい。おれに電話してる場合じゃないだろ。早く帰れよ」

「おまえこそ帰れ」

武瑠は喉で笑った。

「東京に帰れよ。そして、琥太郎と会ってやれ。……なんだかんだ言っても、あいつには父親が必要だ。おれのようになる前に、家族を取りもどせ」

「おれのようになる前に、だと？」

願示の口調に皮肉が滲む。

「こっちの台詞だ。タケル、おまえこそ引きかえせ。おれの二の舞になるな。おまえはまだ、全然駄目になんかなっちゃいない」

「はは、わかったようなこと言うなよ。なにも知らないくせに」

武瑠は虚空に向かって手を振った。

「おれはな、とっくに駄目なんだ。ガンジ、今回おれが休職したのは、足の捻挫だけが理由じゃない」

おれは三箇月前に、とっくに駄目になっていたんだ——。

乾いた声が洩れた。

願示は答えない。だが耳を傾けていることは気配でわかった。

「三箇月前、おれは琴子とひどい夫婦喧嘩をした。あいつを失いかけた。絶望し、職場でおかしくなった。しかも上司の前でだ。わかるか？　上司の前で、おれは錯乱したんだ」

独り言のように、武瑠は言葉を継いだ。

「あり得ない失態だ。一週間の有給休暇で済んだのが、いまでも信じられん」

片眉を失った己を鏡で認めたのは、約一年前のことだ。

酒を断たねば、と思った。その瞬間にようやく決心できた。琴子に黙って、心療内科にも通いはじめた。

「医者は言ったよ。眉を抜くのも、過度な飲酒も、すべて自傷行為だと。『あなたは自分を痛めつけるために、酒を飲んでいるんだ』――とな」

酒をやめたことでの弊害は、いくつかあった。

中でも一番きつかったのが不眠だ。飲まなければ、武瑠は寝付けない体質になっていた。

「医者は眠剤を処方してくれた。しかしその薬には、副作用があった。悪夢だ。……おれは、親父の夢を見るようになった」

夢の中の父は、いつも後ろ姿だ。

だが背中しか見えなくとも、「笑っている」と武瑠にはわかった。自分と同じところまで堕ちた息子を、父は嘲笑っていた。

「眠れても地獄、眠れなくても地獄だった。だとしても、ベッドに入らないわけにいかなかった。そして三箇月前、おれはついに琴子に言われた。『あなたが隠れて飲んでいたのは知ってる。でもいまはお酒じゃなく、薬を飲んでいるよね？』と」

さらに琴子は言った。

なにも話してくれないなら、夫婦でいる意味がない。じつは実家から、祖父の介護をしに戻れと言われている。あなたが歩み寄ってくれないなら、実家に帰ることも視野に入れる――と。

「行くな、と言いたかった。『行かないでくれ』の一言でいいと、わかっていた。だが言えなかった。おれは――妻にすがる代わりに、壁を殴った」

寝室の壁には大きな穴があいた。

夫婦間に入った亀裂を、そのまま可視化したような穴だった。

その夜、武瑠は眠剤を規定の三倍飲んだ。そして翌朝、なにごともないふりで出勤した。

「体は目覚めていた。だが意識は、そうじゃなかったんだ。おれは県警本部の廊下の突きあたりに、父の姿を見た。父は……やはり後ろ姿だった。背中を見せたまま、窓の外を指していた。その人差し指は、居酒屋の看板に向いていた」

飲め、と親父は嘲笑った。

おまえに断酒などできやしない。女房などかまうな。さっさと行って、好きな酒を好きなだけ飲むがいい――と。

その場には、平係長がいた。

刑事部のフロアでなかったのが唯一の救いだ。武瑠が絶叫し、取り乱すところを見たのは、係長を含む数人の署員だけだった。

武瑠は翌日から、一週間の有給休暇を取らされた。

「選択の余地はなかった。おれはさからわず、有休を取った。寝室の穴は、管理会社に申告して修繕させた。……だが、おれと琴子は、別べつに眠るようになった。その日以降、一日たりとも一緒に眠っていない」

武瑠は額の汗を拭った。

「琴子は結局、実家に戻らなかった。うやむやにしているうち、琴子の祖父は死んだ。あいつはそのことで自分を責めている。おれを見捨てて実家に帰るべきだったと、いまも悔やんでいるんだ」

「タケル」

願示がさえぎった。

「それは、琴ちゃん自身の言葉か？　違うだろう。おまえがそう思い込んでいるだけじゃないのか？　面と向かってしっかり話し合ったのか」

「話し合ったところで、どうせ琴子は本心を言いやしないさ」

武瑠は唇を歪めた。

そう、琴子は言うまい。あいつはすべてを抱えこむ女だ。背負った荷物を下ろせない性格だ。実家も、武瑠も、人生のお荷物だとわかっていて捨てられない。そうあるべきだ、そうあれかしと彼女は育てられた。

「タケル、おいタケル……」

願示の声が耳もとでつづいている。だが、武瑠は返事をしなかった。

無言で通話を切った。

スマートフォンをポケットに突っ込む。飲みたい、と思った。もっと酒がほしい。飲みたい。

しかし所持金がなかった。

武瑠はふらりと歩きだした。

アスファルトを、ギプスのヒールで蹴って進む。もう通行人の目は気にならなかった。見るなら好きに見ろ、と思った。

——結果的に、あそこで休暇を取ったのは正解だった。

休むことで冷静になり、己の弱さを認められた。医者に悪夢を訴え、薬を変えてもらうこともできた。

ただでさえ警察官は、平均より寿命が短い。犯罪者相手の切った張ったでなく、大半は過労死だ。職務中の蜘蛛膜下出血や、心筋梗塞での死も多い。

――あのとき休まなかったら、そのうちの一人になっていただろう。

「ただいま」

アパートの扉を押し、声をかける。それで精いっぱいだった。

琴子の返事は待たず、階段をのぼって寝室へ向かう。ハーフパンツからスマートフォンを抜く。

メーラーと通話アプリに、それぞれ着信の報せがあった。

いつの間に、と武瑠は画面をタップした。自分の思いに沈んでいたせいか、雑踏のざわめきのせいか、着信音にまるで気づかなかった。

まずはメーラーから確認した。風間からだ。例の示談書のＰＤＦデータが添付されていた。迷わずひらく。

その刹那、武瑠の酔いは吹っ飛んだ。

示談書の署名欄のせいだ。殴り書きの署名は、よく知っている名だった。乱暴な幼い筆跡と、保護者のかぼそい筆跡が並んでいる。

――乃木琥太郎。乃木こずえ。

震える手で、武瑠はアプリを切り替えた。『留守電メッセージを再生する』を選択し、耳に当てる。

臼原の隣接署、浦辺《うらべ》署からの留守電であった。

本日付けで乃木琥太郎を逮捕、勾留した。身元引受人にあなたが指定されたので、引き取りに来てほしい――とのメッセージであった。

第四章

1

フリーダとグレタは「鏡映し」の双子だった。

一方が左手を上げれば、もう一人は右手を上げた。一方が髪の毛を左向きに巻けば、もう一人は右向きに巻いた。

片方が右手にブレスレットを着ければ、もう片方は左手に着けた。一人が右の靴紐をなくせば、もう一人は左の靴から紐をはずした。

あるとき二人は同じ色のコートを買った。しかしボタンの色だけが違った。彼女たちはボタンを半分ずつ付け替え、そっくり同じにした。色違いの手袋をもらったときは、片方を取り替えて使った。

フリーダとグレタは記者に「わたしたちはまったく同じことを考えている。お互いの思考が正確にわかるし、つねにお互いを把握している」と語った。

2

二〇〇一年　七月三日（月）　晴天

昨夜、ぼくは三人目を殺した。

いままでで一番スムーズにやれた。回数をこなすほど、うまくなっていると感じる。熟練してきた、と言うべきか。

前の犯行から、また間があいてしまった。しかし今回は怖気づいたのではない。万全を期したからだ。最初から最後まで、きっちり計画を立てた。

今回の殺しは特別だった。

なぜかというと、まず〝第三〟というのが特別だ。数秘術では、三は陽の数字である。才気とか活発さ、順応性、知的好奇心などを意味する。

それに比べ、二は陰の数字である。意味は消極性、繊細さ、板挟みなどだ。

ぼくはたまに思う。もしぼくらが双子ではなく三つ子だったら、なにか違っていたのではと。もう一人という存在、つまり緩衝材を挟むことで、関係は違うものになったかもしれない、と。

駄目だ、こんな仮定は意味がない。話を戻そう。

なぜ第三の殺しが重要だったか。

最大の理由は、被害者が知人である、ということだ。

一番目と二番目のような、駅で目を付けただけの女ではない。もしかしたら、ぼくのもとに捜査の手が及ぶこともあり得る。確率は高くないが、もしやと思える程度には接点のある相手なのだ。

でも、全部あのひとが悪い。

あのひとのせいで、ぼくは東京に戻った。戻らなければ第三の被害者と出会うこともなかった。第一、第二の被害者ともだ。だからすべての真犯人は、ぼくでなくあのひとだと言えよう。

ぼくは以前から不思議だった。なぜ殺人事件は、〝手をくだしたやつ〟だけ犯人にするんだろう？

もちろん教唆という罪はすでにある。しかしそれだけじゃなく、殺人にいたるまでのきっかけを作ったやつとか、動機の大もとになったやつとか、そういう輩だって、犯人の一人にカウントしていいのではないか。そういうふうに法律を変えるべきなんじゃないだろうか。

もし法律がぼくの望みどおりに変わったら。

そしたらぼくとあのひとは、一緒に逮捕される。一緒に起訴され、一緒に裁判の被告人席に立つ。

考えるだけでうっとりする。一蓮托生というやつだ。いや、運命共同体のほうがふさわしいか。ぼくらはともに裁かれ、同じ量刑を受ける。

異性だから同じ刑務所（拘置所？）には行けないだろうけれど、そこはべつにかまわない。大事なのは、繫がっていることだ。離れていても繫がっている。そこがもっとも肝心な点だ。

ぼくが生きているうちに、法改正されることはまずあり得ない。しかし、想像するだけで楽しい。

いつか誰かが、ぼくの本を書いてくれたらいいと思う。ぼくの犯行をまとめた一冊を出版してくれたらいい。そしたらその本は、ぼくとあのひとの結晶だ。愛の結晶と言うのはおこがましいが、ひとつの結実とは言えるだろう。

……いけない。また脱線した。話を戻そう。

昨夜、ぼくは三人目を殺した。

前述のとおり、いままでで一番スムーズにやれた。

ぼくは三人目の被害者を、いつもどおり車でさらった。すこしばかり抵抗されたが、予想の範囲内だった。ぼくは、かねて用意の結束バンドで
（以下三十六行、黒塗りにて抹消）

3

「おかえりなさい。コタちゃん、どうだった？」

武瑠が帰宅した途端、琴子は腰を浮かせて問うた。

合わせた目に、お互い気まずさはない。それどころではなかった。浦辺署からの連絡で、すべてが吹っ飛んでしまった。

「大丈夫だ」

武瑠は松葉づえを靴箱に立てかけた。

「東京まで琥太郎を送って、こずえさんに引きわたしてきたよ。先方は、被害届を出すつもりはないらしい。……今日のところは大丈夫だ」

リビングに入り、ソファに腰をおろす。松葉づえを握りつづけて疲れた手を、肘掛けに置いて休ませる。

時計の針は、午後十時をまわっていた。

浦辺署に駆けつけ、琥太郎を引きとり、電車で東京まで送り――と、ばたばた走りまわったせ

いで、こんな時刻になってしまった。

「浦辺署の少年課に、知り合いがいなくてよかったよ。おれが警察官だとバレないうちに、平身低頭して琥太郎を引きとってきた。『伯父さんですか、お父さんじゃなく？』と何度も訊かれたよ」

「それにしても、コタちゃんが女の子を殴るなんて……」

琴子が斜め向かいに腰をおろす。

「相手は、SNSで知り合った子らしい。あいつが言ってた『千葉の友達』だ」

吐息とともに武瑠は答えた。

デンタルリンスとミントガムのおかげで、呼気からアルコールは消えている。酔いも完全に覚めた。いまはこめかみに、鈍い痛みが居座っているだけだ。

「厄介なのは、初犯じゃなかったことだ。過去にも埼玉と千葉で、琥太郎は同じような揉めごとを起こしていた」

「そんな。どうして」

琴子が青ざめる。

「琥太郎はSNSを通し、『前世でぼくと双子だった人、連絡ください』と発信していた。動画の閲覧履歴はオカルト系や陰謀論ばかりだった。浦辺署員いわく、あいつは『前世での片割れだ』と思いこんだ相手に執着する常習犯だそうだ。べったりと甘えて頼って、すこしでも拒否されたら暴れる――。その繰りかえしだった」

「前世での片割れ、って……」

琴子が絶句する。武瑠は汗で湿った髪を掻きあげた。

「まあともかく、琥太郎はいま自宅で休んでるよ。こずえさんともすこし話せた。はじめて知ったことだが……琥太郎は、バニシングツインだったらしい」

「バニシングツイン」

琴子が低く繰りかえした。

「つまり、受精してしばらくは双子だった、ってことね」

「そうだ。さすが、よく知ってるな」

「以前校正した作品に出てきたの。こずえさんのお腹の中で片方が亡くなって、一人だけの赤ちゃんになったのね。亡くなったほうは母体に吸収されて、可哀想だけど消えてしまった」

「ああ。顧示はその事実を、何度か琥太郎に話していた。『ほんとうはおまえも、おれと同じく双子だったんだぞ』とな。小六までは、とくになんとも思っていなかったらしい。しかし『悪夢を見るようになってから、雲行きが変わった』と本人は言っている。赤い穴倉の夢だそうだ」

「赤い、穴？」

琴子が眉根を寄せる。

「なんなの？　それは」

「おれもよくわからん」武瑠は答えた。

しかし半分は嘘だった。〝赤い穴倉〟は、尋也の日記でも見たフレーズだ。

尋也はこう書いていた。〝あんなやつに、だいそれたことはできやしない。度胸がないし、赤い穴倉に入れられたこともない〟と。

「琥太郎は『穴倉にいる夢をいつも見る。赤い穴だ。おれ視点の夢じゃない。誰かの視点なんだってことしかわからない』と主張している。ともあれ、あいつがオカルトに傾倒しだしたのはそれ以後だ」

琥太郎はその悪夢を、本来ならいたはずの双子のきょうだいの視点だと思いこんだ。そうでなければ、あれほど同調《シンクロ》するはずがないと。

中学生になってスマホを手に入れてからは、ＳＮＳで『前世の片割れ』を探した。今生では引き裂かれても、前世や来世は別だと彼は信じていた。

「最初のトラブルは、去年の秋だった。琥太郎は一つ上の女の子とＳＮＳで知り合い、リアルでも会うようになった。だが彼女は琥太郎を〝重い〟と感じ、徐々に返事をしなくなった。怒った琥太郎は彼女を駅で待ち伏せ、殴りかかった。そして、止めに入った女性に怪我をさせた」

この女性が風間である。そして示談の場には、砂村ありさが同行した。

「警察沙汰になったことで、こずえさんははじめて息子の所業を知った。仰天し、琥太郎を叱った。女性とは早々に示談を成立させた。そして自分の目の前で、ＳＮＳをアプリごと削除させた」

「でも、それでは終わらなかったのね？」

「そうだ。女手ひとつで息子を養っていたこずえさんは、忙しかった。ＳＮＳにも詳しくなかった。それをいいことに琥太郎は、こっそりＳＮＳアプリを再インストールした。YouTubeではオカルト系の動画をあさり、さらに偏った考えにハマっていった」

──風間の『向こうも将来がある身ですし』との言葉の意味が、やっとわかった。

武瑠は指で眉間を押さえた。

相手が中学生なら、そう言わざるを得なかったろう。そして琥太郎が風間でなく、砂村ありさを睨んだ理由もわかった。

──琥太郎は砂村ありさに、己の母親を見たのだ。

数年ぶりに会うこずえは、やつれて老けていた。だがやはり一連の被害者たちに似ていた。爪は両手とも、ぎりぎりまで短く嚙まれていた。

「こんなことに巻きこんですみません」「あの子ったら、なんで武瑠さんを身元引受人になんて」「ほんとうに、ご迷惑ばかりかけて」と謝りどおしだった。

「……こずえさんと、昔のアルバムを眺めてきたよ」

武瑠は言った。

「彼女を落ちつかせたくて、小一時間付き合った。そのせいでこんな時間になっちまった。すまない」

「すまないことなんてない」

琴子が首を横に振る。

「ブルちゃんは正しいことをしたの。謝らないで」

おや、と武瑠は思った。琴子に「ブルちゃん」と呼ばれるのはひさしぶりだ。

「琥太郎の昔の写真を、山ほど見たよ。……あいつは伯父さん似だな。こずえさんの兄貴によく似てる。今日の今日まで、誰似かなんて考えたこともなかった」

「こずえさんのお兄さんね。なんとなく覚えてる。結婚披露宴で見たきりだけど、かっこよかったよね」

「ああ。渋かったよな」

顔を見合わせ、二人はほんのり微笑んだ。声を出して笑うまではいかない。しかし、空気がわずかに緩んだ。

——こずえさんと願示の、結婚当時のアルバムも見てきた。

二十代の願示は、やはり美男子だった。さらにさかのぼったアルバムには、若い頃の創二叔父や翠叔母、そして武瑠の両親も写っていた。

その夫婦は大恋愛の末に結婚したらしい。彼らの家を訪れ、古いアルバムをめくると、頬を寄せあう若い彼らを見ることができた。


まさに、尋也が日記にそう書きのこした写真である。

薄うす察していたとおり、あのくだりは武瑠の両親を指したものらしい。

父の死後、母は数年かけて体重を十五キロほど落とした。しかし尋也が魚喰にいた頃は、七十キロ以上あった。

酒びたりの夫。ストレスで過食に走った妻。当時、武瑠の家庭はひどい有様だった。尋也はその頃の記憶のまま、正直に伯父夫婦を描写したのだ。

犬飼家のアルバムには、尋也の写真も数枚おさまっていた。

三歳までの尋也は、願示とまったく見分けが付かない。そっくりな双子が、必ずひとつのフレームにおさまっていた。しかしそれも三歳で途切れ、十五歳までは願示一人きりの写真が並ぶ。

驚きだったのは、尋也が三鷹に戻った当時の家族写真だ。

——ヒロのやつは、こんな顔だったか?

武瑠はひそかに唸った。叔父がシャッターを押したのか、リビングに翠叔母、願示、尋也が並んだ写真である。

——似ていない双子だと、ずっと思っていたのに。

ぎょっとするほど彼らはそっくりだった。尋也は髪型を整え、シンプルながらも質のいい服を着ていた。願示との相違と言えば、表情がやや硬いくらいだ。

——これなら、入れ替わってもわからないのでは?

はじめて本気でそう思った。

——川で溺死したのは、ほんとうに尋也だったのか？

まさか、と思う。ミステリ小説じゃあるまいし、あり得ない。入れ替わりなど現実には不可能だ。まわりの人間が気づかぬはずがない。

——しかし「双子の弟が死んで以来、ふさぎこむようになった」「どこか陰気になった」程度の変化なら、まわりは自然に受け入れるのではないか。

日記を読む限り、尋也は自分の犯行を楽しみ、誇っていた。そこに反省や自己嫌悪の気配はいっさいなかった。

——犯行を悔いていない者が、はたして自殺などするだろうか？

「お腹すいてるでしょ。かるくお茶漬けでもどう？」

琴子の声がした。

はっと武瑠はわれにかえった。

「あ、ああ……。頼むよ。冷たい梅茶漬けがいいな」

叩いた梅干しを冷や飯にのせ、韓国海苔をちぎって散らし、冷たい出汁と麦茶をかけまわした梅茶漬けは武瑠の好物である。

「わかった。待ってて」

うなずいて立ちあがる琴子を、ぼんやり武瑠は見送った。その視線は、琴子の柔らかそうな上腕に張りついていた。

——そうだ。アルバムを見て思いだしたことが、ひとつある。

尋也は、右の上腕にほくろがあった。

ほくろはメラニンが作る後天的なものだ。たとえ一卵性双生児だろうと、同一の場所にはできづらい。警察が双子を見分けるときは、ほくろ、傷跡、指紋の三点を確認するのがセオリーである。

——次に願示に会ったとき、ほくろの有無を確認しよう。

己に言い聞かせ、武瑠は肘掛けを握った。


梅茶漬けをたいらげ、シャワーを済ませて、武瑠は寝室のベッドに倒れこんだ。

枕の下に手を入れて探る。二冊のファイルを摑んで、引きだした。

「ん……？」

思わず声が洩れる。違和感が背を駆けぬけた。

——待て。おれは上が青、下が赤の順に重ねたはずだぞ？

しかしいま、ファイルは赤を上に重ねてある。

そんなはずはない、と思った。最後に赤いファイルを読んだとき、確かに青いファイルの下へ押しこめた。

武瑠はけっしてまめな男とは言えない。しかしこのファイルは彼にとって、一種の証拠品および捜査書類であった。雑に扱うはずはない。

武瑠はベッドをおりた。ギプスを気づかいながら、階段を下りる。

「おい、琴子」

「なに？」

「ええと……。最近、おれの部屋に入ったか？」

「最近っていつ？」

「ここ二、三日だ。掃除やベッドメイクなんかで、入ったか？」

「入ってないけど……なに？」

「なにってこともないが、じゃあ、客は最近来たか?」

「うちには何人か来たけど、あなたの部屋には出入りしてない。安心して」

琴子が苦笑した。

「来たのはコタちゃんとミチさん、宅配業者、郵便の配達員、チーちゃん。そのくらい」

――チアキが?

武瑠は息を呑んだ。

「あいつ、いつ来たんだ?」

だが平静を装って問う。

「今日よ。あなたがいない間だったから、お茶を一杯飲んですぐ帰ったけど。――ごめんなさい、言っておいたほうがよかった? でもわたしもコタちゃんのことで、ついばたばたして」

「いや、いいんだ」武瑠は手を振った。

「気にしないでくれ。たぶんおれの考えすぎだ。なんでもないよ」

適当にごまかし、寝室へと戻った。ドアを閉め、ふうと息をつく。冷えた汗がうなじに滲んでいた。

――チアキのやつか? それとも、琥太郎か?

おれの部屋をあさった? ファイルを見た? おれの手もとに事件のファイルがあると、あらかじめ知っていたのか?

もしそうなら、なぜだ。なぜファイルの存在を知っていた?

被害妄想だ、と思う。身内を疑うなんて、とも思う。だが黒雲のような疑念が、次から次へと湧いて止まらない。不安と焦燥で胃がざわつく。吐き気がこみあげる。

従甥や実弟を疑う自分が情けなかった。たまらなく嫌気がさした。

これが事件の影響なのか、酒毒による妄想なのか、まるで判断できない。わからない。

低く呻き、武瑠はベッドに倒れこんだ。

4

翌日は約束どおり、願示と待ち合わせた。

彼のフォレスターで向かった先は、三鷹市であった。

三鷹の事件において、第一の被害者は自然公園の一角で発見された。二十三歳の女性が、無残な骸《むくろ》に成りはてていたのだ。夏休み最後の日だった。

フォレスターを指定の駐車場に駐め、二人は公園に入った。道案内の看板に従い、舗装された遊歩道をたどる。

「ガンジ、見せたいものってなんだ?」

「まあ待て」

水飲み場を過ぎ、カタクリ林床を抜けたところで、願示が柵をまたいだ。早足で芝へ踏み入っていく。人目を気にしつつ、武瑠もあとにつづいた。

「ここだ」

願示が足を止めた。

整然と立ち並ぶ椚《くぬぎ》のうち一本を指し、武瑠を振りかえる。

「第一の被害者が発見されたのは、この木の下だ。尋也《ひろや》のノートを見つけて以来、おれは定期的にここに来ている。だから断言できる。あれは、去年まで存在しなかった」

彼の言う〝あれ〟がなにを指すかは、一目でわかった。

ナイフでだろうか、木肌に数字が彫りこまれている。金釘流ながら〝2022.8.31〟と読めた。

今年の八月三十一日だ。

「砂村ありさが、殺された日だな」

つぶやく武瑠の声も、「そうだ」と答えた願示の声もしわがれていた。

彼らはつづいて、第三の遺棄現場へ向かった。

三鷹市と小金井市の境に位置する、緑地保全地域である。

やはり同じような傷が、欅《けやき》の木肌に刻まれていた。こちらは〝2022.8.31〜9.2〜〟と読めた。

「偶然では、あり得ないだろう」

「ああ」

武瑠はうなずいた。さすがに同意するしかなかった。

誰が刻んだかは知らない。だが砂村ありさ殺しと、真山朝香殺しを示唆したサインなのは確かであった。

「第二の遺棄現場は、空き家の敷地内だったよな?」

「そうだ。とっくに取り壊されて、いまは月極駐車場になっている。一応確認したが、異変はなかった。さすがに壁や車に傷は付けられなかったんだな。……この模倣犯は、器物損壊で捕まるほどには壊れちゃいないらしい」

願示は苦笑してから、

「これはやつの、おれへのメッセージだと思う」と言った。

「おまえへの?」

「タケルも言ったとおりさ。尋也の犯行日記は、おれへの反感と対抗心で溢れていた。模倣犯があの日記をもとにするなら、おれの存在は無視できない。今後も変わらず意識しつづけるはずだ」

「まあ、そうかもな」と武瑠はひかえめに認め、

「だが模倣犯の動機はまだ不明だ。ほんとうにヒロとの同一化をはかっているのか、そこも断定できない」

と顎を撫でた。

「最初の動機は憧れや崇拝だったとしても、ヒロの犯行を修正してみせたあたり、妙に不遜だ。〝おれならもっとうまくやれる〟という意思表示とも取れる。いまややつは、ヒロをライバル視しているのかもしれん」

「だとしても、この模倣犯には自我が乏しい」

願示は言い張った。

「二人殺してなお、尋也の犯行をなぞりつづけている。そこにひそむ感情が好意か悪意かはともかく、尋也を特別視しているのは確かだ。だったら〝もう一人の尋也〟であるおれも、やつにとっては特別だ」

武瑠はしばし、従兄の横顔を見つめた。

沈黙ののち、低く問う。

「……ガンジ、おまえは以前、『ヒロの考えがわかる』と言ったな。『おれに人を殺せる度胸はない。失うものが多すぎる』とも。ヒロをトレースできる、シンクロするというなら、おまえにも殺人衝動はあるってことか？　失うものさえなければ、自分にも人は殺せると思うか？」

「それは」

願示は口ごもった。

「それは……わからない。なんとも言えない」

力ない口調だった。武瑠は視線を、願示の右腕へ落とした。

そこにほくろはなかった。

代わりにあったのは傷だった。肉が一部引き攣れ、へこんでいる。なにか鋭いもので抉られ、できた傷跡に見えた。

「……夢を、見るんだ」

願示が呻いた。

武瑠の肩が、ぴくりと跳ねた。

――夢。

武瑠自身が悩まされた悪夢。琥太郎が見たという穴倉の夢――。

「いやな夢だ。あの犯行日記のとおりに、女を殺す夢なんだ。夢の中で、おれは尋也だ。尋也の視点で女を殺す。この手で切り刻む。ひどく生なましくて、細部まであざやかなんだ。臭いや手触りまで感じる。とても、想像の産物とは思えない……」

頬がこまかく痙攣していた。目のまわりの隈が、いっそうどす黒い。

――こいつ。

武瑠は思わず、一歩後ずさった。

――こいつ、まさか、ほんとうにヒロなんじゃ？

願示を川で溺死させ、なり替わったあと、自分を双子の兄だと本気で思いこんだのでは？　もしそうだとしても、いまなら驚かないと思った。疲労で落ちくぼんだ願示の目に、暗い狂気を感じた。

――馬鹿な。おれもそうとう疲れているな。

武瑠は疑念を振りはらい、

「おまえが酒に逃げたのは、そのせいか？」と問うた。

「そうだ」

願示が首肯する。

「情けないよな。……だが、タケル、おまえだってわかるだろう。ぶっ倒れるまで深酒して、夢も見ずに眠りたい気持ちは、おまえも理解できるはずだ」

ああ、と武瑠は思った。ああ、よくわかる。

「確かに、おれは言った。自分に人を殺せる度胸はないと。失うものが多いせいだと。……だがおれだって、本来は〝殺せるやつ〟だったんだろうさ」

願示はポケットに手を入れ、のろのろとスマートフォンを取りだした。

メモ帳アプリを立ちあげる。画面を抑揚なく読みあげる。

「――一九五五年にロンドン大学精神医学研究所に着任したH・J・アイゼンク教授は、著書で〝一方が犯罪者である双子二二五組〟を研究した。その結果、一卵性双生児の犯罪率は二卵性双生児のそれに比べ、約二倍の一致率を示したそうだ」

疲れきった声だった。

「同じくアイゼンク教授の研究によれば、非行少年の双子六七組のうち、一卵性では八五％、二卵性では七五％の一致率。これはどちらも高いが、未成年の頃はたいてい同じ環境にいるから当然だな。また児童の行動異常では、双子一〇七組のうち一卵性では八七％、二卵性では四三％の一致。成人後のアルコール依存症では八二組のうち一卵性が六五％、二卵性が三〇％の一致だったそうだ」

願示は言葉を切り、顔を上げて武瑠を見た。

「……六五％か。生きていれば、尋也もきっと飲んだくれになっただろうよ。おれそっくりの、汚らしい酒飲みにな」

——そうか、こいつのせいだな。

武瑠は確信した。

琥太郎が妙なオカルトにかぶれ、失くした片割れを探しはじめたのは、間違いなく父親の影響だ。あの子が道を誤った遠因は、願示にある。

——おれは、影響されないようにしなくては。

「そのへんにしておけ、ガンジ」

武瑠はぴしゃりと制した。

「何度も言うが、犯罪性は遺伝しない。遺伝子に左右されるのは顔立ちや体格、気質、免疫系などだ。それすら環境や鍛錬で、大きく変わっていく。そういや知ってるか？　人間とバナナの遺伝子は約五〇％が同じらしいぞ。笑えるよな。……遺伝子なんて、しょせんはその程度のもんさ」

そう彼をたしなめながら、武瑠は頭の隅でつぶやいた。

——ここ数日のおれは、心にもないことばかり言っている。

——否定したいのは、ほんとうに願示の言葉か？

——親父とおれの繋がり。親子の遺伝のほうではないのか？

思考と言葉と心がばらばらだ、と感じる。

なにひとつ信用できない。目の前の願示も、琴子も、知秋も、両親も。なにより自分自身を信じられない。

冷えた風が、さやかに木立ちを吹き抜けていった。

5

二人は来た道を戻り、フォレスターに乗って緑地保全地域を離れた。

途中でコンビニに寄ってホットコーヒーを買い、車内で飲んだ。熱く濃いカフェインでひと息ついたところで、

「――例の件、こずえさんから聞いたか？」

ためらいがちに武瑠は切りだした。さすがに琥太郎の件は、言わねばならない。

「こずえがなんだ？　なにかあったか」

願示が武瑠に向きなおる。その反応は、演技ではなさそうだった。

琥太郎の先日の逮捕について、武瑠はかいつまんで話した。そして尋ねた。

「ガンジ、おまえは以前、『あいつの言うことは真に受けないでくれ』と言ったよな。琥太郎がオカルトや陰謀論に傾倒してることは、知っていたのか？」

「……ある程度は、知っていた」

うつむいて、願示は認めた。

「じつを言えば真山朝香が殺された夜、こずえと話しあったのはその件だ。まさか、タケルを身元引受人に指定するとは思わなかった。巻きこんですまない」

「おれのことはいい。それより……」

さらに掘り下げるべきか武瑠は迷った。だが結局は諦め、話題を変えた。

「ガンジ、こっちにも問題が起こったかもしれん。聞いてくれるか」

枕の下のファイルの順番が変わっていたこと、誰かに見られた可能性があることを、淡々と打

ちあける。

　願示は黙って聞いていたが、

「――それこそ、琥太郎の仕業かもな」

　ぽつりと言った。武瑠は目を見張った。

「おい、おまえの実の息子だぞ」

「誰だろうと、容疑者からははずさないと言ったはずだ」

　願示はかぶりを振った。

「それに息子が、精神的な問題を抱えていることは事実だ。風間を怪我させたとき、琥太郎は砂村ありさを睨んでいたんだよな？　同一タイプの女性に対する無差別な敵意。母親に対するアンビヴァレンツ。暴発しやすく、たやすく他害に走る精神状態。そして、ばあちゃんの家に自由に出入りできたこと。……模倣犯の条件に、符合する」

「本気で言ってるのか？　琥太郎はまだ中学生だぞ」

「尋也だって、高校生だった。いまどきの子は発育がいい。中学生も高校生もたいして変わらんさ。琥太郎の身長は、おれとほぼ同じだしな。腕力だって充分だ」

　そこまで言って、ふっと笑う。

「心配するな。べつに琥太郎を犯人と決めたわけじゃない。すべて仮定の話だ。それより、ファイルからページは抜かれていなかったか。きっちり全部揃っていたか？」

「確認したが……、自信はないな」

　武瑠は正直に答えた。

「日記のコピーに抜けはなかった。だが、週刊誌の記事などは不確かだ」

「そうか。まあ一番肝心なのは日記だ。そこが抜かれてないならいいさ」

願示が冷めかけたコーヒーを啜る。

「日記といえば、第三の殺人の日記でヒロはこう書いていたよな。『今回の被害者は知人だ』と」

武瑠は尋ねた。

「被害者の高見紗江は、ほんとうにヒロの知り合いだったのか？」

「ああ。知人と言えば知人だ」

願示が即答した。

「高見紗江は殺される前年に、教育実習生として尋也のクラスを指導した。課外活動などに参加した程度らしいがな。それと、もうひとつ情報がある。彼女は八王子のアパートに一人暮らししていた」

「八王子？」武瑠ははっとした。

「まさか、琴子の実家の近くか」

「最寄りのバス停が同じだったようだ。だから尋也が琴ちゃんを尾けまわす過程で、高見紗江に目を付けたという可能性はある。その彼女が教育実習生として訪れ、運命を感じたのかもしれん」

「運命……」

低く繰りかえしてから、武瑠は言った。

「そういやヒロは日記の中で、やたらに占いがどうこう書いていたな。数秘術だの、四柱推命だのと」

「じいちゃんの影響だろう。じいちゃんは、趣味人を通りこした変人だった。易や手相にも凝っていた。その手の本が、本棚にずらっと並んでたのを覚えてないか？」

「いや、わからんな」

武瑠は首をひねった。祖父の本棚など、ろくに見た記憶がない。とはいえ祖父がカメラだの骨董だのと、いろいろ手を出していたのは確かだ。

「やはり問題は、次の犯行だな。三鷹事件の三人目とヒロには接点があった。模倣犯は、そこも真似る気なのか？　だとしたら誰との接点だ？　模倣犯本人か、それともヒロか。模倣犯自身の知人を狙われたら、まだ容疑者を絞りこめていないおれたちには、犯行を止めるすべがないぞ」

「だよな。急がなきゃいかんが……」

顯示の語尾が消えた。車内に沈黙が落ちる。

ハンドルにかけた従兄の右腕を、武瑠はじっと見つめた。ほくろのない――だが、傷のある腕であった。


帰宅してスマートフォンを確認すると、茂田井からメールが届いていた。添付データのマークが付いている。

件名は『八島武瑠さま』だった。

「八島さま。先日のご訪問以来、ついつい犬飼家に出入りする人を注視するようになってしまいました。わが家族も同様です。

先日、早朝ウォーキング中の母が、犬飼家に入っていく不審な男を目撃しました。添付の画像は、シニア用携帯のカメラで撮ったものです。時刻は午前五時ちょっと過ぎ。客が来る時間帯ではありません。おそらく例の居空きかと思われます。一市民として、情報提供いたします。以上」

武瑠はまじまじと画像を見つめた。

写っているのは、確かに祖母の家だ。枝折戸を押して庭に入る男の姿が、ななめ後方からとらえられている。鮮明な写りだった。

――チアキ。

弟の横顔がそこに写っていた。

なぜだ、と思う。知秋ならば祖母の家にはいつでも入れる。合鍵だって持っている。朝の五時台に、こそこそと裏口から入る必要などない。

――まさか、枕の下のファイルを探ったのもあいつか？

だとしたら、なんのために。

武瑠は片手を上げた。そして、ゆっくりと眉を引き抜いた。


その夜、武瑠は夢を見た。

琴子が双子を産む夢だった。双子は鏡合わせのように向き合い、絶えずしゃべりまくっていた。小鳥のさえずりとしか聞こえぬ声だった。

双子同士にのみ通じる、異国語より不可解な言語であった。

6

翌日、ようやく武瑠のギプスがはずれた。

「足首が固まらないよう、できるだけ運動してください。可動域を意識しながら動かすんですよ。でも、けっして無理はしないで」

と、整形外科医はむずかしい注文を出してきた。

ギプスがはずれたことを係長に報告するか、武瑠は迷った。だが結局やめた。

まだ休職期間は残っている。上司がすぐ現場に戻してくれるとも思えない。書類仕事に甘んじるくらいなら、このまま願示と事件を追いたかった。

整形外科医院を出る。時刻は、午後五時を過ぎていた。

秋特有の薄い雲を見上げ、ふと「そういえば、ここから今道家が近いな」と思いだす。今日は金曜日だから、ちょうど休みの前夜である。

スマートフォンを取りだし、武瑠は今道に電話した。いろよい答えが返ってきたところで、琴子にLINEを送る。

「ミチさん家に寄ることにした。夕飯はいらない」

今度は嘘ではなかった。武瑠は行き先を変更し、巡回バスの停留所へ向かった。商店街で手土産を買うためだ。

ひさしぶりに外気にさらした右足が、妙に頼りなかった。

「八島くん、いらっしゃい。嬉しいわあ」

今道の妻、綾子《あやこ》は予想以上に歓待してくれた。

「男前が来てくれるだけで充分なのに、ケーキまでいただいちゃって」

「いやいや、ケーキごときで今道家の夕飯が食えるなら安いもんです。知ってのとおり、おれは綾子さんの大ファンですから」

「なにを見えすいた世辞を言い合ってるんだ」

今道が苦笑する。武瑠はそんな彼を親指でさし、綾子にささやいた。

「妬いてますよ、年甲斐もなく」

「妬いてるわね、一丁前に」

うなずく綾子に「やめろやめろ」と今道が手を振る。

「こんな爺さんで遊ぶんじゃない。それより八島、ギプスがはずれた祝いだ。グラスも冷やしておいたし、乾杯するぞ」

「おお、発泡酒でなくビールですか。さすが室長」

やはりこの夫婦はいい、と実感する。

空気があたたかい。気持ちが和む。このところご無沙汰だった軽口が、するする喉を通ってくれる。

缶を傾けられ、一瞬武瑠は迷った。

そういえば、禁酒したことを今道に告げていない。

だが結局、彼は酌を受けた。今夜は話があって来たのだ。まずはアルコールで、舌の滑りをよくしておきたかった。

テーブルにはメインの鮭の香草焼きのほか、厚揚げステーキと数種の小鉢が並んだ。鮭は身が厚く、たっぷり脂がのっていた。厚揚げにはマスタードソースがかかっており、口に入れるとバターが強く香った。

綾子は空気を察してか、食事を終えて早々に席をはずした。今道もまた、

「八島、今日はどうした?」とすぐに水を向けてくれた。

「あのですね」

武瑠は咳払いし、切りだした。

「じつは、例の殺し――。おれが休職する寸前に追っていた、臼原の殺しを個人的に追っています」

「ああ、おれが第一臨場した事件か」

今道が顎を撫でた。

「連続殺人と断定され、百二十人規模の捜査に拡大されたらしいな」

「それだけですか」武瑠は眉根を寄せた。

「桜田門との合同捜査班は、立ちあがってないんですか？」

「合同捜査？　聞いていないが……おまえ、なにか知ってるな？」

今道の目が鈍く光る。

「その口ぶりからして、なにか摑んだようだな。今夜はぶっちゃける気で来たのか、八島巡査部長？」

頃合いであった。

武瑠はテーブルの上で指を組み、語った。

約二十年前の三鷹事件との相似に気づいたこと、だが階段から落ちて捻挫したこと、それを機に休職を勧められたこと等々、すべて正直に打ちあけた。

今道がグラスを置いて、

「まぶた？　ほう、臼原のコロシはまぶたを切りとられていたか」

「臨場したとき、気づきませんでしたか」

「早々にバトンタッチしたと言ったろう。唇がないのは気づいたが、まぶたは気づかんかった。新米巡査のお付きで、現場の保存に忙しかったしな。それでなくとも遺体は血まみれだったから、てっきり目を見ひらいたまま死んだと思ってたよ。だが、そうか、まぶたをな……」

「なにか？」

「いや、不用意なことを言いたくない。調べて、あとで連絡する」

首を振ってから、今道は片眉を上げた。

「で？　おまえが事件を個人的に追う理由はなんなんだ？」

「そのう……。これもミチさんを信用して、ここだけの話ですが」

目の前のロング缶は、早くも三本目が空いていた。

従兄の願示から連絡があったこと、その弟の尋也が三鷹事件の犯人らしいこと、願示と捜査をはじめたことを、武瑠は一気呵成にしゃべった。それだけではなく、願示と琴子の接近に焦りを感じたことまでぶちまけた。

――しゃべりすぎだ。

左脳に棲む己が、己をそう叱る。

しかし右脳の己が「いいじゃないか」と制する。

いいじゃないか。おれには相談できる親も、心を許す友人もいない。妻にはもっと相談できない。匿名でＳＮＳに愚痴ろうにも、公僕の誇りが許さない。

――警察の外部に洩らしているわけじゃない。親より親しい仲人にならば、たまには甘えてもいいじゃないか。

ひとくさり聞き終えて、

「ふうむ」

今道が腕組みした。

「で、従兄のヒロくんが三鷹の犯人だってのは間違いないのか？　おまえから見て、その点は揺らぎなしか」

「なしですね。残念ながら」

武瑠は言いきった。

「サツカンとして断言できます。ガンジの言うとおり、ヒロは〝殺せるやつ〟でした。すくなくとも、そこに疑う余地はありません」

「そうか」

今道はすこし考えこんでから、

「双子の母親は、おまえから見てどんな人だ」と尋ねた。

「翠叔母ですか？　子どもの頃はヤバい人だと思ってましたね」

「どうヤバい」

「ヒステリックで、攻撃的でした。ちょっとしたことで感情的になり、声を荒らげる人でしたね。うちの母や祖母を敵対視していました。でもいまは一転して、鬱々としているそうです」

「息子たちに対しては、どんな態度だった？」

「ガンジには過干渉でしたよ。ガンジいわく『おれは母にとって息子であり、疑似夫でもあった』そうです。ヒロに対しては、よくわかりません。祖母に養育を任せて以来、一歩も二歩も引いていた様子です」

「叔父のほうはどうだ。つまり双子の父親は？」

「昔は仕事人間でした。おれの親父と同じく、自分の殻にこもるタイプです。酒の問題も、同じく抱えていたようです」

武瑠はロング缶に手を伸ばした。

まず今道のグラスに、次いで自分のグラスに中身を注ぐ。立ちのぼる泡を、数秒眺める。

武瑠はふたたび口をひらいた。

「シリアルキラーの両親には、アルコールや薬物の依存症患者が多いそうですね。日本の殺人者も、多くが機能不全家庭で育っています」

「だな。若いうちから犯罪に走る者は、とくにその傾向が強い」

「しつけという名目の精神的虐待を受けた殺人者も複数います。これは秋葉原無差別殺傷事件の犯人や、酒鬼薔薇聖斗が典型例でしょう。生育環境の歪みは、どうしたって人格に大きく影響します」

　オレンジがかった照明が、テーブルに淡い影を落としている。

「ヒロは、確かに歪んでいた。でもヒロだけじゃありません。ガンジは優等生を演じた。おれはピエロを演じた。あの頃のおれは、母親をすこしでも笑わせたかった。そして、琴子は……以前にも、すこしお話ししましたよね」

「ああ」今道がうなずく。

「仲人を引き受けたときに聞いた。おまえが『よけいな情報かもしれませんが、念のために』と話してくれたんだ。おかげでスピーチのとき、失言をせずに済んだよ」

　武瑠は薄い笑みを返した。

「琴子はおれたちより、さらに大人にならざるを得なかった。役目があったからです。曾祖母の介護という、重大な役目が」

「子どもに担わせる介護――、か」

　今道が厚揚げを箸でつまむ。

「最近ようやく、社会問題になりつつあるようだな。ヤングケアラー、とかいう呼び名が付いて」

「そうです。昔はそんな名称はなかった。名称がないってことは、問題視されてない、認識すらされていないってことです」

　話がそれている自覚はあった。

　一連の事件の話を、今道に聞いてもらうために訪れたはずだ。だが酔いが、恩人への甘えを加速させていた。

「いつだってそうです。過労死だの、買い物難民だの、5080問題だのと、キャッチーな呼び名が付いてはじめて世に広まる。それらが問題だったと、やっと社会に認識される。……おれたちがガキの頃は、介護する子どもは〝いい子〟でした。よく家のお手伝いをする、お利巧さんないい子です」

——琴子の曾祖母は、彼女が十七の秋に死んだ。

「翠叔母より、もっと怖い人だったそうです。行儀作法に厳しく、ちょっとしたことで琴子を叱った。押し入れに閉じこめ、外から心張棒をかました。その間は食事も水もトイレもなしです。泣いて謝ろうとも、琴子は許されなかった。そのトラウマゆえでしょう、曾祖母が要介護の身になってからも、逆らえないままでした」

当時、琴子の祖母はすでに亡かった。祖父は横のものを縦にもしない人だった。そして両親は家と車のローンのため、フルタイムで働いていた。介護は、一人娘の琴子が担うほかなかった。

——琴子が自由になるのは、盆休みの数日間だけだった。

琴子の母が盆と正月の間だけ、介護を替わってくれたのだ。「従兄のヒロちゃんが、是非にと言うから」。それを言いわけに、千葉へ来ることができた。

だが琴子が中学生になると、その訪問も絶えた。

さらに気むずかしくなった曾祖母が、琴子以外の手を拒んだせいだ。

琴子はその後の四年半を、学校と自宅の往復のみで過ごした。出席日数も毎年ぎりぎりだった。

「おれと琴子は、いびつでした。子どものくせに親をかばっていた。大人になってからは、逆にどこか幼稚な部分が残った。そんな二人で家庭を作ろうとしたんですからね。……うまく、いくて、当然でしょう」

「そう難しく考えるな」

今道がやさしく制した。

「おまえと琴子さんは、ちょっとばかりすれ違ってるのさ。すれ違いが、普 かな
だけだ。——それより、話を変えていいか」

「どうぞ」

気を取りなおし、武瑠は答えた。今道が言う。

「さっきのおまえの話で、大学の先生から以前聞いた言葉を思いだしたよ。〝カサンド
群〟という心理学用語だ。聞いたことはあるか?」

「いえ」

武瑠は目をしばたたいた。

「ないと思います」

「まあ、正式な疾患名ではないようだからな。配偶者がアスペルガー症候群の場合、この精神状態に陥ることがあるらしい。だが詳しく聞いてみて、おれはどの夫婦間にも通用する言葉じゃあないか、と思った」

今道はビールで舌を湿して、

「カサンドラというのは、神話に出てくる予言者の名だ。しかし呪いをかけられたせいで、彼女の予言を聞き入れる者は一人もいない。恐ろしい未来がわかっているのに、誰も信じてくれず、耳さえ傾けない。……おっかない話だよ」

と嘆息した。

「ともあれその名を冠しただけあって、〝カサンドラ症候群〟は共感性の乏しい他者との暮らしから生じるらしい。だが、おれは思ったんだ。アスペルガーじゃなくたって、夫を理解しない妻

や、妻を軽んじて無視する夫なんてのは、この世に山ほど存在する。心に寄り添わぬパートナーを持った者は、意思の疎通ができない相手に混乱し、疲れ、絶望する。特定の疾患があろうがなかろうが同じだ、とな」

自分の主張をわかってもらえない。相手が自分をどう思っているかわからない。会話できない。コミュニケーションが成立しない――。

彼ら、彼女らは、その事実にはじめは苛立つ。ヒステリックになり、相手に怒りをぶつける。だが打てども打てども、響きはしない。

やがて彼らは疲弊し〝こんなにも通じないなら、おかしいのは自分のほうでは？〟と疑いはじめる。自己嫌悪と、罪悪感すら抱くようになる。

「衝突するたび失望と後悔を繰りかえし、彼らは次第にすり切れていく。気づけばすべてに倦んだ、鬱々とした人間に変わり果てている――。どうだ、まわりの誰かを思いださないか？」

「おれの、母です」

武瑠は愕然とした。

「いや、おれの母だけじゃない。翠叔母もそうです。二人とも昔は怒鳴ってばかりいた。でも気づいたときには、ふさぎの虫に侵されていた。うちの母は一時期、心療内科にもかかっていました。本人は更年期だとごまかしていたが……」

武瑠の父は、アスペルガー症候群ではなかった。

だが酒に逃げ、家族との触れあいを精神的にも肉体的にも拒んだ。そんな父に母は怒り、苛立ち、ついには諦めた――。

「おまえの親父さんなら、おれより十歳ほど上か」

今道はうなずいた。

「その世代の男は、総じて自分を出すのが下手だったな。女房子どもを見くだし、仕事に逃げ、女としゃべるのはキャバクラで一方的に自慢話するときだけ、なんて男が珍しくなかった」

腕組みし、彼は天井を仰いだ。

「おまえも知ってのとおり、国内の殺人事件の件数は年々減少している。だが〝家族間の殺人〟だけはべつだ。むしろ増加傾向にあると言っていい」

今道の声を聞きながら、武瑠は願示の言葉を思いだしていた。

——おれたち一族はどうかしてると思わないか。

——全員がどこか病んでいる。

「……神話のカサンドラに、子どもはいたんでしょうか」

武瑠はつぶやいた。

「〝カサンドラ家庭〟の子どもらにも、名称がほしいですよね。そんな家で育って、精神的にまったく問題なしとは思えない」

「そうだな」

今道がうなずく。

「おまえの従兄の、ええと、尋也くんだっけか？　彼は家族じゃなく、他人に殺意を向けた。その根っこは、やはり生育環境にあると思う。彼はごく幼い頃、親きょうだいと引き離された。孤独だった。友人らしい友人はなく、十五歳で戻った家庭も健全とは言いがたかった。彼には頼れる相手、心を打ちあけられる相手が必要だった」

——頼れる相手、心を打ちあけられる相手が。

そのとおりだ。武瑠は思った。今道は正しい。

だが、自分をさらけだすにも訓練がいるのだ。

おれたちは家庭で、その訓練を受けてこなかった。逆に自分を隠す練習ばかりしていた。親が望む子ども像を演じ、己を殺すことに必死だった。

「……この副菜、美味いですね。蕪《かぶら》ですか?」

武瑠は小鉢を指した。

「いや、長芋のナムルだ。隠し味にほんのすこし砂糖を入れた。こくが出る」

今道が答えた。

思わず彼をまじまじと見た武瑠に、

「そんな目で見るなよ」

照れくさそうに今道が言う。

「じつは綾子に料理を習わせられてるんだ。『もう若くないのよ。もしわたしが先に死んだら、あなた一人で生きていかなきゃいけないのよ!』なんて言われてな。縁起でもないこと言うなと喧嘩になったんだが、まあ百パーセントあり得ん話でもないし、言うとおりにしてりゃ、あいつの機嫌がいいし……」

語尾がぼそぼそと消えていく。

武瑠は思わず噴きだした。そのまま声をあげて笑いたかった。なのになぜか、鼻の奥がつんとした。

「——おれ、は」

代わりに低い声が落ちた。

「おれは——ミチさんと綾子さんみたいになりたかった。だから、仲人をお願いしたんです。あなたたちのような家庭を、琴子と築きたかった」

「おいおい、過去形で言うなよ」

うつむいてしまった武瑠に、今道が苦笑する。

「目指すのはおれたちなんかより、金婚式とか銀婚式にしとけ。まだ三十代だろ？　夫婦ってのは長い一本道だぞ。せいぜい頑張れ」

7

今道と綾子にいとまを告げ、武瑠は外に出た。

夜気がしんと静かに冷えていた。

薄墨を流したような空。街灯に群がる蛾。折れそうに細い月。なにもかもが、妙にうら寂しく映った。

武瑠はふらりとコンビニに入った。

今道家で、ビールを二リットル近く飲んだはずだ。だが足りなかった。とうに小便で出てしまった気がする。とろりとした酔いだけが、頭の芯に据わっていた。

——これが駄目なんだ。飲みはじめると止まらなくなる。

一滴も飲まずに遠ざかっていれば、耐えられる。しかしひと口飲んでしまうと駄目だ。もうすこしならいいだろう。もうすこしだけ。その繰りかえしで、結局だらだらと飲みつづけてしまう。

コンビニの時計で、時刻を確認した。

まだ終電には間がある。とはいえ帰る気は失せていた。

武瑠はアルコール度数13％の缶チューハイを買い、コンビニを出た。

プルタブを引く。夜空を見上げ、歩きながら飲んだ。缶が空けば、また新たなコンビニに入って一本買った。

――ヤングケアラー、か。

さきほど今道が口にした言葉を思いだす。はるか遠い記憶がよみがえってくる。

武瑠が琴子からあの電話を受けたのは、二十一年前の五月だ。

助けて、と、電話口で琴子は言った。

――助けて、ブルちゃん。わたし、このままじゃどうにかなる。助けて。

要介護五ながら、曾祖母は細ぼそと長らえていた。終わりの見えぬ介護だった。果てのない日々に、琴子は絶望していた。

――自殺を考えた。何度も、何度も。

わななく声で琴子は言った。

顧示が言った〝自傷癖〟があったのはこの頃のことだ。己を傷つけることで、琴子はせめてものガス抜きをはかっていた。

だが彼女が自殺を決行する前に、町内で事件が起こった。

介護殺人だ。リストラされた五十代の息子が、要介護四の実父を手にかけるという悲惨な事件であった。

――わたしもやってしまったら、どうしよう。

琴子は怯えた。つのるストレスで、衝動的に曾祖母を殺してしまったらどうしよう。そう考え、夜ごと震えた。

それまでは自殺しか頭になかった。しかし〝殺人〟という選択肢が急に浮上した。「絶対に殺したりしない」と言いきる自信はなかった。それほどに、十七歳の琴子は疲弊していた。

――助けて、ブルちゃん。

武瑠は驚き、八王子まで駆けつけた。

当時の彼はすでに進路を固めていた。琴子も志望先を知っていたからこそ、頼ったに違いない。「おかしなことは考えるな」「おれがついてる」と、武瑠は言葉を尽くして慰めた。

それから二箇月は、できるだけ琴子のもとへ通った。介護を手伝うためだ。彼女の両親に直談判もした。市役所の福祉課にも、繰りかえし電話した。

だが特別養護老人ホームは、要介護五であっても百人以上が待機中だった。空きが出るのを三桁の家庭がじりじり待ちかまえていた。

琴子の曾祖母が、その秋に亡くなったのは幸運だった。

そう武瑠はいまも思っている。

人の死を喜ぶなど卑しい。幸運などと言うべきではない。わかっている。だが曾祖母の死に、全員が安堵した。誰がなんと言おうと、それが真実だった。

——悲しくないわけじゃ、ないのに。

通夜の席で、琴子は武瑠にそう語った。

——ひいおばあちゃんが死んで、すごく悲しいのに。でも涙も出ないの。わたし、悲しい以上に、ほっとしてる。

そしてこうも言った。

——わたし、もう二度と、押し入れに入らなくていいのね。

あの件がなかったら、おれたちは結婚しなかっただろう。武瑠は堅く信じていた。あのときのことを負い目に思うからこそ、琴子はおれを選んだ。

いまも琴子は、曾祖母の死から完全に立ちなおっていない。

誰かの役に立たねば、という強迫観念から抜けだせていない。武瑠が琴子を、祖母や母にかかわらせない理由はそこだった。

琴子には、自分のために生きてほしいと思っている。

その反面、もし彼女がほんとうに正直に生きたなら、自分から離れていくのではと恐れていた。

武瑠は三軒目のコンビニに入った。

空き缶を捨て、新しい缶を買ってイートインスペースに座る。スマートフォンを取りだし、LINEアプリを立ちあげる。

「終電に間に合わなそうだ。こっちのビジホに泊まる」

琴子宛てにそう送った。返事が来ぬうち、つづいてメッセージを打つ。

「ギリシャ神話のカサンドラに、息子がいたかどうか知ってるか?」

すこし迷ったのち、消した。

琴子の書斎には神話関係の資料が山ほどある。訊けば、なんらかの返事がもらえるはずだ。だが答えは知りたくなかった。


四軒目のコンビニに入る前に、予約アプリで宿が取れた。

チェックインし、ざっとシャワーを済ませる。スマートフォン片手にベッドであぐらをかく。メーラーを立ちあげた。

茂田井が送ってきた知秋の画像を、あらためて眺める。

くだんの画像を、武瑠は明度と彩度を落として粗く加工した。次いで、知秋宛てにメッセージを打った。

「ばあちゃん家に、また居空きが入ったらしい。防犯カメラがとらえた画像がこれだ。おまえ、この男に見覚えはないか?」

さきほど加工した画像を添付し、送信する。

よくあるトラップである。しかし素人《しろうと》相手なら充分だろう。身に覚えがあれば、そのうち尻尾を出すに違いない。

LINEアプリには、琴子から「わかった」と短い返事が届いていた。

武瑠は立ちあがり、備えつけの冷蔵庫を開けた。

ミニボトルのウイスキーとミネラルウォーターを抜く。グラスから『消毒済み』のビニールをはずし、手早く水割りを作る。

泥酔の末、望みどおり武瑠は夢も見ず眠った。

限りなく失神に近い眠りであった。

チェックアウトしたのは、翌朝の十時二分前だ。

スマートフォンを確認したが、知秋からの返事はなかった。駅前のドトールでコーヒーを二杯飲み、武瑠は電車に乗った。

向かった先は自宅ではなかった。祖母の家だ。

呼び鈴を押す。応答はない。だが引き戸に手をかけると、あっさり開いた。

あいかわらず祖母は居間にちんまりと座り、割れ鐘のような大音量でテレビを観ていた。

「ばあちゃん、テレビの音が大きすぎるよ。これじゃ宅配便や郵便が来ても、なにも聞こえないだろう」

「はあ？　……ああ、ケイか」

白く濁った目で、祖母は彼を見上げた。父の圭一と間違えている。

「親父じゃないよ。孫の武瑠だ」

「はあ、はあ。ケイよ……おめだづ、なんだら……」

あとは聞きとれなかった。もとより祖母の言葉は、信州訛りがきつすぎる。

――ひとまず、生活に大きな支障はないようだな。

ぐるりと室内を見まわし、武瑠は安堵した。昔ほど掃除は行きとどいていないものの、それなりに埃は払われている。トイレや入浴も一人でできているようだ。

「ごめん。ちょっとヒロの部屋を見させてもらうよ」

祖母はもぐもぐとなにか答えたきり、テレビにまた顔を戻した。

居間を出た武瑠は、縁側をたどって尋也の部屋へ向かった。

その足が、途中で止まる。

客間だった。換気のためか、珍しく襖が開いている。雨漏りで黴びた天井板。湿気で歪んだ桟。同じく湿ったまま、うず高く積まれた麻の座布団。

壁にはカレンダーが掛かっていた。二〇〇〇年二月のカレンダーである。文字も写真も、すっかり褪せて黄ばんでいる。

――ヒロが東京に戻ったのは、確か一九九九年だ。

掛けかえたはいいが、めくる人がいなくなって放置されたのだろう。

武瑠は客間に入り、カレンダーをめくった。三月、四月、五月、六月。暦が八月に達したとき、手が止まった。背を、ふっと違和感が駆けぬける。

だがそれも一瞬だった。

壁を通して聞こえたテレビの音が、武瑠の耳を奪った。女性アナウンサーの声だ。

「……続殺人・死体遺棄事件に、新たな被害者か――……」

武瑠は走った。

いま来た廊下を戻り、居間へと駆けこんだ。

祖母の眼前のテレビが、ニュース番組をしらじらと映している。

「……今朝未明、千葉県曇出市《すみいで》の山林で女性の遺体が発見されました。所持品などから、女性の身元は東京都在住の会社員、三十九歳の乃木こずえさんと判明しました。千葉県警によれば、臼原署管内で起こった一連の事件との関連性を視野に入れ、捜査をはじめる方針……」

――こずえさん。

武瑠の脳内を、在りし日のこずえがフラッシュバックした。

結婚披露宴で見た彼女だ。顧示と腕を組み、嬉しそうだった。輝くばかりに美しいドレス姿だった。ほんのり火照った白い頬。邪気のない笑み――。

武瑠の体が、ぐらりと大きく傾《かし》いだ。

第五章

1

ジューンとジェニファーは、町で唯一の黒人一家に生まれた双生児だった。お互いと離れたがらず、お互い以外とは口も利かぬ幼少期を過ごした。

二人は教師や精神科医はもちろん、家族とさえ満足にコミュニケーションできなかった。またお互いだけで通じる奇妙な言語を持っていた。彼女らの会話を録音したテープは、他人にはまるで聞き取れぬ異様なものであった。

二人はお互いを激しく愛し、憎んだ。ジェニファーはラジオのコードでジューンの首を絞めた。ジューンはジェニファーを橋から突き落とした。

ハイティーンになると、双子は窃盗と放火を繰りかえした。現行犯逮捕され、ともに精神障害囚人専用のブロードムア収容所に送られた。

ある日、ジェニファーは取材記者に訴えた。

「わたしは死ぬの。わたしたちで、そう決めたの」

その言葉どおり、ジェニファーは急性心筋炎によって死亡した。検死の結果、自然死と判断された。残されたジューンは日記を綴った。

「わたしは自由になった。やっとジェニファーが、わたしのため命を諦めた」

ジューンがジェニファーの弔いのため書いた詩はこうだ。

「わたしたちは二人で一人だった。もう二人ではない。人生を通して一人になった。安らかに眠れ」

2

二〇〇一年　八月十一日（金）　晴天

今日、ぼくはあのひとを殺す。殺せると思う。

先月までは、あのひとに愛されたくてたまらなかった。あのひとが兄貴じゃなく、いつかはぼくを見てくれると信じていた。だからぼくの怒りと殺意が、直接あのひとに向かうことはなかった。あのひとの代わりを殺せば問題ない。そう思いこみ、自分をだましていた。

でもぼくの目は覚めた。

去年の八月三十一日、ぼくははじめて人を殺した。その日を選んだのは、ぼくにとって特別な日付だったからだ。

でもほんとうのきっかけは、その三箇月前にさかのぼる。

五月二十四日。ぼくの誕生日だ。

その日からぼくは、怒りを溜めこみつづけた。そして三箇月を経て、ようやく爆発した。だからやっぱりぼくが悪いのではない。車のキイに無頓着な父と、あのひとがいけないのだ。

目が覚めたきっかけに、話を戻そう。

夏休みに入って、ぼくは図書館に通うようになった。

最初は勉強するつもりだった。家に兄貴がいると気が散るからだ。

しかしいまは本ばかり読んでいる。図書館にいると、本がタダで読めるのでいい。いくら読んでもタダだ。カードを作れば、借りて家で読むことさえできる。

ぼくが読むのは、ぼくの同類が載っている本だ。つまり、人殺しについて書かれた本である。

一冊目は、タイトルに惹かれて手に取った。『シリアルキラーはなぜ人を殺すのか』とかいうタイトルだった。ちょっと違うかもしれないが、そんなような題だ。外国のシリアルキラーが七、八人載っていた。

ほとんどは参考にならなかった。薬物中毒だったり、いかれすぎていたり、子どもの頃に殴られて育っていたりで、ぼくとはまるで違うやつらだった。

ぼくは一度も殴られたことはない。あの本のシリアルキラーたちのような激しい暴力も、性的虐待も受けていない。

だが叱られることはあった。そういうときは、赤い穴倉に入れられた。すごくいやだった。そのたびぼくは「一発叩いて終わりにしてほしい」と願った。

穴倉の中でぼくはいつも、あのひとが救いに来てくれる妄想をした。

妄想。そう、シリアルキラーたちとぼくの共通点はそこだ。

本によればシリアルキラーのほとんどが、子どもの頃に『寝小便、火遊び、動物いじめ、妄想癖』の特徴を見せるらしい。

ぼくの場合は寝小便と妄想が当てはまる。火遊びはライターで遊んだ程度だから、たいしたことはない。動物いじめは、そもそも動物が苦手だからやらない。犬は吠えるから怖いし、猫はひっかくから嫌いだ。爪に黴菌がありそうで近寄りたくない。

また話がずれてしまった。戻そう。

本で読んだシリアルキラーは、大半がぼくとかけ離れていた。

でも一人だけ、ぼくの気を引いたやつがいた。

エドマンド・エミール・ケンパー三世。一九七〇年代の連続殺人者である。

彼はカリフォルニアで六人の女性を殺し、ばらばらにして棄てた。切断した首はしばらく隠し持って、恋人のように大事にしたという。

ケンパーの両親は、仲が悪かった。

母親はとてつもなくヒステリックな女で、父親をがみがみ怒鳴ってばかりいた。父親もろくでなしで、ケンパーを邪魔に思っていた。

彼らはケンパーが七歳のとき、離婚した。

ケンパーの母は妹ばかり可愛がり、彼を邪険に扱った。地下室に閉じ込められる孤独な少年時代を過ごしたあと、ケンパーは祖父母の家に預けられた。だが祖父母にも、やはり愛されなかった。

十六歳のとき、ケンパーは祖父母を銃殺した。

彼は逮捕され、精神科病院と刑務所を兼ねたところに送られた。でも模範囚として、数年で釈放された。

ケンパーは警官になりたかったらしい。ぼくの従弟と同じだ。しかしケンパーは警官になれなかった。体がでかすぎたせいだ。彼は身長が二メートル以上あり、すべてにおいて規格外だった。その後ケンパーは、ヒッチハイカーの女性を拾うなどして殺すようになる。彼は六人を殺し、犯して、ばらばらにして山に棄てた。

ケンパーが変わっているのはここからだ。

彼は「いずれ逮捕されるに決まってる」と考えた。「捕まる前に、ほんとうに殺したい相手を殺してしまわねばならない。そうしなければ自分の殺人衝動はおさまらない」と分析した。

そうして彼は、自分の母親を殺した。

寝ていた母をハンマーで殴り殺し、首を切断した。そして首なしの体をレイプした。生首のほうは、ダーツの的に使った。ケンパーが自首したのは、三日後のことだ。

ぼくはケンパーの生い立ちに共感した。

両親が不仲なこと。祖父母の家に預けられたこと。きょうだい差別されたこと。そして「いずれ逮捕されるに決まってる」と冷静に考えたこと。

ぼくはケンパーにインスパイアされた。そしてリスペクトした。

彼は正しい。「捕まる前に、ほんとうに殺したい相手を殺してしまわねばならない。そうしなければ自分の殺人衝動はおさまらない」

これだ。

だからぼくも、あのひとを殺すことに決めた。

ケンパーは罪もない女性を六人殺すまで、止まれなかった。でもぼくは彼を越えてみせる。三人で止め、元凶を殺して、終止符を打つ。

すべて終わったら、ぼくは今後の人生についてじっくり考えようと思う。


…………

3

武瑠は、電車に揺られていた。喪服に黒ネクタイという姿だ。

右肩には制服姿の琥太郎がもたれていた。昨夜は眠れなかったのだろう、うとうととまどろんでいる。真っ赤に泣き腫らしたまぶたが痛々しい。

今日は、こずえの告別式であった。

だが途中で退席せざるを得なかった。琥太郎は武瑠にしがみついて離れず、葬儀場の職員が制しても場は静まりそうになかった。こずえの両親に、

「琥太郎は任せてください」

と告げてセレモニーホールをあとにしたのが、つい二十分前のことだ。

つらい告別式だった。

元配偶者の従弟は、本来ならば近親とは言えない。しかし琥太郎という存在を挟んで、こずえとは長年親しくしてきた。身内同然と思っていた。

会場には、琴子の背を支えるようにして向かった。

一歩入ると『社員一同』『親戚一同』からの供花、盛り籠、灯籠、金蓮華がずらりと並んでいた。

参列者はみな沈痛な顔つきだった。読経の間も、低い啜り泣きが満ちていた。

喪主はこずえの実父がつとめた。

親族席に着いたのは、こずえの両親と琥太郎だ。願示は一般参列者として、武瑠のすぐ隣に座った。ななめ前には知秋の姿も見えた。

弔電が読みあげられ、親族が順に焼香していく。

棺を開けての〝最後のお別れ〟はないだろうな。武瑠はどこか冷静に考えた。

こずえの遺体は司法解剖された。それどころか犯人に、まぶた、上唇、耳たぶを切除されていた。捜査一課の同僚からもらった情報である。いかに死化粧をほどこそうと、隠せる傷ではなかった。

武瑠は目を閉じた。

眼裏に、まぶたと上唇と耳たぶのない死に顔が浮かぶ。ひさしぶりのデジャヴだった。過去にこの目で見たかのように、くっきりと鮮烈な映像だ。

一般参列者の焼香がはじまった。着席順に立ちあがり、進んでいく。

しかし願示が焼香台の前に立った瞬間、

「泣きもしないのか！」

鋭い声がした。一同の目が親族席に集まる。

こずえの父だった。

彼は席を蹴って立ちあがり、願示に掴みかかった。

「おまえは娘のために、涙一滴出さんのか！　こずえは――あの子は、ずっとおまえを怖がっていた。おまえが殺したんだろう。おまえに決まっている」

ひび割れた涙声だった。語尾が、せつなくかすれた。

武瑠は慌てて走った。こずえの父の背後にまわり、肩を押さえる。できるだけ穏便に、願示から引き離そうとした。

しかしこずえの父は拒んだ。身をよじり、激しく首を振る。その後頭部が、武瑠の顎を打った。

駆けてくる職員が視界の端に見えた。

その刹那、琥太郎がわっと泣きだした。

反射的に武瑠は振りかえった。彼の胸に、琥太郎が飛びこむ。しがみついて泣きじゃくる。幼児のような、手ばなしの号泣であった。

「琥太郎！」

こずえの父と願示が、同時に叫んだ。

だが琥太郎は、彼らを見もしなかった。武瑠の胸に顔を埋め、吠えるような声で泣いた。その声は、いつまでもやまなかった。

「休憩室で、休ませます」

琥太郎を抱えたまま、武瑠はこずえの父に言った。

「任せてください、大丈夫です。……すこし、休ませますから」

言いながら、職員に目顔で案内を頼んだ。しかし琥太郎は「いやだ」と怒鳴った。

「いやだ。帰る——帰りたい。うちに帰る。タケさん、一緒にいて」

声音が幼かった。退行しつつある、と武瑠は察した。心が耐えきれないのだ。静かなところで、早く寝かせてやりたかった。

「……頼んで、いいですか」

こずえの父が、震えの残る声で言う。

「わたしは喪主で、この場を抜けられない。八島さん。その子を、琥太郎を——頼んでいいですか」

「もちろんです。任せてください」

武瑠は請けあった。

こずえの父の背後に、願示が見えた。血の気を失い、青ざめている。武瑠は一同に黙礼して、琥太郎と会場をあとにした。

――二度と、こんな思いはしたくない。

電車が駅に着いた。

武瑠は琥太郎をそっと揺り起こした。

電車を降り、改札を抜け、駅を出る間、琥太郎はひと言も口を利かなかった。さいわい足どりはしっかりしていた。武瑠に抱きついて愚図ることもなかった。

こずえと琥太郎は、分譲マンションの七階に住んでいた。

つい先日も来たばかりだ。琥太郎の身元引受人になったあの日、この部屋まで送り届け、こずえとアルバムを眺めた。まさかあれが最後になるとは思いもしなかった。

琥太郎をうながし、リビングに入る。

部屋は片付いていて清潔だった。だがダイニングテーブルの椅子に、ジャケットが掛かったままだった。女ものだ。こずえのジャケットである。

その光景に、武瑠はなぜか胸を衝かれた。

二度とこずえは、あのジャケットを着ない。みずからの手でハンガーにかけることもない。片づけぬまま逝った。いや違う。この世から奪われてしまった――。

声にならぬ熱い塊が、喉もとまでぐっとせり上がる。無理やり塊を呑みくだし、

「休もう。……着替えたほうがいい」

武瑠は、琥太郎をうながした。

おとなしく琥太郎は自室へ入り、ジャージに着替えた。

「なにか飲むか」

「……麦茶。冷蔵庫に、入ってる」

「わかった。待ってろ」

麦茶を手に戻ると、琥太郎はベッドにうつぶせ、枕に顔を埋めていた。

武瑠はグラスをチェストに置いた。床に膝を突く。震える背に掌を当てる。体温が、じわりと伝わってきた。

「……ごめん、タケさん」

消え入りそうな声で、琥太郎が謝った。

「巻きこんじゃって、ごめん。引受人なんかにしてごめん。……でも、違うんだ。母さんを、嫌いだったわけじゃない」

武瑠は黙って、従甥の背を撫でた。

「おれ……ただ、母さんにムカついてたんだ。なんで親父みたいなやつと結婚したんだって、恨んでた。親父の遺伝子じゃなきゃ、おれはもっとまともだったかもしれない。ずっとそう思ってた。でも母さんに、死んでほしかったわけじゃない。こんなのは違う……。違うんだ」

悲痛な声音だった。武瑠は奥歯をきつく嚙みしめた。

——なんで親父みたいなやつと結婚したんだ。

——親父の遺伝子じゃなきゃ、おれはもっとまともだったかもしれない。

「わかるよ」

気づけば、言葉が洩れていた。

「わかるよ、琥太郎。……おれだって、おまえと同じだ。おれだって昔、母さんに同じ思いを抱いた。わかるよ」

琥太郎の答えは、低い啼泣だった。

武瑠は琥太郎の背を、静かに撫でつづけた。

それから、どれほどの時間が経ったのか。

鋭いチャイムの音で、武瑠はわれに返った。エントランスホールからの呼び出しチャイムだ。部屋を走り出て、急いで応答した。

「はい、やし——乃木です」

「八島さんですか？　わたしです」

こずえの実父だった。武瑠は急いで彼を通した。彼がエレベータに乗り、この部屋に来るまで待って、玄関扉を開錠する。

入ってきたこずえの父は、見るからに疲れていた。

「骨上げを終えたので、あとは女房に任せてきました。琥太郎が心配だったもので……。あの子は、大丈夫でしょうか」

「いまは眠っています。顔を見ていかれますか」

「ええ、是非」

琥太郎の寝顔を確認させてから、武瑠はこずえの父とリビングへ戻った。

冷蔵庫から、こずえの父が缶ビールを二本抜く。断らずに武瑠は一本を受けとった。向かいあって腰を落ちつける。

「……反対、だったんです」

こずえの父が呻いた。

「あいつと、娘との結婚は……最初から反対だったんです」

そうですか、と武瑠は答えた。

こずえの父が唸り、額を擦る。

「申しわけない。八島さんは、あいつの――犬飼の身内なのに。混乱しているとはいえ、ご無礼を言いました。ほんとうに申しわけない」

「いえ」武瑠は首を振った。

「気にしないでください。琥太郎はいつも、おれを慕ってくれた。妻とこずえさんはうまが合っていた。こずえさんたちとは、あくまでお互いの好意でお付き合いしていました。ガンジは関係ありません」

「そう、言っていただけると」

嬉しいです。ありがとうございます――。こずえの父は深ぶかと頭を下げた。

元銀行員だけあって、この年代の男性にしては物腰が柔らかだ。それだけに、告別式で願示に向けた形相が忘れられなかった。

「すみません。さきほどの言葉はどういう意味でしょうか」

気づけば、武瑠はそう尋ねていた。こずえの父が顔を上げる。

「はい?」

「こずえさんが、ずっとガンジを怖がっていた――と」

「ああ」

こずえの父はうなずき、姿勢を正した。

「犬飼願示が、酒で問題を抱えていたのはご存じですか」

「なんとなくは」

武瑠は缶を卓上のコースターに置いた。

こずえの父が、膝の上で指を組む。

「やつが新聞社を辞めたのも、酒のせいでした。酔って、上司と喧嘩沙汰になったんです。上司はよほど腹に据えかねたのか、被害届を出しましてね。取りさげてもらう代わりに、やつは辞職したんです。……いい恥さらしですよ」

「酒乱なんですか？　ガンジは」

こずえさんや琥太郎を殴ったんですか？　と言外に問いをこめた。

だが、こずえの父はかぶりを振った。

「直接殴ったり蹴ったりはなかったようです。しかし――」

「しかし？」

「やつは、夜中にね……。歩きまわるんです」

しわがれた声だった。

「夢遊病とでも言うんですかね。ただ歩くだけならいいが、刃物まで持ちだす。こずえも琥太郎も、何度か怖い目に遭ったようですよ。夜中に気配を感じて起きると、犬飼が包丁を持って、枕もとにじっと立っている。琥太郎にいたっては、爪切りを顔に当てられたこともあるらしい」

「爪切り」

武瑠はぎくりとした。

一連の事件と同じ手口だ。まぶた、上唇。耳たぶ。尋也は爪切りを使って切除し、ノートに無造作に貼りつけた。

「八島さんは親戚ですから、あいつの少年時代をご存じでしょう。昔からですか、やつの夢遊病は？」

「いいえ」武瑠は否定した。

「おれが知る限り、ガンジにそんな癖はありません。夏休みの間は同じ部屋で寝ましたが、夜中に歩いたなんて一度も……。とはいえ、おれがガンジと親しかったのは小学生までです。その後のことは、わかりません」

脳内で言葉を探した。

あいつは、意外に脆いところがありまして
「言いわけになりますが……ガンジは双子の弟の死を、いまだに乗りこえられていないんです。あいつは、意外に脆いところがありまして」

こずえの父は答えなかった。だが武瑠に対する好意は伝わってきた。

いい機会だとばかり、気になっていたことを尋ねてみる。

「ところで、あいつの上腕には傷がありますよね。あれについて、なにか聞いておいでですか？」

「腕の？　ああ。高校生のとき、キャンプ中に岩で切ったと聞いています」

高校か――。武瑠は内心でつぶやいた。

とくに不自然なエピソードではない。しかし尋也が死んだ前後の出来ごとならば、いささかタイミングがよすぎる。

「あの傷がなにか？」

「いいえ。すみません」

武瑠はジャケットを探り、名刺を取りだした。

「なにかあったら、いつでもお電話ください。いまは足の怪我で休職中ですが」

こずえの父がポケットにしまうのを見届け、武瑠は問うた。

「失礼ながらお訊きします。……あなたはガンジのやつに、こずえさんが殺せたと思いますか？」

「ええ」即答だった。

「なぜそう思われるんです」

「あなたこそ、なぜそうじゃないと思うんですか」

問いかえされ、武瑠は詰まった。身内として、ここは詰まってはいけない場面だ。わかっていたが、反論の言葉が咄嗟に出てこなかった。

「はじめて会ったときから、気に入らんやつでした」

こずえの父が吐き捨てる。

「あれは――犬飼は、得体の知れない男です。つねに肚《はら》の底が見えない。……後悔していますよ。自分の勘を信じて、結婚に反対しつづけるんだった。娘に嫌われようが、疎まれようが、こんな死にかたをさせるより、ずっとましだった……」

声が次第に低くなる。

湿ってかすれ、鼻声になっていく。

「琥太郎は、まだ中学生ですよ……。あの子を残して逝くなんて、こずえはどんなにか、無念だったろう。やつが犯人じゃなくたって、わたしは犬飼を許せない。許せませんよ。ひ、人の娘を、一生幸せにすると、誓っておいて……」

組んだ指の上に、涙がぽたりと落ちる。

武瑠はなにも言えなかった。


マンションを出て、武瑠は千葉行きの電車に乗った。

まっすぐアパートへは帰らなかった。元図書委員の茂田井から、再度のメッセージが届いたせいだ。

メッセージに導かれるように、彼は祖母の家へ向かった。

時刻はとうに夕方だった。

西の空が、濃いオレンジ、薄いオレンジ、紺の三層に染まっている。遠くのビルと電線が繊細なシルエットを成し、よくできた影絵のようだ。

武瑠は裏手の枝折戸から庭に入り、そこで待った。

家内からは、あいかわらずテレビの音が響いてくる。例のきいきいと軋るような音もする。それとはべつに、立ち動く人間の気配を感じた。居間に鎮座しつづける祖母とは、また異なる気配であった。

三層の空が、濃紺の一層に変わった頃。

影が障子を開け、縁側から庭へと滑り出てきた。あきらかに成人男性のシルエットだ。枝折戸のほうへ、迷いなく歩いてくる。

男の行く手に、武瑠は立ちはだかった。

相手が、はっと瞠目するのがわかった。薄闇の中で白目が光った。

「なにをしている」

――チアキ。

弟の知秋であった。喪服姿のままだ。右手に紙袋を提げている。

武瑠は無言で袋をひったくった。中身を見て、頬を歪める。

紙袋の中身は封帯付きの一万円札と、煤ぼけた桐箱が二つだった。ただし一万円札の肖像は聖徳太子である。桐箱の中身は、大きさからして掛け軸だろう。

「……まだ、あったのか」

変人の祖父は銀行を信じず、資産の大半を骨董と純金に換えた。残った現金は自宅のあちこちに隠した。そして、誰にもありかを教えぬまま死んだ。

祖父の三回忌ごろまでは、叔父が躍起になって家探ししていたようだ。だがやがて意欲を失い、現在にいたる。

いつかの母の声が、武瑠の脳裏によみがえった。

――けど、相続のこともあるじゃない。

いずれ祖母が亡くなったとき、相続がどうなるか、どれほど面倒になるか。それを見越した言葉であった。

「金目当て、か」

落とした声に、嫌悪が滲んだ。

「健気なおばあちゃん子のふりをして、結局は金か。介護を引き受けるようなことを言って、同居を匂わせて――。あれもすべて、遺産目当てか。まさかガキの頃からか？　ヒロがいなくなったあとも、おまえはこの家に通っていたな。目的はばあちゃんじゃなく、金だったんだな？」

「勝ち組の兄貴には、わかんねえよ」

へっ、と知秋が唇を曲げた。

「なんだかんだ言っても、親方日の丸だもんな。退職金がっぽりで、年金も手堅い。定年退職したあとも働き口が保証されてる。だからって、高みから説教すんじゃねえよ。ムカつくんだよ」

「おまえだって働いてるだろう」

気圧されつつ、武瑠は反論した。

「どうしてそんなに金がいるんだ。給料じゃ足りないのか」

「でかい声出すなよ。ご近所に聞こえちゃうぜ」

知秋が大げさに手で耳をふさぐ。武瑠は呆気に取られていた。いままでの知秋とは、まるで別人に思えた。

「香典って高いよな、兄貴」

不貞腐れたように知秋が言う。

「予期せぬ出費ってやつだ。困るんだよ。困るけど、葬式に出なきゃ出ないでなにを言われるかわからない。まいっちまうよ」

「おまえ、……そんなに、金がないのか」

ようやく気を取りなおし、武瑠は問うた。

知秋の問題は、連続殺人とは関係ないとわかった。だが心の暗雲は濃くなるばかりだ。実弟の瞳に浮いた敵意が、胸に刺さった。

「ギャンブルか？　それとも酒か、女か？」

「まあ、女といえば女なんだろうさ」

知秋は苦笑した。

「あの女、おれが『ばあちゃんとの同居はどう？』と言ったこと、会社じゅうに言いふらしやがって――。なにが『マザコンを越えたババコン』だよ。呼びだして文句言ったら、今度は総務にハラスメントで訴えやがった。畜生、なんでおれが悪者扱いなんだ！　なんでおれが辞めなきゃいけないんだよ。おかしいだろ。糞、糞、糞、糞がっ！」

知秋は地団太を踏み、庭石を蹴った。

「チアキ、……やめろ」

武瑠は一歩前へ出た。弟の肩に手を置くつもりだった。

しかし寸前で、知秋は身をかわした。

「兄貴」

知秋があえぐように言った。

淡い月あかりが弟の顔を照らす。その顔は、泣きだしそうに歪んでいた。

「飲んでるんだな、……兄貴」

知秋が手を上げ、彼の眉毛を指す。

「酒は、やめたんじゃなかったのかよ。……なんだよ。そんなざまで、どうしておれに説教できるんだ。てめえはまた酒飲んで、眉毛抜いてやがるんじゃねえか。自分を棚に上げて、よくおれに偉そうに言えるよな」

「やめろ、チアキ」

「やめるのはそっちだ！」

知秋が吠えた。

「そんな目でおれを見るな！　親父を——負け犬を見る目つきはやめろ。頼むから……」

——いまのおれを、見ないでくれ。

半泣きの声が、地面に落ちる。

うなだれる弟の姿を、白い月が冷え冷えと照らしていた。

4

翌日の午後六時半、武瑠は居酒屋『季与八』の個室で願示と落ちあった。

「二日つづけて、帰らなかったそうだな」

掘りごたつのテーブルに着くやいなや、願示が言う。

「琴子がそう言ったか」

武瑠は眉間に皺を寄せた。

昨夜は知秋と別れたあと、武瑠はまたビジネスホテルに泊まった。ホテル内の自動販売機でハイボールの缶を買い、痛飲した。飲まずにいられなかった。

「誤解するな。電話で訊かれただけだ。『慰めに来てくれたから、そのままうちに泊めた』と言っといたぞ。琴ちゃんに訊かれたら、そう答えとけ」

「そうか。……大変なのに、気を遣わせてすまなかった」

素直に武瑠は頭を下げた。

「今日は帰ってやれよ。タケルだって知ってるだろう。琴ちゃんは、面倒ごとは全部自分のせいだと思いこむ子だ。そういう気質なんだ」

「ああ」

武瑠はうなずいた。「よくわかってる」

願示はさすがに憔悴していた。ここ数日で、頰がげっそり削げたようだ。白目が充血して真っ赤である。

願示は生ビールのジョッキを、武瑠は烏龍茶を注文した。ジョッキとグラスで陰気な乾杯を済ませ、武瑠は切りだした。

「……被害者像が、ヒロの事件から大きくずれたな」

願示のジョッキから目をそらす。

「第三の被害者は、二十二歳の女性教師のはずだった。こずえさんとは、年齢も職業も異なる……。ガンジ、おまえは前に言ったよな。『この模倣犯には自我が乏しい』『二人殺してなお、尋也をなぞりつづけている』と。模倣犯は、ついに自我を持ちはじめたのか?」

「まさか。逆さ」

願示は鼻で笑った。

「むしろ、尋也への依存は悪化している。こずえが殺されたのは、おれの元妻だからだ。尋也の片割れの女だからさ。やつにとっては、二十二歳の女性教師より価値ある相手なんだ。模倣犯の焦点は、あくまで弟とおれさ」

「おまえ……」

言いかけて、武瑠はやめた。自意識過剰じゃないか？　と言いたかったが、反論する気力がなかった。

「これで、三人が殺された。模倣犯がヒロの犯行をトレースしているなら、終わりだ。おれたちは、結局やつを止められなかった……」

あとは警察に任そう、それしかない。そう告げるつもりだった。

だが武瑠は気づいた。

願示の様子がおかしい。口をひらきかけては閉じ、逡巡している。

取調室で何度も見てきた表情だった。自白《ウタ》うべきかどうか、迷っている人間の顔だ。

これは、かまをかけるべきか——。

決心し、武瑠はグラスを置いた。

「ガンジ、おれは昨日、チアキと会った」

それを皮切りに、祖母の家で知秋を止めた件について話した。願示は黙って聞いていた。

ひとくさり話し終え、武瑠は言った。

「それだけじゃない。おれはこずえさんのニュースを観たときも、ばあちゃんの家にいた。あの家のテレビで彼女の死を知ったんだ。……その直前、気づいたことがある。聞いてくれるか」

答えは求めず、つづけた。

「ばあちゃん家には、二〇〇〇年のカレンダーが掛かったままだった。それを見て悟った。ヒロの日記は、おかしい。日付と曜日が合っていないんだ」

まっすぐに願示を見据える。

「二〇〇〇年は閏年だったから、三月以降は日付と曜日が一日ずつずれていく。ヒロの日記は、そのずれを計算に入れていなかった。スマホで各年の曜日を簡単に検索できる時代じゃなかったからな。ケアレスミスってやつだ」

思うに、あの日記は二〇〇〇年より前に書かれたんだ――と武瑠は言った。

「一九九九年か、それとももっと前か。だとすれば、ほんとうにヒロが犯人だったかは大いにあやしい。あれは日記じゃなく、やはり妄想の産物だったんじゃないか？　たとえ殺意が本物だったとしても、信憑性は――」

「肉片が、貼ってあっただろう」

願示がさえぎった。

「あのノートには、被害者から切りとったまぶたや上唇が貼ってあった」

「おれは、それを見ていない」

武瑠は静かに言った。

「おれが見たのは、まぶたや上唇などの〝肉片に見えるもの〟が貼られたコピーだ。現物を目にしたのはおまえだけだ。それに、貼りつけたのはヒロとは限らない。日記を書いたのはヒロでも、それを利用した第三者がいたのかもしれん」

「違う」

願示はかぶりを振った。意固地な口調だった。だが目に迷いがある。

「ガンジ、言え」

武瑠は指を組んだ。ごく自然に、捜査員の声が出た。

「おれに隠していることがあるよな？　わかってる。もう言っちまえ。言えば楽になるぞ。……

おれはおまえを、助けてやりたいんだ」

なかばは本心だった。

個室に、静寂が落ちた。

願示はしばらく無言だった。

片手で髪を梳く。ジョッキに手を伸ばし、思いなおしてやめる。寄せた眉間に苦悶が見てとれた。視線がうつろにさまよう。

武瑠は待った。願示ががじきに〝落ちる〟のはわかっていた。捜査員の嗅覚が告げていた。

やがて、願示はがくりと肩を落とした。

「……嘘は、ついてない」

くぐもった声だった。

「おれじゃない。犯人は、尋也だ。ほんとうだ。ただ……」

「ただ？」

「ただ、おまえに隠していたことは、ある」

「それはなんだ」

「あの日記には……じつは、つづきがある」

――つづき？

武瑠は内心で驚いた。しかし顔には出さなかった。頬の筋肉を動かさず、じっと従兄を見据える。

願示は首を深く垂れた。

「あの日記を、尋也がいつ書いたか、正確なところは知らない。だがおれが見つけたときは、二〇〇一年の八月十五日までの犯行手記が書かれていた」

「二〇〇一年の――八月、十五日？」

武瑠は問いかえした。

「そうだ。タケルも知ってのとおり、尋也が死んだのは二〇〇一年の八月三日だ」

願示が低い声で認める。

「あのノートは、あいつの計画予定表も兼ねていたんだろう。そして予定を完遂するたび、ページに戦利品を貼っていった。……だが計画に反して、あいつは三日に溺死した。第四の事件は、実行されずじまいだった」

「志なかばで死んだ、ってことか……」

言いながら、頭の片隅で武瑠は考えた。

では自殺の可能性は低まるか？　いや、最後の犯行に踏みきれず、みずから命を絶った可能性もある。まだ結論を出すには早い。

「見せろ」

武瑠は唸るように言った。

「なにをだ」

「この期に及んでとぼけるな。おれに隠していたぶんの日記を見せろ」

「燃やしたと言ったろう」

「原本はな。だがおまえが見つけたコピーは、十五日の日記まで揃っていたはずだ。おまえのようなやつが二度とも処分したとは思えない。見せろ」

武瑠は掌を突きだした。

願示が諦めのため息をつき、スマートフォンを取りだす。しばし操作し、目当てのデータをひらいてから武瑠に渡した。

武瑠はまず、八月十一日の日記から読んだ。

コピーを撮った画像データであった。拡大し、じっくり読みこむ。

尋也はエドマンド・ケンパーという連続殺人者について、長々と書きしるしていた。六人の女性を殺し、最後に実母を殺したアメリカの殺人者だ。尋也は彼を「リスペクトした」という。


〝だからぼくも、あのひとを殺すことに決めた。

ケンパーは罪もない女性を六人殺すまで、止まれなかった。でもぼくは彼を越えてみせる。三人で止め、元凶を殺して、終止符を打つ。

すべて終わったら、ぼくは今後の人生についてじっくり考えようと思う。〟……


耐えきれず、武瑠は顔を上げた。

「なぜ隠した?」

まっすぐに願示を睨みつける。

「おまえは〝あのひと〟は琴子だとおれに匂わせた。その上で、この情報を隠したのはなぜだ。この〝元凶〟が琴子を指すなら、おまえはおれの妻を危険にさらしたことになるぞ!」

テーブルを拳で叩く。グラスが一瞬浮き、箸置きが転がった。

「違う」力なく、願示が声を落とした。

「違うんだ」

「なにが違う」

「つづきを読めばわかるが……琴ちゃんじゃ、ない」

日記の〝あのひと〟は、琴ちゃんじゃないんだ——。願示はうなだれて言った。

武瑠は怒声を呑んだ。驚きはなかった。やはりか、と思った。

「じゃあ誰なんだ」

「日記のつづきを読んでくれ。そうすれば、わかる」

これ以上問いつめても無駄らしい。武瑠は液晶に目を落とした。

そこには三鷹の家に戻されてからの、尋也の苦悩が綴られていた。

千葉の中学では、尋也はそこそこの優等生だった。しかし東京に越してからは、勉強に付いていけなくなった。

優秀な願示と比べられる苦痛と、劣等感の吐露が延々とつづく。学校では兄との学力差を見せつけられ、家では母からの愛情の差を思い知らされた。

――あんたのことは、お義母《かあ》さんにあげた子だと思ってるから。

翠叔母は、そう尋也に面と向かって告げたらしい。

――お義母さんの手垢が付いたみたいで、どうしても可愛いと思えない。

――昔っからお義母さんが苦手だった。あの人、大っ嫌い。

それならなぜ三鷹に引きとった、と尋也は叔母に食ってかかった。ずっと祖母の家に置いておけばよかったじゃないか、と。

だが翠叔母は泣きだした。

――また可愛く思えるかもしれない、と思ったのよ。

――願示が進学して、この家をいつか出ていっても、あんたが代わりになるかと思ったの。

――でも駄目だった……。なによ、その顔。自分だけ被害者みたいな顔して。そういうところが嫌いなのよ。

そして言い争いの翌週、事件が起こる。

尋也にとって〝犯行の引き金〟となる決定的な事件だ。

願示と尋也は、日をまたいで生まれた一卵性双生児である。願示は五月二十三日の夜十一時五十七分に、尋也は翌日の零時二分に産み落とされた。

翠叔母は、願示の十六歳の誕生日を盛大に祝った。だが尋也の誕生日は無視した。ケーキやプレゼントどころか、「おめでとう」の一言すらなかった。

それまでの不満を殺意にまで高めた、強烈な〝ストレス要因〟であった。

武瑠は、願示のスマートフォンから顔を上げた。

「……翠叔母、か」

最後の最後に実母を殺して自首したエドマンド・ケンパー。

ケンパーをリスペクトした、と日記に書いた尋也。

――尋也が愛を乞い、拒絶された相手とは、実の母親だったのか。

こずえと見た、犬飼家のアルバムが脳裏に浮かんだ。

そういえば若い頃の翠叔母は、琴子に似ていた。だがとくに気に留めなかった。翠叔母は、琴子にとって母方の伯母にあたる。三等親なのだから、似ていて当然と思っていた。

――一連の被害者たちは、琴子に似ていたんじゃない。

叔母だ。若い頃の翠叔母を思わせる女性が、尋也に狙われたのだ。

「なぜだ」

武瑠は願示に問うた。

「なぜおまえは、〝あのひと〟を琴子だと匂わせた？　おれを利用したくて焚きつけたのか。目当ては、おれの捜査員としてのスキルか。琴子を餌に、おまえの素人捜査の手足にしようと目論んだのか？」

「それは……否定は、しない」

願示が武瑠から目をそらして言う。

「でもおれも、はじめて日記を読んだときは、琴ちゃんだと思ったんだ。途中まではそう信じて読んだ。だからおまえも、そう解釈するだろうと期待した。悪かったよ。おれの取材力だけじゃ不安だったんだ。悪かった。だがおまえをだました報いは、しっかり受けた」

顔を片手で覆った。

「おれじゃなく、――こずえ、が」

悲痛な声が洩れる。

武瑠は目をすがめた。

そうだ、こずえが殺された。願示の元妻で、琥太郎の母でもある女性が惨殺された。

こずえにはじめて会った日のことを思いだす。結婚披露宴だった。彼女は、息を呑むほど琴子に似ていた。いま思えば若い頃の翠叔母に――だ。

「母親を、かばったつもりか」

武瑠は踏みこんだ。

「母親を巻きこみたくない一心で、おまえは日記のつづきを隠したのか」

「……母はもう、ずいぶん前から、抗鬱剤の依存症に苦しんでる」

願示はうなだれた。

「いま以上、母を悩ませたくなかったんだ。母は過去に、何度か自殺未遂もしている」

「鬱による自殺未遂、か。……カサンドラだな」

武瑠も視線を落とした。

――カサンドラ症候群。

つい先日、今道から聞いた症名である。心通わぬ配偶者を持つ者。無視されつづける恐怖と絶望を味わった、神話のカサンドラ。

ふうっと武瑠は息を吐いた。

「……次に危ないのは、誰だろう」

疲れた声が洩れた。

「翠叔母か。それとも模倣犯自身の母親か……」

「一番は、おれの母だと思う」願示の声も、やはり疲れきっていた。

「翠叔母はいまどこだ。まさか、家に一人じゃないよな？」

「病院だ。鬱が悪化して、一時的に入院させている。自宅よりよほど安全だ。面会も制限しているしな。退院までは、心配ないはずだ」

「そうか……」

願示がおしぼりで額を拭う。そんな彼を見つめ、武瑠は切りだした。

「――おまえ、夢遊病の発作があるそうだな？」

願示の頬がぴくりと動いた。

「琥太郎から、聞いたか」

「いや、おまえの元舅さんからだ。刃物まで持ちだしたらしいな」

「ああ……」

願示は、肺からため息を絞りだした。

「前にも、言ったろう。犯行日記のとおりに女を殺す夢を見る――と。夢の中でおれは、尋也になって女を切り刻む。日記に書かれていない細部まで、あざやかに再現される。世界が、赤いんだ。夢の中ではおれはあいつで、あいつはおれだ」

地を這うような声だった。

「眠りながら歩くのは、犯行の夢を見たときか」

「そうだ。おれと尋也は、三歳で離された。それまで、おれたちは二人でひとつだった。お互いさえいればなにもいらなかった。だが、引き裂かれた。そのとき以来、おれたちはずっといびつなんだ」

――一卵性双生児の絆を、しつこいほど語りつづけた願示。

願示も怖かったのだ、とはじめて武瑠は気づいた。

尋也は確かにいびつだった。ムンクの『叫び』を怖がった。シューベルトの『魔王』を恐れた。いま思えば、尋也は〝わかりあえぬ恐怖〟を訴えていたのだ。

背後の橋を行く二人連れは、絶叫する男に気づかない。魔王を見て怯える少年に、父親は否定するばかりで寄り添わない。

予言を聞き入れられぬカサンドラと同じだ。尋也は孤独だった。彼の言葉を、誰も耳に入れなかった。

――おれも、その一人だ。

武瑠は尋也のすぐそばにいた。だが助けになれなかった。あの頃、武瑠の世界は六割が母親だった。三割が学校で、残る一割は琴子で占められていた。

「……中途半端に酔った夜が、一番いけなかった。そういう夜は、気づけば歩きまわっていた」

願示の瞳は、暗い洞《うろ》のようだった。

「だから日に日に、深酒するようになった。言いわけに、聞こえるだろうがな」

「おまえ、琥太郎を引きとれるのか？」

武瑠は尋ねた。願示が首を横に振る。

「いや、無理だ。こずえのご両親に任せる。——これは、琥太郎自身の希望でもある。ゆくゆくは、養子縁組も考えているそうだ」

「そうか」

武瑠は短く言った。酒が飲みたい、と痛切に思った。

しかし飲むわけにはいかなかった。今夜こそ琴子のもとへ帰らねばならない。琴子を一人にしておけない。そう思えば思うほど、渇いた。

模倣犯も、おれたちと同じなんだろうか——。ふとそう思った。

尋也の模倣犯もまた、おれたちのような家庭に育った誰かなのか。そしてやつも、犯行の引き金たり得るストレス要因を抱えたのか。

——親が弟ばかり可愛がって、ぼくは無視されてた。

これは誰の台詞だったっけ？　ああそうだ、砂村ありさに付きまとったという、例の男子学生だ。

——勉強もスポーツもぼくのほうができたのに、親は弟ばっかり。

被害妄想。劣等感。血縁の間に湧く負の感情は、だからこそ強く、だからこそ消えない。関係を完全に絶てはしないからだ。

だが彼らの怒りは、なぜかいつも女性に向きがちである。

母親と同じ性別だからか？　母親との同一視？　母親ならすべてを受け入れるべき、女ならおれの怒りを受けとめるべきという、理不尽な感情ゆえか？

——おれには、わからない。

自棄《やけ》気味に、武瑠は烏龍茶を喉へ流しこんだ。

5

帰宅すると、九時前だった。

琴子はリビングのソファに座っていた。

テレビもDVDプレイヤーも静まりかえっている。スマートフォンすら手にしていない。白い横顔が陶器のように固かった。武瑠を待っていたのは、あきらかだった。

「……もう、帰ってこないかと思った」

ぽつりと琴子は言った。

「そのほうがよかったか？」

武瑠は苦笑した。

「もうおれが、帰らないほうが――」

言葉は途中で消えた。顔面に衝撃があった。一瞬、視界が暗くなる。

武瑠は唖然と立ちすくんだ。琴子にクッションを投げつけられたのだ、と気づくまでに、数秒かかった。

「いいわけないでしょう！」

琴子は立ちあがっていた。仁王立ちで全身を震わせている。一瞬にして血ののぼった顔が、真っ赤に膨れていた。

「なによ！　飲みたいなら、うちで飲めばいいじゃない！　わたしの目の前で堂々と飲みなさいよ。いい大人が、こそこそするな！」

武瑠はなにも言えなかった。ただ呆然と妻を見かえした。

こんな琴子は見たことがない。

ここまで感情をあらわにされるのも、怒鳴られるのも、長い夫婦生活ではじめてのことだった。

「隠れて飲まないでよ！　隠れられたら、あなたがどれくらい飲んでるか、わからないじゃない。止めることも、できやしない……」

語尾が、潤んで消えた。

「琴子」

武瑠は彼女に歩み寄った。そっと手を伸ばす。

肩に伸ばした手を、払いのけられるかと覚悟した。しかし琴子はそうしなかった。

武瑠は妻の真正面に立った。

拒まれていないと、気配でわかった。心臓がどくどくと脈打ちはじめる。

――十代の頃みたいだ。

肩に触れただけで、こんなにも鼓動がうるさくなるのはあの頃以来だ。

琴子の曾祖母のことで奔走したあの頃、武瑠は幾度か彼女に触れた。と言っても肩をかるく叩いたり、手の甲に掌を重ねた程度だ。

抱き寄せることすらできなかった。そばにいるだけで満足だった。衣服越しに触れただけで頬が熱を持ち、耳朶が火照った。

「琴子……」

着信音が空気を裂いた。

武瑠のスマートフォンだ。警察官専用に鳴り分けしているメロディだった。

「すまない」

断ってポケットから抜く。発信者を確認し、武瑠は顔を上げた。

「ミチさんだ」

「出て」

短く琴子は言った。

「最近ずっと、隠れてなにかやってるでしょう。……問題はお酒のことだけじゃないよね。早く、けりを付けてきて。全部片付けちゃってよ」


琴子は顔をそむけた。そしてつぶやいた。早く終わらせて。これ以上、一人にしないで――。

「わかった」

武瑠はうなずいた。

鳴りつづけるスマートフォンをフリックする。

「はい、八島です」

その場でしばし今道と話した。通話を切り、武瑠は琴子を見た。

「悪い、すこし出かけるよ。だが必ず帰る。今夜は、絶対に帰るから」

「……約束できる？」

「できる。絶対だ」

「破ったら、怒っていい？」

「当たりまえだ」武瑠は断言した。

「怒るどころか、殴っても蹴ってもいい。もしこの約束を破ったら、おれは一生きみの奴隷になるよ」

「やめて。そんなのいらない」

「でも」

「まだわからないの？」

琴子が眉を下げて笑った。

「奴隷なんかいらない。……わたしがほしかったのは、昔からブルちゃんだけ」

ぐっ、と武瑠の喉が鳴った。

琴子の顔から怒りの色は消えていた。代わりに浮かんでいるのは、幼子のような泣き笑いだ。

その表情に、武瑠は真夏の清流を透かし見た。

五人で笹舟を浮かべた沢だ。

夜になれば、群れ飛ぶ蛍が美しかった。あの蛍を琴子に見せたかった。いつか見せてあげたい、二人で行こうと誘いたかった。なのに、言えなかった。

——言えばよかった。

武瑠は悔やんだ。

——あのとき口にしていたら、きっと、なにかが変わっていた。

「待っていてくれ。……必ず今夜じゅうに帰る」

帰ったら話そう。そう告げて、武瑠はきびすを返した。

6

「悪かったな、こんな時刻に呼びだして」

今道に謝られ、「いいえ」と武瑠は応えた。

場所は武瑠のアパートと今道家の中間に位置する、駅構内のカフェである。

コーヒーの味は悪くないが、安いチェーン店に押されて客はまばらだ。ただし密談には最適な空間であった。

「マル害の遺体からまぶたが切除されていた。そうおまえから聞いて、過去の事件を調べたんだ」

今道がクリアファイルを取りだす。

「まぶたを切除という手口に、聞き覚えがあってな。だが確証がなかったから、あの場では言わなかった。事件そのものはすぐ見つかったよ。しかし、その……おまえのまわりで、不幸があっただろう。連絡を取るタイミングがはかれず、中途半端な時期になっちまった。すまない」

「そんな。ミチさんが謝ることじゃないです」

武瑠は手を振った。

「で、なにかわかったんですか？」

「ああ。おまえの話では、従兄のヒロくんが三鷹事件の犯人で、彼の模倣犯が出たということだったな。だが、どうやら違う」

今道はクリアファイルからA４用紙を抜き、テーブルに広げた。

「ヒロくんも、また——模倣犯だったんだ」

A４用紙は古い捜査報告書をコピーしたものだった。武瑠は愕然と眺めた。日付は、いまからちょうど二十八年前だ。未解決事件であった。

「このときも、遺体損壊の詳細はマスコミに伏せられた。だからおまえが思いあたらなくとも、無理はない」

「二十八年、前……」

武瑠はつぶやいた。二十八年前といえば、自分は十歳だ。

捜査報告書に目を走らせる。日付、記入した警察官の姓名、遺体遺棄現場の住所が型どおりに欄を埋めている。

——知っている。

魚喰町大字岩蔵《いわくら》。自分はこの住所を知っている。

学区外ながら、よく遊びにいった場所だ。林があり、沢があった。夏ともなれば子どもたちの遊び場だった。武瑠自身は、いつしか行くのをやめたが——。

——そうだ、なぜやめたんだろう？

いぶかった刹那、脳裏で犬が吠えはじめた。

現実の犬ではない。遠い記憶の中の犬であった。武瑠は手でこめかみを押さえた。

——レオ。

ああそうだ、あの犬の名はレオだ。田舎には珍しい洋館で飼われていた犬。

そのレオが、草むらで狂ったように吠えていた。

夏休み最後の日だ。林だった。武瑠はラジコンのヘリコプターを飛ばしていた。尋也は、すこし離れたところで虫捕りをしていた。

彼らを呼びに来たのは、知秋だった。

「レオが変なの。早く、早く来て」と急かされ、武瑠たちはしかたなく遊びをやめた。レオの吠え声を追って奥へ入り、丈高い草むらをかき分けた。

——そこに、死体があった。

膝よりも高く伸びた雑草の隙間に、白が覗いた。

紫がかった白だ。死体の肌の色であった。

女は裸で死んでいた。顔にも体にも、大小とりどりの斑点が浮いていた。ぞっとするような色だった。生まれてはじめて見る死斑であった。

——デジャヴでは、なかった。

武瑠はようやく悟った。

砂村ありさの遺体画像を見たとき、覚えた既視感。デジャヴなどではなかった。あれは自分の、本物の記憶だったのだ。

どうして忘れていたのだろう。あまりに衝撃的すぎたからか。

人は往々にして、耐えられぬ記憶を海馬の底へ押しこめる。とくに子どもはそうだ。脳は優秀で、自己防衛のためならなんでもする。幼い柔らかい心を守るため、武瑠の脳は陰惨な記憶を抽斗の奥へとしまいこんだのか。

――だが、ヒロは忘れなかった？

あの遺体は、目を見ひらいていた。歯を剥きだした恐ろしい形相だった。いま思えば、あれはまぶたと上唇がなかったせいだ。

「ミチさん……」

捜査報告書のコピーから顔を上げる。

たった今よみがえった記憶について、武瑠は呻くように打ちあけた。

事情聴取を受けた記憶はなかった。覚えているのは、大人を呼びに走ったことだけだ。当時はまだキッズスマホなど存在しなかった。

捜査報告書にも、武瑠と尋也の名は記載されていない。第一発見者は〝四十代男性〟となっていた。武瑠たちに呼びとめられ、急遽駆けつけた通行人である。報告書から武瑠らの名を排除したのは、臨場した警察官の判断だろう。

「おまえは忘却した。だが、ヒロくんは覚えていたんだな」

話を聞き終え、今道が顎を撫でる。

「弟の知秋くんはどうだ？」

「あいつは、遺体を見てないはずです。ずっとおれの背中にしがみついてました。泣き虫の、怖がりだったし……」

——いや、怖がりになったのはそれ以後か？

武瑠はいぶかった。思いだせないが、そうかもしれない。

もしかしたら自分が警察官を志望したのも、あの光景のせいではないか。父の事故がきっかけだと思いこんでいたが、違ったのでは——。

「ほかには、誰かいなかったか」

「あ、ええと……お盆を過ぎていたから、琴子は東京に帰ってました。ガンジは毎年夏休み最後の日に、叔父が迎えに来ていたはず……」

だが、あの場に顧示がいたかは思いだせなかった。

こめかみが痛む。訴えるように、ずきずきと疼く。

「……二十八年前は、連続殺人じゃなかったんですね」

「ああ。これ一件きりだった。被害者は二十代の女性会社員。捜査資料によれば、怨恨の線で追ったようだな。しかし有力な容疑者は浮かばず、未解決のままだ」

「現行の捜本《ソウホン》は、この事件に気づいてないんでしょうか」

「まさか」今道が即答する。

「おれですら気づいたんだ、おまえがはずれてから、誰かが過去のデータベースから掘り起こしたろうよ。千葉県警《うち》の刑事部はそれほど無能じゃない。合同捜査班こそ作っちゃいないが、桜田門とも情報共有はしてるだろう。いくら警視庁が煙たくても、三鷹事件との相似ぶりは無視できんさ」

「……ですよね」

納得して、武瑠はうなずいた。

いま思えば平係長や同僚は、洩らしてもあたりさわりのない情報を彼に渡したのだ。当然である。武瑠はいつ復帰できるかわからぬ状態だった。

「ところで、ヒロくんのフルネームは犬飼尋也だな？」

今道が問う。

「そうですが、なにか」

「黒板塀の、土蔵があるお屋敷の子で合ってるか？　庭に椰の木がある平屋建てだ」

「よくご存じですね」

「強盗事件の捜査で、あそこら一帯を聞き込みにまわったことがあるのさ。今回の件を調べなおしていて、思いだした」

今道が遠い目になった。

「三十年近く前、おれはヒロくんに会ったことがある。聞き込みのため呼び鈴を押したら、あの子が出てきたんだ。どうにも印象深くてな、忘れられなかった」

「ヒロはそんなに、印象の強いやつじゃ……」

「おとなしそうな子ではあったよ。だが、よく覚えている」

きれいな顔をした少年だった――。懐かしむように今道は言った。

夕暮れどきだったという。

世界は茜に染まっていた。しかし鬱蒼と茂る椰の木のせいで、玄関さきはひどく暗かった。少年の顔だけが、ぼうと浮かびあがっていた。

だが今道の目を惹いたのは、その整った容貌ではなかった。

――子どもの瞳ではない。

真っ先にそう思った。

のっぺりと生白い顔の中で、二つの瞳が冷えていた。

少年の全身に、今道は素早く視線を走らせた。経験上、この手の目つきは被虐待児に多い。専門用語で〝フローズン・ウォッチフルネス〟と言う。凍りついたような、感情のない冷えた凝視を指す。

だが半袖とハーフパンツから突き出た少年の手足に、痣や傷はなかった。不自然に痩せてもいない。髪は短く切りそろえられ、衣服も清潔だった。

お父さんかお母さんはいる？　そう今道は尋ねたという。

しかし少年は首を振った。おばあちゃんだけ、と彼は言った。おばあちゃんと二人だけだよ、と。

今道はカフェのマッチを手でもてあそんで、

「このへんで強盗事件があったのを知ってるかい。そう訊くと、ヒロくんは知っていると答えた。不審な人物は見ていないとも言った。おれはあの子に礼を言い、『おばあちゃんからも話を聞きたいな。呼んでくれる？』と尋ねた」

だが今道は、祖母の十重には会えなかった。

聞いたのは彼女の声だけだ。屋敷の奥から響く、奇妙にかん高い声だった。訛りがひどく、今道にはさっぱり意味がわからなかった。

声のほうを振りかえりもせず、尋也は言った。

――ごめんなさい。おばあちゃん、具合がよくないみたいです。

「大人びた口調だったよ。その間も、声は奥からつづいていた。千葉の方言でないことはすぐにわかったが、どこの訛りかはいまだに不明だ。九州弁だろうが北海道弁だろうが、断片くらいは聞きとれるはずだが、あれはほんとうにわからなかった」

だから今道は、尋也に向かってこう言った。

おばあさんは千葉の人じゃないんだね。恥ずかしながら、おじさんは関東から出たことがないんだ。呼んでもらっても、おばあさんの言葉はわかりそうにないな。

尋也はさらりと答えた。

――ぼくにもわかりません。

今道は虚を衝かれた。

そんな彼を後日《しりめ》に「もういいでしょ」と尋也は言い、玄関戸をぴしゃりと閉めた。

「……強盗が捕まったのは、その二日後だ」

今道は言った。

「犬飼十重さんと尋也くんが住む屋敷は、被害に遭っていない。マル目でもない。それ以上彼らにコンタクトを取る権限は、おれにはなかった。生安《セイアン》部の少年育成課に連絡だけはしたがな。その後はとくに報告もなく、それきりに終わった」

今道は白髪をかきあげて、

「いまでも思うんだよ。あの『ぼくにもわかりません』は、どういう意味だったんだろうとな。彼と祖母は、同じ家に住んでいた。どんなに馴染みのない言葉だろうと、普通はジェスチャーやニュアンスで察し、次第に習得していくものだ。脳味噌の柔らかい子どもならなおさらさ。しかしあの子は、冗談を言っているようには見えなかった」

言葉を切り、彼は武瑠を見た。

「おまえがあのときの子の従弟だとは、今回はじめて知ったが――。どうだ？　あのおばあさんは、おまえにとっても祖母だろう。おまえや弟は、祖母の言葉を理解できていたか？」

「いえ」武瑠は首を振った。

彼が知る祖母は、おそろしく無口だった。

親からは「訛りをからかわれ、人前で話すのが苦手になった」と聞かされた。そんな祖母を、祖父は「きれいな置物」と呼んだという。

まさしく置物のように、ろくに声すら発しなかった祖母。ヒステリックな嫁たちに囲まれ、黙りこむだけの老女。

そういえばおれは、ろくに祖母を知らない。

――お義母さんはああいう人だしね。

母の口癖だ。もの心つく前から、耳に胼胝《たこ》ができるほど聞かされた。だから自分も「ああいう人だから」で片づけてきた。祖母について深く考えてこなかった。

なぜか背すじが寒かった。

二の腕に、こまかく鳥肌が立っていた。


今道と別れ、武瑠は顔示にＬＩＮＥを送った。二十八年前の殺人のこと、記憶がよみがえったことを打ち、

「あの日、あの林におまえはいなかったのか？」と送った。

間を置かず、さらなるメッセージを打つ。

「もう隠しごとはやめてくれ」

「これまで以上に、おれはなにも信じられなくなった」

返信は見ず、武瑠はアプリを電話機能に切り替えた。選んだ相手は、元図書委員の茂田井であった。

7

時刻はすでに真夜中だった。

武瑠は、祖母の屋敷の裏手に立っていた。

黒板塀に沿ってぐるりと歩く。塀の切れ目が、竹製の枝折戸になっている。組んだ竹が割れ、大きな穴のあいた枝折戸だ。

その向こうに見える庭は、伸びほうだいの枝葉に覆われ、月あかりも届かぬ暗闇に呑まれている。

数時間前に、武瑠は茂田井の母と電話で話した。

「犬飼さん家のお孫さん？　ああ、あの刑事の。ほいじゃあ、あなたも男前だべさ。美男子の家系で有名なんよね、あすこは」

生粋の地元民であり、婿をもらって実家を継いだという彼女は、夜分の電話を迷惑がりもしなかった。

「わたしの妹が、創二さんと同級生でねえ。バレンタインにチョコを渡したかったーって、卒業してからもしつっこく言ってたさあ。あなた、圭一さんとこのご長男？　圭一さんも、顔はかっこよかったんよ。でもちょっと怖いっていうか、近寄りがたい雰囲気でね。あ、ごめんねえ。したっけこれ、べつに悪口でないかんね」

かまいません、と武瑠は言った。

そして二十八年前の殺人事件に水を向けた。

「二十八年前？　ああ、岩蔵の林で女の人が死んでたあれね。犯人は、そういえば捕まってないねえ。え、誰が見つけたかって？　第一発見者？　覚えてないねえ」

子どもたちが第一発見者だった、とはやはり広まらなかったらしい。

警察側が情報を伏せるのは、捜査の定石だ。広まるとすれば、発見者本人や家族が周囲に洩らしたケースである。

だがあのとき武瑠は、「死体を見つけた」と母に言わなかった。知秋にも、洩らさぬよう厳命した。

母は当時、鬱になりかけていた。心配させたくなかった。

尋也も口外しなかったはずだ。

「圭一さんの部屋？　あのほら、あすこよ。ヒロくんも使ってた部屋。そうそう、前は圭一さんの部屋だったさあ。長男だかんね。高校卒業して、家を出るまでずっとよ。創二さん？　創二さんの部屋は、ねがったね。いまの人にはわがらねと思うけど、あの頃は長男と次男で区別する家が、まだまだあったかん……」

茂田井の母の声が、いまだ鼓膜に残っている。

武瑠は振り切るように空を仰いだ。

灰いろの叢雲《むらくも》が、月をなかば隠している。星はほとんど見えなかった。夜気は冷えきって、かすかに雨の匂いがした。

武瑠はスマートフォンを取りだし、ロックを解除した。

ＬＩＮＥが届いている。願示からだ。

「確認したぞ。一九九四年の八月三十一日なら、おれは魚喰にいなかった」

メッセージはなおもつづいていた。

「ネットでカレンダーを検索したが、その年の八月三十一日は水曜日だった。だから水曜定休の親父は、火曜の夜に迎えに来たはずだ。おまえは忘れただろうが、夏休みの最終日が水曜の年は、いつもそうだったんだ」

「おまえたちが死体を発見したなんて話は、はじめて聞いた。ばあちゃんから両親に、報せがあったかどうかも知らない」

武瑠はすこし考え、「いま、ばあちゃんの家の前にいる」とだけ送った。

間髪を容れずスマートフォンが鳴る。やはり願示からだ。

「待て。夜中に一人で行くな」

武瑠は「大丈夫だ。ばあちゃんを起こす気はない」と打ちかえした。静かに入って、静かに帰るつもりだった。

つづけざまに着信音が鳴る。願示のさらなるメッセージが表示された。

「せめて、赤い穴倉には入るな」


枝折戸を押しあけ、武瑠は庭に入った。

丈高く伸びた雑草が、剝きだしの足首に痛痒い。耳もとで虫の羽音がした。刺されるだろうが、かまわず踏みこんだ。

雨の気配がいっそう濃い。それとも、庭の溜め池の臭気だろうか。なまぐさく湿った香りだ。

尋也の犯行日記では、最後の死体遺棄現場は祖母の家だった。果たされずに終わった第四の殺人である。尋也は八月十五日付の日記で、翠叔母を殺していた。そして遺体をこの庭に打ち棄てた。

——おれたち一族は、どうかしてると思わないか。

いつかの願示の言葉がよみがえる。

——全員がどこか病んでいる。

——おれたちの親父も、母親も、尋也も、琴ちゃんもだ。一番明るく見えるチーちゃんだって、例外じゃない。みんなどこかしら歪んでいる。

そのとおりだ。武瑠はつぶやいた。

おれたちはみんなおかしい。ずっとおかしかった。

尋也もまた、模倣犯だった。病んだ心の道程をさかのぼるべき相手は、尋也ではなかった。願示に止められなかったのは当然だ。遡及するべきは、二十八年前の犯人だったのだから。

——おれたちのおかしさの根は、どこにある?

自問しながら、武瑠は庭を横ぎった。ようやく目が闇に慣れつつあった。

カサンドラ。意思の疎通がかなわぬ孤独と恐怖。祖父に置物と呼ばれた祖母。それをおかしいとも思っていなかったおれたち。

武瑠は沓脱石でサンダルを脱いだ。

縁側に足をかける。板張りに素足の裏が張りつき、ひやりとした。

——二十八年前の夏、父はこの家にいた。

夏休みの間、武瑠の家には願示と琴子が泊まっていた。だから父は、外で酒を飲んでは祖母の家に泊まった。

自動車事故で父が死んだのは、翌年の秋だ。したたかに酔った父は、カーブを曲がりきれずにガードレールを突き破った。

足音を忍ばせ、武瑠は廊下を歩いた。

庭の草むらから、りりり、と虫の音が響く。屋敷の中からは、きいきいと金属が軋るような例の音が聞こえる。

障子戸をひらいた。尋也の部屋だ。埃くさく、黴くさい。

武瑠は手を伸ばし、電灯の紐を引いた。

人工的な光がしらじらと室内を照らす。年代ものの頑丈な学習机。古びたデザインのベッド。湿っぽい土壁。日焼けして、けば立った畳。

だが武瑠の視線は、ベッドの向こうに向いていた。

押し入れの襖だ。

ベッドは、その襖をふさぐように置かれている。引き戸なので、むろんひらくことは可能だ。しかしいかにも不便そうだった。

――間取り上、ここにしかベッドを置けないのだと思っていた。

この部屋の北側は奥座敷へつづく襖、南側は縁側に面した障子戸になっている。西側の壁には、父のお下がりの本棚と学習机が据えられていた。

ベッドはあとから運びこんだものだ。ほかに置くところがなく、しかたなしに東側の押し入れにベッドを寄せたと思いこんでいた。

――おれたち一族にはこの思いこみが、いや、コミュニケーション上の諦めが多すぎる。

なぜって、訊いても祖母は答えないと知っていたから。ごくたまに彼女が口をひらいても、誰も理解できなかったからだ。

――そのことを、不思議にも思わず育ってきた。

おれは、もっと祖母を知るべきだったのではないか？　とくに近年は、琴子を介護問題に近づけたくない一心だった。だがその判断は間違っていたのでは？

武瑠はベッドに膝をのせた。身をのりだし、押し入れの襖をひらく。

一瞬、啞然とした。

押し入れは二重戸になっていた。内側にもう一枚、雨戸並みに頑健な木扉がある。怯みながら引き開けた。

中は上段と下段に仕切られていた。下段に詰まっているのは布団でなく、骨董用の桐箱だった。上段は、緞帳のようなぶ厚いカーテンで閉ざされている。

――ああそうか。

奇妙な納得が、背を駆けぬけた。

――先日、部屋が不自然に狭い、と感じたのはそのせいか。

押し入れに奥行きがありすぎるのだ。

障子戸を開ける前、「この部屋はおおよそ、これくらいの大きさだろう」と無意識に見当を付けた。しかし一歩入ってみると、予想よりもずっと狭かった。その差異が、踏み入る者の感覚を微妙に歪ませる。

武瑠は眼前のカーテンを手でかき分けた。

中に頭を突っ込む。暗くて見えなかった。しかたなく、体ごと入ることにした。四つん這いで潜りこむ。

きぃぃ――。

屋敷のどこかで、軋るような音がした。

すこし這い進んだところで、武瑠は壁に頭をぶつけた。

真っ暗だ。いったん闇に慣れた目も、一度光にさらしたせいでリセットされた。背後のカーテンに遮光性があるのだろう。自分の指さきさえ見えない。

武瑠はあたりを探った。

壁がある。紙のような、がさついた感触もあった。壁紙でなくただの紙だ。さらに探っていくと、スイッチらしきものが触れた。迷わず押す。
二、三度瞬いたのち、電灯がともった。
視界が赤に染まった。

真っ先に目に入ったのは、女の顔だった。

若い女だ。いや、写真である。女を撮った写真が大きく引き伸ばされ、壁にべったり貼られている。

女は眼球がこぼれそうなほど目を見ひらき、歯を剝きだしていた。猿の威嚇を思わせる顔つきだった。見る者を、武瑠を、まっすぐ睨んでいる。

電灯の笠に張られたセロハンに、武瑠は気づいた。

赤いセロハンだ。そのせいで世界が真っ赤に見えるのだ。稚拙な細工だった。それだけに、不気味に感じた。

引き伸ばされた写真のまわりを、普通サイズの写真が取り巻いている。白黒の古い写真だ。四方の壁が埋まるほどの量だった。数百枚、いやもっとだろうか。

被写体は、どれも同じ女に見えた。

ほとんどは半裸だ。しかし全裸の写真もあった。女は顔を歪め、舌をべろりと出し、肩や首、腕を大きくねじれさせて写っていた。知性のかけらもない顔つきだ。

八割が顔面で、二割が全身を撮った写真だった。中には猥褻な構図もあった。何枚かは足を拡げ、性器を写させていた。

女は恥じらいの表情ひとつ見せない。ひどく動物的だった。

真顔や笑顔の写真は一枚もなかった。女はあきらかにわざと顔を歪め、身をよじり、手足をねじって、麻痺や痙攣を思わせるポーズを取っていた。ある種の病気の、グロテスクな戯画《カリカチュア》に見えた。悪意が匂いたつようだった。

きぃ……きい、きぃ……きい
どこからか、金属を擦るような音がする。

――似ている。

肌に粟粒を立てながら、武瑠は思った。

認めたくないが、この女は琴子に似ている。いや、正確に言えば、一連の被害者たちに似ている。

尋也が殺した三人の女に。砂村ありさに。真山朝香に。乃木こずえに。翠叔母に。そしておそらく、二十八年前の被害者にも似ているはずであった。

押し入れには――赤い穴倉には、女が満ちていた。

美しいが醜悪な顔、顔、顔があった。

女は顔を歪め、目を剝き、口を大きく開けて、喉奥までさらしていた。見る者を嘲笑うかのようにいびつなポーズを作り、性器を指で拡げていた。これ見よがしに糞便を垂らしている写真さえあった。

――いや、女だけじゃない。

よくよく見れば、壁に貼られた被写体は彼女だけではなかった。

腐りかけた猫の死体があった。切断された子犬の前足があった。なにかを燃やしたような、焦げた壁があった。そして、まぶたを切りとられた目の接写があった。

武瑠はその写真に顔を近づけた。フィルム撮りだ。

日付が入っている。1994.8.31――。

みぞおちから吐き気がこみあげた。意思の力で、なんとか呑みくだす。

きぃ……きい、きぃ……きいぃ

カーテンの向こうで音がつづいている。

さらに壁を見ていくと、貼られているのは写真だけではなかった。文字が見えた。新聞や、週刊誌の記事だ。どれも糊でべったり貼られている。ノートからちぎったらしい紙片もあった。

――ノート？

武瑠は壁に顔を寄せ、文字を目で追った。

一九九四年　八月三十一日

今日、人を殺した。

でもほんとうにおれが悪い？　おれが悪いのか？

女房が悪い。あいつが車のキイを、おれに預けっぱなしだったからだ。キイを取りあげることなく出かけたせいだ。

車がなければ、女を撥ねることなんて不可能だった。気を失った女をトランクに積んだり、連れ去ったりもできなかった。車もキイも、両方おれの自由になる状態だった。それがよくなかった。だから、一番いけないのは女房だ。

ああ糞。糞が。くそったれ、おれはなにを書いてるんだ。

無差別に襲ったわけではない。いや、名前も素性もわからぬ女ではある。しかし毎朝のように

……。

既視感のある文章だった。

記憶を掘り起こすまでもない。きっとこれが尋也の日記の大もと、オリジナルなのだろう。だ

が武瑠の目を奪ったのは、文章よりその筆跡であった。

父の字だ。

殴り書きだが、この癖字は間違いない。

ろくに口を利かない父は、いつも用事をメモに書きつけ、冷蔵庫にマグネットで貼っていた。彼の肉声よりも、筆跡に武瑠は馴染みがあった。

——二十八年前の犯人は、親父か。

驚きは薄かった。それどころか、とうに予期していた。

顔を近づけて凝視する。

父の手記には、上から何度もなぞった跡があった。筆圧の強い誰かが、紙を重ねて当て、なぞり書きをしたらしい。それが誰かは、考えるまでもなかった。

きぃ……きい、ぎぃ……ぎぃぃぃ
武瑠は新聞記事に目を移した。

地元新聞が二枚、全国区の大手新聞が六枚ある。地元新聞の一枚目は、二十八年前の日付だった。魚喰町大字岩蔵の林で、女性の遺体が発見されたという記事だ。

二枚目の日付は、その翌年。

自動車事故の記事だった。

『五日の午後十一時二十分ごろ、千葉市内の県道で乗用車がガードレールを突き破り、魚喰町の会社員、犬飼圭一さん（35）が死亡。警察は飲酒による居眠り運転と見て、事故のくわしい経緯を——』

大手新聞のうち三枚は、三鷹事件の記事だ。

残る三枚はごく新しい。それぞれ被害者の名前は、砂村ありさ、真山朝香、乃木こずえ。『臼原女性連続殺人・死体遺棄事件』の新聞記事だった。

――誰かが、この穴倉で情報を更新している。

次は週刊誌だろうか、雑誌から破ったとおぼしき記事であった。

『アメリカの精神医学研究者によれば、連続殺人者ならびに大量殺人者の多くが、過去に頭部外傷を負っている。とくに共感や寛容性とかかわる部位、前頭前皮質への傷を負ったケースが多い。該当部位を損傷すると人格が変容し、攻撃衝動が増幅しやすいと研究者は言う。

たとえば〝三六〇人殺し〟ことヘンリー・リー・ルーカスは、子どもの頃に母親に材木で頭部を殴られ、数日間昏倒した。

モデル級の美女ばかりを殺したクリス・ワイルダーは、一歳のときプールで溺れ、数時間の間、脳に酸素が行きわたらない状態だった。

〝ヒルサイド絞殺魔〟ことケニス・ビアンキは、ジャングルジムから落ちて後頭部を強打して以来、痙攣発作に見舞われるようになった。

六人の女性を監禁し二人を殺したゲイリー・ヘイドニクは、木登りをしていて落ち、頭蓋の上部が陥没するほどの大怪我を負った。

また〝時計台の狙撃者〟ことチャールズ・ホイットマンは、攻撃中枢である扁桃体を脳腫瘍に圧迫されていた』

この記事には、誰かが油性マジックで添え書きをしていた。

〝ヒロ、とう京《きょう》ジコ３才〟

〝圭一33才４回ジコ、酒〟

武瑠は内頬を噛んだ。

そうだ。尋也は三歳のとき、東京都内で自動車事故に遭っている。そして父の圭一も、飲酒運転で四度ほど事故を起こした。

——彼らはその事故で、脳に損傷を負ったのか？

誰の筆跡だろう。武瑠はいぶかった。金釘流の、ひどく下手な字だ。

きぃ……きい、ぎぃ……きいぃ……

軋るような音はやまない。

その音を、唐突な着信音がかき消した。

武瑠はポケットを探った。スマートフォンの液晶を覗く。願示からのＬＩＮＥだ。

赤い電灯のもと、武瑠は目をすがめてメッセージを読んだ。

「タケル、すまない。じつはおまえに内緒で、おれは八島知秋について調査した」

——ヤシマチアキ？

一瞬、武瑠は混乱した。

ああ弟か、と思いあたる。穴倉の異様な空気に気圧され、思考が鈍っていた。だがどうして、いまチアキの話が？

「彼はおまえに、『ハラスメントで総務に訴えられ、最近会社を辞めた』と言ったそうだな。だが実際には、八島知秋が退職したのは去年の晩夏だ」

願示の文章は冷静だった。

「元同僚からの評価は、『孤独。偏屈。挨拶をしない。最低限のコミュニケーションも取れない』。入社して二年目に閑職にまわされ、五年目に倉庫にまわされた。何度かリストラ候補に挙がったが、そのたび紙一重ですり抜け、約十年間勤めた」

——閑職？　倉庫だって？

やはり頭がまわらない。

辞めさせられた、とは、先日確かに聞いた。しかし知秋は営業部員だったはずだ。このところの円安で大打撃だ、としつこく愚痴っていた。

同期と仲がよく毎晩飲み歩いていると、休日もゴルフやキャンプで忙しいと、いつも聞かされてきた。

「チアキが以前、おまえ宛てに恋人の画像を送ったと言ったろう。あれを見たときからおかしいと思っていた。この子だよな?」

願示が画像を送ってきた。

茶髪の派手な女性が微笑んでいた。確かに、知秋の〝元彼女〟である。

「この子は、台湾の映画女優だ。ネットで拾える画像だよ。鳴かず飛ばずで消えた端役女優だから、バレないと踏んだんだろう。タケルはただでさえ仕事が忙しくて、芸能関係に疎いしな」

気づけば、武瑠の手はこまかく震えていた。

願示の話はろくに理解できなかった。なのに、なぜだろう。怖い。腕にびっしり鳥肌が立っていた。冷や汗で、背中が濡れている。

でも――と思った。

でもおれは数年前、知秋の彼女と会った。あの女性は生身だった。実在した。ごく数分だが、立ち話だってしてした。

震える手でそのまま打ち、送信する。

「キャバ嬢の同伴かなにかだろう。珍しいことじゃない」

願示の答えはにべもなかった。

「ともかく去年の九月、チアキはついにリストラされた。失職は、大きなストレス要因だ。犯行の引き金になり得――」

つづきは読みたくなかった。武瑠はアプリを電話に切り替えた。

ワンコールで願示が応答する。

「タケル、おまえ、いまどこにいる？」

「赤い穴倉に、いる」

ささやくように告げた。願示が息を呑むのがわかった。

「ガンジ、おまえはなぜ、ここを知っていたんだ？　どうしておれに、夜中に来るなと言った？」

きぃ……きい、ぎぃ……きいぃ
「おれは、尋也になった夢を見る、と言っただろう」

願示の語尾はかすれていた。

「夢で見るばあちゃんの家は——うまく言えないが、昼間と真夜中で空気が違った。そして尋也は、赤い穴倉にしばしば閉じこめられた。あいつは、そこが大嫌いだった。いやだという感情が伝わってきた」

そうだ、尋也は日記に書いていた。叱られるときは赤い穴倉に入れられた。ほんとうにいやだった、と。琴子の押し入れと同じだ。

「待ってろタケル、すぐそっちに行く」

耳もとで願示が言った。

「ここから……分《ふん》で——」

従兄の声を、ぎぎぎ、と鈍い音がかき消した。

武瑠ははっと振りむいた。厚いカーテンの向こうからだ。二重戸の内扉が閉められつつある。

外側から、誰かが閉ざそうとしている。

赤い闇の中で、武瑠は体勢を変えた。急いで這い戻る。カーテンを手で払う。

しかし遅かった。

内扉が閉まる最後の一瞬、武瑠は細い隙間の向こうに、歪んだ笑顔を見た。ひどく嬉しげな笑みであった。

祖母だった。

顔じゅうに縮緬《ちりめん》のような皺を寄せ、祖母は歯のない口から高い笑いを洩らした。

……きぃ、きぃ、きぃ、きぃ
内扉が閉まった。

8

木製の内扉は頑丈だった。殴っても蹴っても、揺すっても開かなかった。外から閂《かんぬき》でも掛けられたのか、微動だにしない。

――折檻に使われていたんだ。

武瑠は唇を噛んだ。おそらく父も、尋也も、叱責のたびここに幽閉された。中からは出られぬ造りに違いない。

願示の到着を待つしかないか。武瑠は覚悟した。願示は駅前のウィークリーマンションを契約している。この家までは、車で十分以上かかるはずだ。

――閉じこめられたところで、体に害はない。だが。

武瑠は四方の壁を見まわした。

赤い電灯の下、隙間なくびっしり貼られた異様な女の写真。

殺人事件の記事。犯行の手記。

心が、脳が揺れる。囲まれているだけでおかしくなりそうだ。平衡感覚が危うい。理性がぐらつくのがわかる。

ふと武瑠は、天井から視線を感じた。真上を仰ぐ。

そこにも女がいた。

最大に引き伸ばされた写真だ。女はレンズに顔を近づけ、白目を剝き、歯茎を剝きだしていた。写す角度のせいか顔が膨れあがり、両耳がないように見えた。

ああそうか。武瑠は納得した。

——この写真の、再現か。

まぶたと上唇と耳たぶを切除された被害者たち。意識してか、無意識かはわからない。だが父と尋也は、この顔を再現しようとした。

女の眼に浮かんでいるのは、まじりけない悪意だった。

悪意。害意。そして狂気。

女は写真のカメラマンを憎んでいた。そして写真の鑑賞者たちをも憎んでいた。不特定多数への、意味も理屈もわからぬ、それだけに強烈な憎悪だった。

——これは、祖母だ。

ようやくわかった。若かりし日の祖母だ。

撮ったのは祖父に違いない。祖父の趣味のひとつはカメラだった。土蔵を暗室にするほどに凝っていた。

祖父は静養先の旅館で、祖母を見初めたという。その愛がどんなものだったか、知ることはもはや不可能だ。

しかし祖父が彼女に求めたものが、正常な夫婦生活だったとは思えない。配偶者を「置物」と呼び、何十年もの間、黙りこませておいた祖父――。

左側の壁には、コピー用紙が何枚も貼られていた。

父が悪い。父が車のキイを置きっぱなしにしていたせいだ。

車がなければ女を撥ねることなんて不可能だったし、気を失った女をトランクに積んだり、連れ去ったりもできなかった。車がオートマで

そしたらぼくとあのひとは、一緒に逮捕される。一緒に起訴され、一緒に裁判の被告人席に立つ。

考えるだけでうっとりする。一蓮托生というやつだ。いや、運命共同体のほうがふさわしいか。ぼくらはともに裁かれ、同じ量刑を受ける。

異性だから同じ刑務所（拘置所？）には行けないだろうけれど、そこはべつに

尋也の日記のコピーだ。

ただし、犯行についての描写は黒塗りされていない。残酷な拷問と殺人の描写が、延々と綴られている。

おそらく尋也は、父の手記の模写からはじめたはずだ。だが次第に、彼自身の心を吐露していった。あの日記は犯行計画表であり、日記であり、同時に実母へのラブレターでもあった。

尋也本人が、この壁に貼ったとは思えない。模倣犯の仕業だろう。『臼原女性連続殺人・死体遺棄事件』の犯人は、つまりこの穴倉に入ったのだ。

押し入れの上段には薄い布団がたたまれ、枕が立てかけられていた。

武瑠は顔を近づけ、枕を嗅いだ。新しい脂の臭いがした。つい最近も、誰かがここで寝た証だ。

――おれたち一族は、どうかしてると思わないか。

――全員がどこか病んでいる。

創二叔父も、かつてはこの押し入れに閉じこめられたのか。

そうかもしれないし、そうでないかもしれない。

ともあれ創二叔父は、祖母と似た容貌の翠叔母と結婚した。その息子である願示は、こずえと結ばれた。

甥の武瑠は琴子とだ。孫の琥太郎は、似た風貌の女性に敵意を向けた。赤い穴倉を知らぬ世代までもが、祖母に似た女に特別な感情を抱いてきた。

――だが母は、違う。

武瑠は眉根を寄せた。おれたちの母は、祖母と似ていない。

父には自覚があったのだ。祖母の呪縛を拒み、後世につづく呪いを断ち切ろうとした。子どもの命名にこだわったのも、そのあらわれだろう。だが失敗した。彼はしくじり、血の呪いに屈した。

――カサンドラは、母や叔母だけではなかった。

女性の名を冠した症名に、目をくらまされた。父も尋也もカサンドラだったのだ。他人に共感できぬ家族。意思の疎通すら取れぬ保護者。

この家で暮らしながら、彼らは心を病んでいった。

創二叔父はなにを思って、事故後の尋也を祖母に預けたのだろう。しかも自分と同じ次男のほうをだ。歪んでいるとしか思えなかった。その歪みが、恐ろしかった。

――いままでおれは、なにを見ていたんだ。

よく知っていたはずの家族が、親族が、いまやひどく遠い。自我が大きく揺らぐ。三十八年間認識していた世界が、足もとから覆されるのがわかる。

しかし、その刹那。

まくりあげられたカーテンの向こうで、ぎぎ、と内扉がひらいた。

「タケル!」

蛍光灯の光が射しこむ。願示の顔が覗く。

「ガンジ……」

助かった、と思った。だがそれも束の間だった。

従兄の肩越しに、白茶けた面《おもて》が覗いた。血の気の失せた顔だ。嘲るような薄笑いが張りついている。

弟の――知秋の顔であった。

知秋は薄笑いしながら、願示の喉に背後から包丁を突きつけていた。

「チアキ……」

「大丈夫、だ。タケル」

顎を上げたまま、願示が気丈に言った。

「ここに来る途中で、警察に通報した。……大丈夫だ」

この一帯は臼原署管内だ。武瑠は思いかえした。最寄りの交番《PB》は、電話のみ設置の空きPBである。臼原署《PS》からは、パトカーで飛ばしても十五分はかかる。

――時間を稼がなければ。

弟に見えるよう、武瑠は両手を上げた。

出てこい、と知秋が顎をしゃくる。

願示と知秋をうかがいながら、武瑠は押し入れの上段から降りた。

蛍光灯の下で、弟が従兄の喉に包丁を突きつけている。とても現実とは思えぬ眺めだった。

知秋の背後では、祖母の十重がちんまり畳に座りこんでいた。ゆっくり、ゆっくり体を前後に揺らしている。揺れるたび、祖母の口から奇妙な声が洩れる。

きぃ、きい……きぃ、ぎぃい
——壊れている。

武瑠は悟った。

認知症のせいではない。はるか以前からだ。ずっと、祖母は壊れていた。認知症が箍《たが》を緩ませ、ようやくどろりと表にこぼれ出ただけだ。

祖父と出会う前の彼女が、どんな人間だったかはわからない。だが壊したのは、間違いなく祖父だ。この家で、十重は静かに狂気を深めていった。なぜ母と叔母があれほど祖母を厭ったか、ようやく理解できた気がした。

「親父、だった……。そうなんだな?」

武瑠は覚悟を決め、声を絞りだした。

「二十八年前、おれたちはあの林で、死体を見つけた。犯人は、おれたちの親父だった。そうだな? チアキ」

「……あいつは、負け犬だ」

薄笑いを浮かべたまま、知秋が応じた。

「あいつは一人しか殺せなかった。殺しの罪悪感から逃げるため、いっそう酒に溺れた。道ばたで糞を漏らすような、最悪の飲んだくれになった。あいつがどんなふうだったか、兄貴だって覚えてるだろう?」

「ああ」

武瑠は呻いた。声が喉に張りつき、かすれる。

「覚えて、いる」

知秋は満足そうにうなずき、

「親父は、おれたちで殺してやった」と言った。

祖母がきぃぃっ、と声を上げる。

「感謝しろよ。兄貴だって、あいつに死んでほしかっただろう?」

「チアキ……」

「おれとヒロちゃんとで、やったんだ。あの日おれたちは親父に酒を勧め、たらふく飲ませた。親父は、いっちょまえに断酒していやがった。社長に『このままじゃおまえ、妻子も仕事もすべて失うぞ』なんて説教されて、真に受けたんだ。はは、とっくに手遅れだっての。馬鹿だよ、親父は本物の馬鹿だったよ」

愉快そうに知秋は語った。

あの晩秋の夜、尋也は十二歳、知秋は九歳だった。亡き祖父の秘蔵のウイスキーを持ちだしたのは、祖母だったという。そして尋也と知秋が勧めた。

——去年、女の人が林で死んでいたよね。誰がやったか、知ってるよ。

そう彼らは父の圭一に告げた。その上で、

——忘れていいよ。

父のグラスにウイスキーを注いでやった。

——これで、忘れようよ。いい気分になって、忘れちゃおう。

度数四十六度のウイスキーを、圭一は丸一本空けた。その手に尋也は「おやすみ」と車のキイを握らせた。夜明けを待たず、圭一は還らぬ人となった。

「なぜだ」

武瑠は問うた。

「なぜ、そんなことを」

「ばあちゃんが望んだんだ」

知秋はこともなげに答えた。

次いで、彼は語った。祖母が圭一に失望していたことを。なぜなら祖母は、圭一に対し吐き捨てた。「ごうったれがあ」「まぁず、いけねぇだら」と。

祖母が発する音声のうち、彼らが理解できる言葉はこの「ごうったれ」「いけねぇだら」のみだった。どちらも強い否定の言葉だ。ニュアンスからいって「クズ」「いらない存在」だと二人は解釈していた。

「おれたちは、ばあちゃんの望みをかなえたんだよ」

弟は得意げだった。

武瑠は「嘘だったのか」と唸った。

「営業部員だの、総務にハラスメントで訴えられただの、彼女にババコンと言いふらされただの――。なにもかも、嘘か」

「いいや、半分はほんとさ。同期にスマホを勝手に覗かれ、ババコンと囃したてられたのは事実だ。あらぬ噂をたてられ、総務に呼びだされたのもな」

「この家から、骨董や金を盗んでいたよな。あれは？」

「じじいはこの家のあちこちに資産を隠していった。見つけるたび回収して、管理してるってだけさ。この家に置きっぱなしは、危険だからな」

　知秋は肩をすくめた。

「兄貴があやしんでいるとわかったから、盗っ人のふりでごまかしたんだ。大事なばあちゃんから、おれが泥棒するわけないだろう」

「押し入れに、ヒロの日記を貼ったのもおまえか」

「そうだよ。三鷹リッパーの記事と、ヒロちゃんの日記と、今回の事件記事はおれが貼った。壁一面に写真を貼りつけたのはじじいで、親父の死亡記事を貼ったのはばあちゃんだ」

「ばあちゃんが……」

　武瑠は唖然とした。

　ではあの〝ヒロ、とう京ジコ3才〟と〝圭一33才4回ジコ、酒〟は、祖母の字か。なにもかも祖母は知っていたのか。

　武瑠はかぶりを振り、

「なぜだ」

　いま一度言った。

「ヒロは、この家に預けられていた。生かすも殺すもばあちゃん次第だった。やつにはばあちゃんの機嫌を取る必要があっただろう。だが、どうしておまえまで」

「兄貴は知らないよな」

　知秋の顔から、すう、と表情が消えた。

「あんたは母さんと琴ちゃんしか、見てなかったもんなあ」

　白紙のような無表情だった。

「――おれはな、兄貴。小学校に上がる前から、親父のせいでいじめられてたんだ。何度クラス替えしてもだ。おれは、学校にも家にも、居場所がなかった」

そう語る彼の手が、震えた。顚示の喉の上で刃が滑る。肌に血のすじが滲む。

武瑠は息を呑んだ。

「チアキ……」

「おれがなにをされたか、要領のいい兄貴にはわかりゃしないさ。おれはな、担任に、いじめっ子どもと同じグループだと思われていた。仲良しグループの中の、いじられキャラだってな。実際にはただのサンドバッグだった。いじめっ子どもは、おれを殴る蹴るはしなかった。もっと巧妙におもちゃにした。おれは顔に落書きされ、女子の前でパンツを脱がされた。電柱の下の、犬の糞《くそ》を食わされたことさえある」

ばあちゃん家は、おれの避難場所だったんだ——。知秋は言った。

追いつめられた知秋には、コミュニケーションのないこの家が逆にこころよかった。圭一と尋也を怯えさせた押し入れも、彼には安息の場所だった。

「そんな目で見んなよ、兄貴」

知秋が唇を歪めた。

「まあ気持ちはわかるけどな。確かにおれは、負け犬だ。社会的に見りゃそうだよ。負け組の負け犬だ」

でも親父やヒロちゃんより、ましだ——。

知秋は引き攣るような笑い声を上げた。

「兄貴のことは、ガキの頃からどうでもよかったよ。だってあんたは、全然べつの人種だもんな。争う相手じゃない。ずっとそう思ってた」

負け組。負け犬。争う相手。ああそうだ。勝ち組だの負け犬だのと、知秋はいつもこだわっていたっけ。

「親父には、とっくに勝った。おれとヒロちゃんであいつを殺してやった。でもヒロちゃんだって、結局は負け犬だ。その証拠に、自殺しやがった」

勝ち誇ったように顎を上げる。

「ヒロちゃんは、自分の犯行に耐えられなかった。だから本命の叔母さんを殺す前に、川に身投げした。ははは、身投げだぜ、みっともねえ。おれの勝ちだ。おれのほうが上だと、これできっちり証明できた」

武瑠はあえいだ。

「チアキ、おまえ」

「まさかヒロに勝つために、殺したっていうのか。砂村ありさを、真山朝香を――。こ、こずえさん、を」

「ばあちゃんに、見せてあげたかったんだ」

知秋は、ちらりと背後の祖母を見やった。

「おれが親父よりも、ヒロよりも格上だってことをな。ばあちゃんが完全にボケて、なにもわからなくなる前に、おれは証明しなくちゃならなかった」

――引き金は、それか。

武瑠は眉根を寄せた。

尋也の事件から二十年以上経って犯行に及んだ理由は、祖母の認知症か。

尋也は翠叔母を熱愛したが、知秋は安息の地を与えてくれた祖母を愛した。いじめの記憶。失職。愛する祖母の認知症。どれもストレス要因だ。

長年踏みにじられたプライドを、知秋は取りもどす必要があった。そうでなければ生きていけなかった。

「……こずえ、を」

刃を突きつけられながら、願示が唸る。

「なぜ、こずえを選んだ。どうしてこずえだったんだ」

「それを訊くか。はは。そりゃガンちゃんが、まだあの女に惚れてたからさ」

知秋はせせら笑った。

「ヒロちゃんは、もう死んじまってるからな。代わりに、ガンちゃんのつがいを殺してやった」

「意味がわからない」武瑠は首を振った。

「チアキ、おまえ、なにが言いたいんだ」

「わからないのか？　まったく、どいつもこいつも馬鹿ばかりだ」

知秋が鼻から息を抜く。

「いいか？　おれは親父やヒロちゃんより上だってことを、ばあちゃんに見せなきゃいけない。ガンちゃんとヒロちゃんは、もとはひとつだっただろう？　双子だからな。そのガンちゃんのつがいを、おれは殺した。おれが二人よりも雄《オス》として上だって証拠だ。肝心なのは勝ったという事実と、その証明なんだ」

つばを飛ばして知秋は語った。

熱弁だった。目が爛々と光っている。

「砂村ありさを狙ったのは、琥太郎とのトラブルを知っていたからか？」

「知ったというか、調べたのさ。おあつらえむきに、あの女は三鷹事件の被害者と同タイプだった。ほんと言えば、ガンちゃんの息子にもっと動揺してほしかったんだがな。現代っ子は、ドライでつまらないね」

「真山朝香は?」

「砂村ありさを尾けていたとき、電車で見かけた。被害者同士にちょいと接点があれば、警察は喜んで飛びつくと思ったしな。いろんな意味でちょうどいい相手だったよ」

「チアキ……」武瑠は呻いた。

ガラスの壁に話しかけている気がした。言葉は通じているはずなのに、まるで響かない。弟が異星人に思えた。

喉をごくりと動かし、武瑠は言った。

「……警察が、来るぞ。じきに捕まる」

「わかってないなあ」

知秋が肩をすくめる。

「問題はそこじゃない。警察なんてどうでもいいんだ。おれはガンちゃんを殺す。そしておれも死ぬ。つまりヒロちゃんの分身を殺し、なおかつヒロちゃんより一人よけいに殺すわけだ。な? 誰が見たっておれの勝ちだろ? これでばあちゃんも、おれが一番優秀だったと認めてくれる」

「おれは?」

武瑠は尋ねた。

「おれのことは、殺さなくていいのか」

――琴子、すまん。

内心で謝った。無用な挑発だとはわかっていた。だがいまは、時間稼ぎが必要だ。約束を守れなかったらすまん。

しかし知秋は、

「馬鹿だな。まったく兄貴はどこまで馬鹿なんだ」

と呆れ顔をした。

「兄貴まで死んだら、ばあちゃんはどうなる。母さんや叔母さんは信用できない。叔父さんだって、先はそう長くない。公務員の兄貴には、最後までばあちゃんの面倒を見てもらわなきゃな。それに生き証人が必要だろ」

知秋は微笑んだ。

おれが勝ったことを、語り継いでくれる人が要る。それが兄貴だ――と。

「だいたい、脳に傷をこさえなきゃ殺せない時点で二流なんだ。おれはその点、まっさらの脳味噌を持ってるぜ。怪我とは無縁な人生だった。せいぜいでいじめっ子どもに小突かれ、尻を蹴られた程度かな」

「いや」

しわがれた声がさえぎった。願示だった。

「……心の傷は、脳機能にかかわる」

喉に刃を当てられたまま、願示はつづけた。

「以前、PTSD問題の記事を書いたとき、調べたんだ。過度のストレスは、脳を萎縮させる。――たとえばベトナム戦争から帰った元兵士の脳には、海馬の変性や認知機能障害が認められた。強いPTSDを患っていればいるほど、多量の脳細胞が死滅していたそうだ」

「うるさい」知秋が唸った。

心底不快そうな声音だった。その声に、武瑠は動揺を嗅ぎとった。

願示がつづける。

「〝小突かれた程度〟なんかじゃない。チアキ、きみは長期間のいじめで、心にも脳にも深い傷を負っている。頭部外傷に匹敵する、大きな傷だ」

「うるさい。やめろ」

知秋は首を振った。あきらかにうろたえていた。包丁の刃先が、願示の喉に食いこむ。ぷつりと皮膚が切れ、赤い血の玉が浮かぶ。

「待て、チアキ！」

武瑠は怒鳴った。

「おまえは……、おまえは、勝ってなんかいない」

息をおさめようと努めた。しいて、平たい声を押しだす。

「──なぜって、ヒロは生きてるぞ。そいつはガンジじゃない、ヒロだ」

知秋の口から、

「は？」

と声が洩れる。その唇が歪み、嘲笑を作りかける。だがその前に、瞳が揺れた。不審が生む揺らぎであった。

「そうだろう、ヒロ？」

「ああ。……そうだ」

願示が答える。

「あの夜、おれたちは……二人で、川に行った。兄貴の誘いでだ」

彼が必死に脳を回転させ、言葉を探しているのがわかった。

「もちろん泳ぎに行ったわけじゃない。三鷹リッパーがおれだと、兄貴は知っていた。止めるために、おれを殺す気だった。それを知っていたから、誘いに乗ったんだ。……返り討ちにしてやったよ。チアキ。おまえは、勝ってなんかいやしない。勝者はおれだ。ばあちゃんだって、全部知ってる」

「嘘だ」

知秋がかぶりを振る。

「あり得ない。嘘だ」

「嘘じゃないさ、そいつの右腕を見ろ」

武瑠は言い張った。

「その傷が証拠だ。おまえも、覚えてるだろう。ヒロは右腕にほくろがあった。だがガンジになり替わるため、岩でほくろを抉りとった。ヒロはガンジとして、人生をやりなおした。念願の翠叔母の愛情を手に入れた。ヒロが勝者だ。ヒロはおまえに、ずっと勝っていた。いまもだ。おまえは、負け犬のままだ」

「嘘だ。――嘘だ、嘘だ！」

知秋が叫んだ、その瞬間。

ぎいいいぃぃいっ、と高い声が夜気を裂いた。

祖母だった。祖母は叫んでいた。畳に膝立ちになり、顎がはずれんばかりに口を開けて、絶叫していた。

「がっ、あがああぁあああがあ」

歯のない口から、声と言葉がとめどなく流れ出た。あきらかに、どの郷《さと》の方言でもなかった。それは奇妙な、誰にも通じぬ呪詛の渦だった。

――獣の言葉だ。

武瑠はたじろぎ、一歩退いた。

幼い願示と尋也の姿が、脳裏をよぎる。事故で引き裂かれる前は、二人でのみ通じる言葉を持っていた双子。

「ごごっ、おお、ごおの、ごおったれがぁあああああああああ」

知秋は目を見ひらいていた。その瞳は、祖母だけを見つめている。包丁の刃先が、わずかに願示の喉からそれた。

「チアキ！」

武瑠は叫んだ。

知秋がはっと向きなおる。反射的に、包丁を武瑠に向かって突きだす。

「ガンジ、逃げろ！」

叫びながら、突進した。願示が知秋を振りはらう。

知秋は一瞬迷った。兄と願示のどちらに対処すべきか、戸惑った。ゼロコンマ数秒の隙だ。しかし武瑠が摑みかかるには充分だった。

身長は知秋のほうが高い。体重も五キロほど重いだろう。だが武瑠は警察官である。日常的に術科訓練を受けている。

武瑠は体を低くし、弟に組みついた。柔道の双手刈《もろてがり》だ。膝裏を摑み、すくいあげる。バランスを失った知秋が、大きく後ろへ傾ぐ。

二人はもつれながら、本棚に頭から突っこんだ。詰まっていた図鑑や辞書が、どっと振りそそいだ。知秋が悲鳴をあげた。

武瑠は膝立ちの姿勢で、知秋の利き手を蹴った。包丁を摑んでいる手だ。吠えながら、幾度も知秋の手を蹴りつけた。

知秋の指が折れたのがわかった。その手から包丁が離れる。

武瑠は身をかがめた。包丁を拾おうとした。

だがその前に、痩せさらばえた腕が横から伸びた。祖母だ。

意味のとれぬ呪詛を垂れ流しながら、祖母は両手で包丁を摑もうとした。黄ばんだ白髪が、ざんばらに乱れていた。

駄目だ、武瑠は悟った。

——駄目だ。間に合わない。

骨に渋紙を張ったような指が、いち早く包丁の柄を握る。

その刹那、祖母の手を誰かが蹴った。包丁が吹っ飛び、壁に当たるのが見えた。

願示だった。真横から彼が、祖母の手を思いきり蹴ったのだ。

「ガンジ、包丁を拾え！」

早く拾え——。怒鳴りながら、武瑠は知秋にのしかかった。

起きあがろうともがく弟を、押し倒す。シャツの首もとを摑む。素早く背後にまわり、思いきり絞めた。送襟絞《おくりえりじめ》だ。

絞めるごとに、弟の抵抗が弱まっていく。

それと比例して、脳内でうるさかった耳鳴りがすこしずつ静まっていく。

代わりのように、かん高い音が耳に届いた。

鼓膜に馴染んだ音であった。パトカーのサイレンだ。近づいてくる。

かくり、と知秋の首が落ちた。気絶したらしい。力の抜けた知秋を、武瑠はうつ伏せに押さえつけた。

念のため手首の関節も決めてから、顔を上げる。

「……ガンジ、だよな？」

「ああ、おれだ」

武瑠の問いに、願示はうなずいた。

願示は利き手で包丁を確保していた。首から血が流れている。だが深手ではなかった。右腕には、やはり例の抉ったような傷があった。

武瑠の視線に気づき、願示が苦笑する。

「ただの傷さ。尖った岩で切ったんだ。……とはいえ、尋也が死んだ翌年に負ったからな。なにかの符丁のようで、正直おれも気味が悪かったよ」

ゆっくりとかぶりを振る。

武瑠は尋ねた。

「おまえ……ほんとうに、あの夜、二人で川に行ったのか？」

「……誘われたのは、ほんとうだ」

願示が答える。

「だが、行かなかった。怖かったからだ。そのときはまだ、尋也が殺人者だとは知らなかった。それでもおれは、あいつが怖かった」

「あのとき川に行っていたら、おれはいま、ここにいなかっただろう――。願示が声を落とす。

「あいつはきっと、おれを殺せた。だが、おれは……」

力ない声だった。

「今回のことで、実感した。やっと断言できる。――おれは、殺せない。返り討ちなんて不可能だ。おれには、人は……殺せない」

「知っている」

武瑠は首肯した。

「おれもだ。おれも、人は殺せない。おれたちにはできない。なぜって、おまえとヒロは違う人間で……そして、おれと親父も」

——別べつの人間なんだからな。

パトカーのサイレンが近づいてくる。

複数のサイレンだ。三、四台はいる。いや、もっとだろうか。鼓膜に刺さる凄まじい音だった。いまや割れ鐘のようだ。

サイレンが家の前で停まった。

武瑠は庭に目をやった。黒板塀の向こうで、赤色警光灯が回転していた。初秋の夜気が真っ赤に染まっている。

玄関戸を拳で叩く音がした。

「千葉県警です！　開けて。開けてください！」

「捜索差押許可状、ならびに逮捕状があります。入ります！」

令状。そうか、令状請求《レイセイ》が通ったのか。武瑠はほっとした。特捜本部はすでに犯人を絞りこんでいた。犬飼十重の孫、八島知秋を容疑者の一人と睨んで捜査し、証拠を固めていたのだ。

「ここだ！」

知秋を押さえつけたまま、武瑠は叫んだ。

「捜一《ソウイチ》第四係、八島だ！　庭にまわってくれ！　縁側から来い！」

早く来てくれ。早く。近づいてくる足音に、武瑠は祈った。

視線をちらりと横にやる。

祖母は部屋の隅に座りなおし、ふたたび体を揺らしていた。その口から、きい、きい、きい……と軋るような音が洩れている。

哀れだった。と同時に、どうしようもなく忌まわしかった。祖母と同じ空気を、これ以上一秒でも吸いたくなかった。

近づく警察官たちの足音を聞きながら、頼むから早く――と武瑠は祈りつづけた。

エピローグ

武瑠はヴェゼルのハンドルを握り、魚喰の農道を走っていた。

まわりは見事に田圃《たんぼ》ばかりである。風が吹くたび、稲がいっせいに傾いでなびく。涼しくそよぐ緑の波を作りだす。

空は夏特有の、ペンキをべた塗りしたような青だ。

通りすがりの袖垣に蔓を絡めた朝顔も、同じほどあざやかに青い。

ヴェゼルの助手席には、琴子がいた。ガラス越しに射しこむ陽光に目を細めている。

「まぶしいなら、サングラスがあるぞ」

武瑠は勧めたが、琴子は首を横に振った。

「いいの、このままで」

ノースリーブのサマーニットから、ほっそりした二の腕が伸びている。

「きれいな景色だし、もったいないもの」

「そうか」

あれから年が変わり、季節が移り過ぎ、ふたたびの夏がやって来た。

知秋が逮捕された翌月、武瑠は警察を辞めた。

平係長は「家族とおまえは関係ないぞ」と止めてくれた。しかし武瑠をじきじきに呼びだした総務部長と本部長は、そうとは言わなかった。

総務部長の言葉は簡潔だった。

「心配するな。次の職は世話してやる」

むろん「辞めるよな？」という意味だ。武瑠もまた迷いなく、室内用の敬礼をもって応えた。

「八島巡査部長、総務部長のお言葉をお受けいたします」

部長が用意してくれた職は〝運転免許センターの正職員〟もしくは〝大型ショッピングセンターの万引きGメン〟であった。

どちらも警察OBが多いことで有名な職種である。武瑠はありがたく後者を選んだ。働きはじめて十箇月になるが、適度に緊張感があり、退屈しない職場だ。

逮捕された知秋はといえば、県警のベテラン捜査員《シラベカン》を当てがわれ、みっちりと取調べを受けた。洩れ聞くところでは、百戦錬磨の取調官に対しても「勝ち組がどうの」「負け犬がどうの」の持論をまくしたてたらしい。

「逮捕されたからって、おれの負けとは限りませんよ」

「マスコミは今後もおれについて報道する。大衆はネットで話題にする。公判になれば、傍聴人が押し寄せる。おれの事件に関心を持つやつ一人につき、一ポイントゲットですよ。ポイントが入るたび、おれは勝ちつづけるんです」

「まあ見ててください。〝八島知秋〟の名は、今年中に〝三鷹リッパー〟の検索数を越えますよ。公判がはじまっても、地裁、高裁、最高裁。そして死刑執行。そのたびおれは話題になるでしょう。ウィキペディアだって更新されるはずだ。それも全部ポイントですよ。おれの勝ちポイントです」

初公判は、ようやく今秋にひらかれる見通しである。

しかし知秋は「弁護士を頼むつもりはない」という。国選弁護人と、己の弁舌のみで第一審を戦う予定だそうだ。

祖母の十重は、行政の仲介で精神科医の診断を受けた。その結果、有料老人ホームへの入居が決まった。月々の料金は、祖母の預金で充分まかなえた。保証人と身元引受人は、願示と武瑠に決まった。創二叔父は頼れなかった。願示いわく「父はいま、人前に出せる精神状態ではない」そうだ。精いっぱいひかえめな表現だとは、彼の表情からうかがい知れた。

これは余談だが、願示は創二叔父の書斎から、数年前に書かれた遺言書を見つけたという。叔父はその遺言書で、遺産の分配だけでなく、みずからの生い立ちについても触れていた。淡々とした筆致ながら、「母をああしたのは父である」とはっきり認めていた。

「……父いわく、祖父はけして病んではいなかったそうだ」

願示は、電話で武瑠にそう語った。

「だが、度を越した変人だった。いまふうに言えば、反社会性人格障害ってやつかな。『他人にも人格と人権があることを、理解できない人だった』と父は評している。『自分以外の人間にも意思があり、尊重される権利がある、と実感できない人だった。根本的に、なにかが欠落していた』そうだ」

なお祖母の言葉は、やはり信州の方言ではなかった。

民生委員や老人ホームの職員に「親が長野の生まれです」「子どもの頃住んでいました」という者が複数いたが、誰ひとり祖母と会話できなかった。

「心が壊れていく過程で、造語症を併発する患者はすくなくありません。十重さんは独自の言語形態まで生みだすにいたった、非常に稀有なパターンでしょうね」

精神科医はそう述べた。

その祖母の心もまた、誰にもわからない。息子や孫が殺人者であることを、ほんとうに彼女は望んでいたのか——。真相は藪の中である。

ヴェゼルが山道にさしかかった。時速三十キロで、ゆるゆるとのぼりはじめる。

「駐車場、あるよね？」

琴子がバッグから帽子を取りだした。

「もちろん。だが三合目あたりだ。目当ての喰川までは十五分ほど歩くぞ」

「大丈夫。歩くのは平気」

琴子はうなずいて、

「いつか、コタちゃんとも来れたらいいね」と言った。

琥太郎はいま、母方の祖父母と暮らしている。都内の私立高校に合格し、晴れて一年生となった。

祖父母の教育方針により、スマートフォンは持たされていない。前世の片割れを探すこともできなくなった。

しかし、とくに不満はないようだ。現在はオカルトのオの字も言わないという。同級生の誘いで水泳部に入り、毎日忙しくしている。

願示はといえば、一連の事件について本を書く予定らしい。

すでに出版社も決まっているようで、

「タケルと琴ちゃんは巻きこまないと約束する。プライバシーは完全に守るよ」

とのＬＩＮＥが届いた。

ＬＩＮＥには、こうもあった。

「結合双生児のチャンとエンは、一生涯離れられずお互いを不幸にした。ジョージとチャールズ兄弟は、引き離されて特異な能力を失った。一方でジューンとジェニファー姉妹は、死に別れることで平穏を得た」

「世の中には引き離されるべき双子と、そうでない双子がいる。……おれたちは、おそらく後者だった。ともに育つべきだったんだ」

とはいえ、すべてがまるくおさまったわけではなかった。

武瑠の母は知秋の犯行を知り、ふたたび心を病んだ。投薬のおかげで現在は小康状態を保っている。だが、いつまた悪化するかはわからない。

翠叔母もまた、報道その他で尋也の犯行を知らされた。自傷を繰りかえし、現在は精神科病棟にいる。残念ながら回復の見込みは薄いそうだ。

祖父が建てた犬飼家の屋敷は、取り壊しが決まった。九月着工で更地になる。くだんの赤い穴倉ごと、跡形なく消失する予定だった。

武瑠はハンドルを切った。

計画どおり、三合目の駐車場にヴェゼルを駐める。夏休みのせいかスペースの八割以上が埋まっていた。

今日の予定は、話しあってすでに決めてあった。

まずは喰川で笹舟を流す。次に山を下って道の駅で野菜を買い、ソフトクリームや焼き鮎を食べ、足湯を楽しむ。

そうして日が暮れたら、また山をのぼる。

二人で念願の蛍を見るためだ。

「……お義父《とう》さん、お盆は来いって言ってたか?」

杣道《そまみち》を歩きながら、武瑠は尋ねた。

「さあ」琴子が首をかしげる。

「さあってなんだ」

「事務的なこと以外は、あまり話さないようにしてるの。祖父の一周忌はもちろん行くけど、それまでは電話に出ないでおくつもり」

知秋の逮捕が大々的に報道されたあと、琴子は両親に離婚を勧められたようだ。

しかし琴子は、

「どうして？　いやよ」

と言下に突っぱねた。

「お父さん。わたしは大人なの。親に逆らったら生きていけなかったあの頃とは、もう違うの」

「実家にいた頃、わたしはまだ十代で、絶望してた。お父さんやおじいちゃんになにを言っても無駄だと諦めていた。でもいまならわかる。あんなの、間違ってた。たとえ通じなくても、もっと言葉を使って訴えるべきだった」

「だから、いまははっきり言うね。……わたしの人生は、わたしに決めさせて」

そう告げて電話を切った妻を、いまも武瑠はあざやかに思いだせる。

――かつての祖母も、絶望の末に諦めたのだろうか。

武瑠は思った。十代の琴子と同じく、祖母もまた祖父とわかり合うことを諦め、重い孤独に甘んじたのだろうか。

琴子と肩を並べ、武瑠は山道をのぼった。

整えられたハイキングコースは、頂上へまっすぐ向かっている。喰川に寄り道するコースは整備されていない。

――つまり蛍の沢は、いまもって穴場のままらしい。

武瑠は琴子に指で合図し、コースを逸れた。

杭に張られた縄をまたぐ。記憶を頼りに、急勾配の杣道をのぼっていく。

やがて、見覚えのある祠を見つけた。風雨でひどく摩耗しているが、確かに見知ったお地蔵さまだ。祠の前を行きすぎ、鬱蒼とした木立ちを抜ける。

「あ、ほら。聞こえる？」

「聞こえる」

耳に涼しい、細流れの音だった。

武瑠は手近な山蔓を摑んだ。何度か引いて、強度を確かめる。手綱代わりにして、苔むした岩肌を難なく滑りおりる。

「琴子」

妻に向かって手を差しのべた。ためらいなく、琴子がその手を取る。

地元民が〝喰川〟と呼ぶ沢がそこにあった。

さやかな流れが、夏の陽を乱反射していた。いっときも休まぬ水が、岩にぶつかっては弾け、しぶきを上げ、あちこちで短い滝をつくりながらも下流へ向かっていく。

「ひとつ、訊いていいか」

ぽつりと武瑠は言った。

「……あの頃、きみはガンジが好きだったんじゃないのか？」

「あのねえ」

琴子が肩を落とした。

「まだそんなこと言ってるの？　ガンちゃんとは兄妹みたいなものよ。昔からわたしの気持ちを知って、協力してくれてたし……。だいたい好きでも信頼してもない相手に、あんなふうに『助けて』なんて電話するわけないでしょ」

「あれは……おれが警察官志望だから、頼ったのかと思ってたよ」

てっきり正義感を見込まれたのかと――、ともごもご言う武瑠に、

「いくらなんでも鈍感すぎない？」

琴子が呆れたように言う。

「わたしは逆に、あなたが押し負けて結婚してくれたのかと思ってた」

「おい、押された覚えなんてないぞ」

「押してたわよ。こっちはイケイケの押せ押せだったの。あなたが気づいてなかったなんて、はじめて知った。ずっと負い目に思って、損しちゃった」

「損って言うなよ……」

武瑠は苦笑し、沢の脇にしゃがみこんだ。

流れに指を浸す。思わず手をひっこめたくなるほど、水は冷えていた。

あれ以来、琴子は変わった。明るくなったし、物怖じしなくなった。夫婦の会話は倍以上に増えた。

――そして、おれも変わった。

武瑠は完全に酒をやめた。あれから一滴たりとも口にしていない。そして毎晩、琴子と同じ寝室で眠っている。

――おれはずっと、琴子から逃げていた。

琴子に拒まれるのが怖かった。だからこそ、先に拒むことで己を守っていたのだ。幼稚だった。

いまとなれば恥じ入るばかりだ。

きぃ、きい、きい……きい

かすかな音がした。

顔を上げる。上流で、水門の柵が軋る音であった。

「……あの赤い穴倉を、いまも夢に見る」

低く武瑠は言った。

「毒気に満ちた、禍々しい場所だった。大人のおれでも怖かった。……幼いヒロや親父は、どれほど怖かっただろうな」

しばし、さらさらと流れる涼しい音に耳を傾けた。

「忘れて、とは言わない」

武瑠の隣にしゃがみこみ、琴子が言う。

「完全に忘れるなんて無理だってこと、過去の経験でわたしは知ってるから。……でも、薄れるよ。どんなにつらいことでも、時間の経過と、記憶の上書きですこしずつ薄れていく。そのことも、わたしはよく知ってるの」

そうだな、と武瑠は短く答えた。

今年の春さき、武瑠は今道の紹介で社会心理学の准教授に会った。面と向かって話を聞いてもらい、質問と対話を重ねた。

准教授いわく、犯罪心理学には〝ビンゴ理論〟なる用語があるという。

人はそれぞれ、生まれたときに一枚のビンゴカードを与えられる。

数字の代わりに揃えるのは、劣悪な成育環境、頭部外傷、虐待やいじめによる心の傷、過度なストレスなどだ。それらが一列揃って満たされたとき、人は人を殺せるハードルを越えてしまう――。そんな仮説らしい。

確かに頭部の外傷やストレスだけでは、人は殺人者にはならない。武瑠は納得できた。殺人とはそんな簡単なものではない。

だが尋也は、知秋は、父は、不運にも条件を揃えてしまった。

――あの家のせいだ。

意思疎通のかなわぬ家族。精神的抑圧。頭および心に負った傷。過度なストレス。赤い穴倉。あの家は、殺意の培養場だった。煮えたぎるような狂気と暗い悪意、そして性的混乱に満ちていた。

きぃ、きぃ、きぃ
水門の柵が、耳障りな音をたてる。澄んだ水が、うねりながら流れていく。

「……夏休みだけが、支えだった」

琴子がつぶやいた。

「毎年、夏にブルちゃんと会えるのだけが支えだった。また来年、今年が終わってもまた来年――。そう思うだけで、生きていけた」

死ななくてよかった。かぼそい声が、流れに落ちる。

十代で自殺しなくてよかった。あなたと、生きてここに来られてよかった――。

――やっと、二人で蛍を見られる日が来た。

「ああ」

武瑠はうなずいた。

「やっとだな」

草の香りの風が吹き抜けた。川魚が跳ね、尾でしぶきを上げる。日が暮れたなら、夫婦でともに美しい蛍を楽しめるだろう。

水門の錆びた柵は、なおも軋りつづけていた。

きぃ、きい、きい……きぃい

引用・参考文献

『精選版 日本国語大辞典』小学館
『シリアル・キラー 心理学者が公開する殺人者たちのカルテ』ジョエル・ノリス 吉野美恵子訳 早川書房
『犯罪とパーソナリティ』H・J・アイゼンク MPI研究会訳 誠信書房
『世界不思議百科』コリン・ウィルソン ダモン・ウィルソン 関口篤訳 青土社
『現代殺人百科』コリン・ウィルソン ドナルド・シーマン 関口篤訳 青土社
『フリークス 秘められた自己の神話とイメージ』レスリー・フィードラー 伊藤俊治・旦敬介・大場正明訳 青土社
『沈黙の闘い もの言わぬ双子の少女の物語』マージョリー・ウォレス 島浩二・島式子訳 大和書房
『裸の警察』別冊宝島編集部編 宝島社文庫
『ヤングケアラー 介護を担う子ども・若者の現実』澁谷智子 中公新書
『妻を帽子とまちがえた男』オリヴァー・サックス 高見幸郎・金沢泰子訳 早川書房
『邪悪な夢 異常犯罪の心理学』ロバート・I・サイモン 加藤洋子訳 原書房
『カサンドラ症候群 身近な人がアスペルガーだったら』岡田尊司 角川新書
『一緒にいてもひとり アスペルガーの結婚がうまくいくために』カトリン・ベントリー 室﨑育美訳 東京書籍
『FBI心理分析官 異常殺人者たちの素顔に迫る衝撃の手記』ロバート・K・レスラー トム・シャットマン 相原真理子訳 早川書房

本作は「小説推理」二〇二三年三月号から二〇二三年十二月号に
連載された作品を加筆修正の上単行本化したものです。

櫛木理宇●くしき　りう

1972年新潟県生まれ。2012年『ホーンテッド・キャンパス』で第十九回日本ホラー小説大賞・読者賞を受賞。同年「赤と白」で第二十五回小説すばる新人賞を受賞。「依存症」シリーズのほか『氷の致死量』『少年籠城』など著書多数。

骨《ほね》と肉《にく》

2024年7月28日　第1刷発行

著　者――櫛木理宇《くしきりう》

発行者――箕浦克史

発行所――株式会社双葉社
東京都新宿区東五軒町3-28　郵便番号162-8540
電話03(5261)4818〔営業部〕
03(5261)4831〔編集部〕
http://www.futabasha.co.jp/
(双葉社の書籍・コミック・ムックが買えます)

DTP製版―株式会社ビーワークス

印刷所――大日本印刷株式会社

製本所――株式会社若林製本工場

カバー印刷――株式会社大熊整美堂

ISBN978-4-575-24754-1 C0093